DISCARD

AL
OTRO
LADO
DEL
OCÉANO

AL OTRO LADO DEL OCÉANO

Tahereh Mafi

Traducción de Jeannine Emery

Argentina – Chile – Colombia – España
Estados Unidos – México – Perú – Uruguay

Título original: *A Very Large Expense Of Sea*
Editor original: HarperCollins Children's Books, una divisón de HarperCollins Publishers
Traducción: Jeannine Emery

1.ª edición: marzo 2019

ISBN: 978-84-92918-38-6
E-ISBN: 978-84-17545-19-2
Depósito legal: B-1.558-2019

Fotocomposición: Ediciones Urano, S.A.U.
Impreso por: Rodesa, S. A. – Polígono Industrial San Miguel
Parcelas E7-E8 – 31132 Villatuerta (Navarra)

Impreso en España – *Printed in Spain*

1

Parecía que siempre estábamos mudándonos, siempre con el objeto de progresar, siempre para mejorar nuestras vidas, da igual. El desgaste emocional me resultaba insoportable. Había asistido a tantos colegios de primaria e institutos que ya no recordaba sus nombres. Pero el hecho de cambiar de instituto cada poco tiempo realmente empezaba a provocarme ganas de morir. Era mi tercer cambio de colegio en menos de dos años, y mi vida cotidiana estaba compuesta de tal maraña de falsedades que a veces apenas podía mover los labios. Temía que, si hablaba o gritaba, la ira sujetaría ambos lados de mi boca abierta y la rasgaría por la mitad.

Así que no decía nada.

Era finales de agosto: puro calor inestable y, cada tanto, un soplo de brisa. Estaba rodeada de mochilas almidonadas y tejido vaquero tieso, y de chicos que olían a plástico nuevo. Parecían felices.

Suspiré y cerré la taquilla con fuerza.

Para mí, hoy era solo un primer día más en otra ciudad, así que hice lo que siempre hacía cuando llegaba a un colegio nuevo: no miré a nadie. La gente siempre me miraba, y cuando les devolvía la mirada lo tomaban como una invitación para dirigirse a mí, y cuando me hablaban, casi siempre decían algo ofensivo o estúpido, o ambos. Por eso, hacía decidido hacía mucho tiempo que era más fácil fingir directamente que no existían.

Logré sobrevivir a las primeras clases del día sin mayores incidentes, pero me seguía costando orientarme dentro del colegio. Mi siguiente clase parecía estar al otro lado del campus. Intentaba determinar dónde —cotejando los números de las aulas con mi nuevo horario de clases— cuando sonó la última campana. En el tiempo que me llevó levantar la cabeza, aturdida, para echar un vistazo al reloj, la masa de estudiantes a mi alrededor había desaparecido. De repente, me encontré sola, en un largo corredor vacío, con mi horario impreso, ahora arrugado en mi puño. Cerré los ojos con fuerza y maldije en voz baja.

Cuando finalmente encontré mi siguiente clase, ya llevaba siete minutos de retraso. Empujé la puerta para abrirla, haciendo chirriar levemente los goznes. Los estudiantes se volvieron en sus asientos. El profesor dejó de hablar, un sonido quedó atrapado en su boca, y el rostro paralizado entre dos expresiones.

Me miró parpadeando.

Desvié la vista, mientras sentía que el aula se contraía a mi alrededor. Me deslicé en el asiento vacío más próximo sin decir nada. Saqué un cuaderno de notas de mi bolso, tomé un bolígrafo. Apenas respiré, aguantando que pasara el momento, y esperé a que las personas se dieran la vuelta, deseando que el profesor comenzara a hablar una vez más. De repente, carraspeó.

—De cualquier manera, como decía, nuestro programa tiene bastantes lecturas obligatorias, y quienes son nuevos aquí… —Hizo una pausa, echando un vistazo a la lista que tenía entre las manos— podrían no estar acostumbrados al currículum de este colegio, un programa intenso y, eh, sumamente exigente.

Se detuvo. Hizo una nueva pausa. Volvió a mirar el papel entre las manos con los ojos entrecerrados.

Y luego, de la nada, me miró.

—Muy bien… disculpa si no lo pronuncio bien… pero es… ¿Sharon? —Levantó los ojos y me miró directamente.

—Shirin —dije.

Los estudiantes se giraron de nuevo para mirarme.

—Ah. —El señor Webber, mi profesor, no intentó volver a pronunciar mi nombre—. Bienvenida.

No le respondí.

—Entonces. —Sonrió—. Sabes que estás en un curso de Inglés avanzado.

Vacilé. No estaba segura de lo que esperaba que dijera ante una afirmación tan obvia.

—Sí —dije finalmente.

Asintió y luego rio.

—Cariño, creo que podrías estar en la clase equivocada.

Quería decirle que no me llamara cariño. Quería decirle que, como regla general, no me volviera a hablar jamás.

—Estoy en la clase correcta —dije, en cambio, y levanté mi horario arrugado.

El señor Webber sacudió la cabeza, sin dejar de sonreír.

—No te preocupes, no es culpa tuya. A veces sucede con los estudiantes nuevos. Pero la oficina de Inglés como segunda lengua está, justamente, al final de…

—Estoy en la clase correcta, ¿de acuerdo? —Las palabras salieron más enérgicas de lo previsto—. Estoy en la clase correcta.

¿Por qué esta mierda siempre me pasaba a mí?

No importaba que tuviera un inglés sin acento. No importaba que le dijera a la gente, una y otra vez, que había nacido aquí, en Estados Unidos; que el inglés era mi primer idioma; que mis primos en Irán se burlaban de mí por hablar un farsi mediocre, con acento americano… no importaba. Todo el mundo daba por hecho que acababa de bajar de un barco llegado de un país extranjero.

La sonrisa del señor Webber vaciló.

—Ah —dijo—. Está bien.

Los chicos a mi alrededor comenzaron a reír, y sentí un calor abrasador en el rostro. Bajé la mirada y abrí mi cuaderno en blanco, en una página al azar, esperando que el gesto pusiera fin a la conversación.

En cambio, el señor Webber levantó las manos.

—Escucha... ¿si fuera por mí? Me encantaría que te quedaras, ¿de acuerdo? Pero este curso es realmente avanzado y, aunque estoy seguro de que tu inglés es realmente bueno, sigue siendo...

—Mi inglés —aseguré— no es realmente bueno. Mi inglés es jodidamente perfecto.

Me pasé el resto de la hora en la oficina del director.

Recibí una dura reprimenda sobre el tipo de comportamiento que se esperaba de los estudiantes de este instituto. Me advirtieron que, si iba a ser deliberadamente hostil y poco colaboradora, quizás este no fuera el colegio para mí. Y luego me castigaron por decir palabrotas en clase. La campana del almuerzo sonó mientras el director me gritaba, así que cuando finalmente me dejó ir tomé mis cosas y salí corriendo.

No tenía prisa por llegar a ningún lado; lo único que quería era alejarme de la gente. Tenía que aguantar dos clases más antes del almuerzo, pero no sabía si mi cabeza podía soportarlo; ya había superado mi umbral de estupideces diario.

Me encontraba haciendo equilibro con la bandeja del almuerzo sobre mi regazo, dentro de un cubículo del baño, estrujándome la cabeza entre las manos, cuando sonó mi teléfono móvil. Era mi hermano.

¿Qué haces?

Almuerzo.

No te creo. ¿Dónde estás escondida?

En el baño.

¿Qué? ¿Por qué?

**¿Qué otra cosa se supone que debo hacer durante 37
minutos?**

¿Mirar a la gente?

Y luego me dijo que me largara del baño y fuera a almorzar
con él. Por lo visto, el colegio ya había enviado un comité de bienvenida, lleno de amigos nuevos, para celebrar su cara bonita, y yo
debía acompañarlo, en lugar de esconderme.

No gracias, escribí.

Enseguida, arrojé mi almuerzo en el cesto de basura y me
oculté en la biblioteca hasta que sonó la campana.

Mi hermano era dos años mayor que yo; casi siempre habíamos estado en el mismo colegio, al mismo tiempo. Pero él no
odiaba mudarse como yo; no siempre sufría cuando llegábamos a
una ciudad nueva. Había dos grandes diferencias entre ambos:
primero, él era increíblemente guapo, y segundo, no iba por ahí
con un anuncio de neón imaginario, clavado en la frente, que decía PRECAUCIÓN, AMENAZA TERRORISTA.

No miento cuando digo que las chicas hacían fila para enseñarle el colegio. Era el chico guapo, recién llegado. El muchacho
interesante, con un pasado interesante y con un nombre interesante. El joven apuesto y exótico que todas estas chicas bonitas
terminarían usando inevitablemente para satisfacer su necesidad
de experimentar y un día rebelarse contra sus padres. Había
aprendido por las malas que no podía almorzar con él y sus amigos. Cada vez que aparecía, con el rabo entre las patas y el orgullo

hecho trizas, apenas tardaba cinco segundos en advertir que el único motivo por el cual sus amigas eran amables conmigo era porque querían usarme para llegar a él.

Prefería comer en el baño.

Intentaba convencerme de que no tenía importancia, pero obviamente que me importaba. Tenía que importarme. Las noticias ya no me daban respiro. El atentado del 11-S había sucedido el otoño pasado, a dos semanas de haber empezado mi primer curso, y, un par de semanas después, dos chicos me atacaron mientras regresaba a pie del colegio. Lo peor —lo peor— fue que me llevó varios días reconocerlo; me llevó varios días entender *por qué*. Tenía la esperanza de que la explicación terminara siendo más compleja, de que hubiese más que un odio visceral y ciego detrás de sus acciones. Quería que hubiera otro motivo por el cual dos desconocidos me habían seguido a casa y me habían arrancado el velo de la cabeza para intentar estrangularme con él. No entendía por qué alguien podía estar tan violentamente enojado conmigo por algo que no había hecho, al punto de considerar que tenían motivos para agredirme a plena luz del día mientras caminaba por la calle.

No *quería* entenderlo.

Pero estaba a la vista.

Al mudarnos aquí, no tenía grandes esperanzas, pero de todos modos lamentaba descubrir que este colegio no parecía ser mejor que el anterior. Estaba atrapada en otra ciudad pequeña, en otro universo poblado por el tipo de personas que jamás habían visto un rostro como el mío salvo en las noticias de la mañana, y lo odiaba. Odiaba los meses solitarios y agotadores que llevaba instalarse en un colegio nuevo; odiaba el tiempo que tardaban los chicos a mi alrededor en advertir que yo no era ni una amenaza ni un peligro; odiaba el enorme esfuerzo que llevaba hacer finalmente una única amiga, lo bastante valiente para sentarse a mi lado en público. Había tenido que revivir este horrible ciclo tantas veces, en tantos colegios diferentes, que a veces quería realmente estrellar mi cabeza contra una pared.

Ahora lo único que le pedía al mundo era pasar desapercibida. Quería saber lo que era cruzar un aula sin que nadie me mirara. Pero un solo vistazo al campus acabó con cualquier esperanza de integrarme con los demás.

El alumnado era mayormente una masa homogénea de alrededor de dos mil personas que, aparentemente, estaban enamorados del baloncesto. Ya había pasado decenas de pósteres —y una enorme pancarta colgaba encima de las puertas de entrada— que celebraban un equipo que ni siquiera había iniciado la temporada. Había números blancos y negros gigantes pegados en los muros del corredor, letreros impresionantes que anunciaban a quienes pasaban que contaran los días hasta el primer partido de la temporada.

No me interesaba el baloncesto en absoluto.

En cambio, me dediqué a contar la cantidad de idioteces que me habían dicho. Resistí bien a catorce insultos hasta que me abrí camino para llegar a mi siguiente clase y un chico que me pasó en el corredor me preguntó si llevaba esa cosa en la cabeza para ocultar bombas, lo cual ignoré, y luego su amigo dijo que quizás ocultaba una calvicie, lo cual ignoré, y luego un tercero dijo que, en realidad, probablemente fuera un hombre y estuviera intentando disimularlo. Finalmente les dije que se fueran a la mierda mientras se felicitaban unos a otros el hecho de que se les hubieran ocurrido tan excelentes hipótesis. No sabía qué aspecto tenían esos ineptos porque jamás los miré, pero pensaba diecisiete, *diecisiete*, al llegar demasiado pronto a mi siguiente clase y esperar, en la oscuridad, que aparecieran los demás.

Las inyecciones regulares de veneno de parte de desconocidos eran definitivamente lo peor de llevar un velo. Pero lo mejor era que mis profesores no podían verme escuchando música.

Era la manera ideal de disimular mis auriculares.

La música hacía que mi día fuera mucho más llevadero. Caminar por los corredores del colegio se volvía más fácil; sentarme sola todo el tiempo resultaba menos duro. Me encantaba que nadie pudiera darse cuenta de que estaba oyendo música y que, como no lo sabían, jamás me pidieran que la apagara. Había tenido un montón de conversaciones con profesores que no tenían ni idea de que solo estaba escuchando a medias lo que me decían, y por algún motivo eso me hacía feliz. Era como si la música me proporcionara un soporte, un esqueleto auxiliar; podía apoyarme en ella cuando mis propios huesos estaban demasiado débiles para sostenerme en pie. Siempre la escuchaba en el iPod que le había robado a mi hermano; y en ese lugar, como el año anterior cuando lo había comprado, iba a clases como si escuchara la banda sonora de mi propia película de mierda. Me daba una suerte de esperanza inexplicable.

Cuando al fin llegó mi última clase del día, observaba a mi profesor en silencio. Mi mente deambulaba, no dejaba de mirar el reloj, desesperada por escapar. Los Fugees llenaban los agujeros de mi cabeza mientras miraba fijo mi estuche de lápices, girándolo una y otra vez entre las manos. Me encantaban los lápices mecánicos. Los que eran realmente bonitos. De hecho, tenía una pequeña colección que me había regalado una antigua amiga de cuatro mudanzas atrás. Me los había traído de Japón, y estaba levemente obsesionada con ellos. Eran preciosos, de varios colores, con brillo, y habían venido con un set de gomas de borrar adorables y un estuche realmente bonito, con el dibujo animado de una oveja que decía: «No me tomes a la ligera solo porque soy una oveja». Siempre me había parecido muy gracioso y extraño. En ese momento lo recordé, con una sonrisa ligera, cuando de pronto alguien me golpeó el hombro. Con fuerza.

—¿Qué pasa? —pregunté, volviéndome y alzando la voz demasiado, sin querer.

Un chico; parecía sorprendido.

—¿Qué quieres? —interrogué, bajando la voz, ahora irritada.

Dijo algo, pero no pude oírlo. Tiré del iPod en el bolsillo y pulsé el botón de pausa.

—Eh… —Me miró parpadeando. Sonrió, pero parecía no entender—. ¿Estás escuchando música debajo de eso?

—¿Puedo ayudarte con algo?

—Ah. No. Acabo de golpear tu hombro con mi libro. Fue un accidente. Intentaba disculparme.

—Está bien. —Me giré de nuevo. Volví a darle al *Play* en mi música.

El día transcurrió.

La gente había destruido mi nombre, los profesores no habían sabido qué diablos hacer conmigo, mi profesora de Matemática me miró a la cara y dio un discurso de cinco minutos a la clase explicando que las personas que no amaban este país tenían que regresar directamente de donde habían venido, y yo me quedé mirando mi libro de texto tan fijamente que pasaron varios días hasta que pude quitarme la ecuación cuadrática de la cabeza.

Ni uno solo de mis compañeros de clase me habló, nadie sino el chico que, sin querer, me golpeó el hombro con su libro de Biología.

Ojalá no me hubiera importado.

Volví a casa con una mezcla de alivio y abatimiento. Levantar los muros que me mantenían a salvo de la angustia requería de una tremenda cantidad de energía y, al final de cada día, me sentía tan debilitada por el esfuerzo emocional que a veces me temblaba todo el cuerpo. Intentaba recuperar la calma mientras avanzaba por el apacible tramo de acera que me conduciría a casa, tratando de quitarme de encima la bruma triste y densa de la cabeza, cuando un coche redujo la marcha solo lo suficiente como para que una mujer me gritara que ahora estaba en Estados Unidos, por lo que debía vestirme acorde con ello. Y estaba, no sé, tan agotada que ni siquiera tuve fuerzas para cabrearme, por mucho que le ofreciera un buen panorama de mi dedo del medio mientras se alejaba.

Dos años y medio más, era lo único en lo que podía pensar.

Dos años y medio más para poder librarme de ese panóptico al que llamaban instituto, de esos monstruos que se llamaban personas. Estaba desesperada por huir de esa institución de idiotas. Quería ir a la universidad, vivir mi propia vida. Solo tenía que sobrevivir hasta ese momento.

2

Mis padres eran bastante bastante geniales, al menos tanto como puede serlo un ser humano. Eran inmigrantes iraníes, orgullosos de serlo, que trabajaban duro todo el día para hacer que mi vida y la de mi hermano fueran mejores. Cada mudanza que hacíamos era para trasladarnos a un vecindario mejor, a una casa más grande, a un mejor distrito escolar, con mejores opciones para nuestro futuro. Mis padres jamás dejaron de luchar. Jamás dejaron de esforzarse. Sabía que me amaban. Pero debéis saber de entrada que no tenían compasión alguna, y que consideraban normales todas mis dificultades.

Mis padres jamás hablaban con mis profesores. Jamás llamaban a mi colegio. Jamás amenazaban con llamar a la madre de otro chico porque su hijo me hubiera arrojado una piedra a la cara. La gente había estado jodiéndome por tener el nombre, la raza, la religión y el estatus económico equivocado hasta donde lo recordaba, pero mi vida había sido tan fácil en comparación con la niñez de mis propios padres que realmente no podían comprender por qué no me despertaba todas las mañanas saltando de alegría. La historia personal de mi padre era muy desquiciada —se había marchado de su casa, solo, para venir a Estados Unidos cuando tenía dieciséis años—, y la parte en la que lo reclutaron para ir a la guerra de Vietnam parecía, de hecho, un punto culminante. Cuando era pequeña y le contaba a mi madre que los compañeros del colegio me maltrataban, me daba una palmadita en la cabeza y me contaba historias sobre cómo había sobrevivido a una guerra y a una revolución de verdad, y cómo cuando tenía quince años alguien le había partido el cráneo en la calle mientras destripaban a su mejor amiga como si fuera un pez. Así que, oye, ¿por qué no te pones a comer tus Cheerios y te vas a dar una vuelta, pequeña estadounidense desagradecida?

Comía mis Cheerios y no hablaba del asunto.

Quería a mis padres, en serio. Pero jamás les hablaba de mi propio dolor. Era imposible aspirar a ser comprendida, con una madre y un padre que creían que tenía suerte de asistir a un colegio en el que los profesores solo *decían* cosas crueles, pero *de hecho* no te molían a golpes.

Así que ya no les contaba demasiado.

Regresaba a casa del colegio y respondía apáticamente todas sus preguntas sobre mi día. Hacía la tarea; me mantenía ocupada. Leía un montón de libros. Ya sé, es un cliché muy conocido: la chica solitaria y sus libros. Pero el día que mi hermano entró en mi dormitorio y me tiró encima un ejemplar de Harry Potter, diciendo: «Lo he ganado en el colegio. Es el tipo de libro que podría gustarte», fue uno de los mejores de mi vida. Los pocos amigos que había hecho que no vivían exclusivamente en el papel se habían reducido hasta ser poco más que recuerdos, que estaban desapareciendo rápido. Había perdido muchas cosas en las mudanzas, objetos, pertenencias, pero nada dolía tanto como perder personas.

De cualquier manera, generalmente estaba sola.

Mi hermano, en cambio, siempre estaba ocupado. Habíamos estado muy unidos, habíamos sido mejores amigos. Pero un día despertó y descubrió que él era cool y guapo, y yo no. Yo incluso atemorizaba a la gente. A partir de entonces, no sé, perdimos contacto. No fue a propósito. El problema era que siempre debía encontrarse con otra gente, tenía cosas que hacer, chicas a las que llamar, y yo no. Pero mi hermano me caía bien. De hecho, lo quería. Era un buen chico cuando no me estaba sacando de quicio.

* * *

Sobreviví las tres primeras semanas en mi nuevo instituto sin grandes novedades. Era aburrido. Tedioso. Interactuaba con las personas al nivel más básico y superficial. De lo contrario, pasaba la mayor parte de mi tiempo escuchando música. Leyendo. Hojeando las páginas de la *Vogue*. Me encantaba la moda sofisticada, completamente fuera de mi presupuesto, y pasaba los fines de semana recorriendo tiendas de segunda mano, intentando encontrar prendas con reminiscencias de mis looks favoritos de la pasarela, looks que después, en la intimidad de mi dormitorio, intentaba recrear. Pero era apenas mediocre con una máquina de coser; hacía mi mejor trabajo a mano. Aunque no dejaba de romper agujas y de clavármelas sin querer, y aparecía en el colegio con demasiadas vendas en los dedos, llamando la atención aún más de lo habitual entre mis profesores. En cualquier caso, me mantenía distraída. Recién estábamos a mediados de septiembre, y ya tenía que hacer un esfuerzo para que el colegio me importara siquiera un poco.

Tras otro día emocionante en esa especie de cárcel, me desplomé en el sofá. Mis padres aún no habían llegado del trabajo, y no sabía adónde estaba mi hermano. Suspiré, encendí la televisión y me arranqué el velo de la cabeza. Solté mi coleta y me pasé la mano por el pelo. Luego me acomodé de nuevo en el sofá.

Todas las tardes, a esa hora exacta, pasaban retransmisiones de *Matlock* en la televisión, y no me avergonzaba admitir en voz alta que me encantaban. Me fascinaba *Matlock*. Era un show creativo antes de que yo naciera, sobre un viejo abogado, llamado Matlock, que resolvía casos de crímenes y cobraba una fortuna. En la actualidad solo tenía éxito entre el público de la tercera edad, pero eso me tenía sin cuidado. A menudo me sentía como una persona muy vieja, atrapada en el cuerpo de una persona joven; Matlock era de los míos. Lo único que necesitaba era un cuenco de ciruelas pasas o una taza de puré de manzana para completar el look. Comenzaba a preguntarme si tendríamos un poco guardado en algún rincón de la refrigeradora cuando oí a mi hermano entrando a casa.

Al principio, no le di importancia. Saludó con un grito, y respondí con un sonido indiferente. Matlock estaba realizando una tarea brillante, y no podía molestarme en apartar la mirada.

—Oye… ¿me has escuchado?

Levanté la cabeza abruptamente. Vi la cara de mi hermano.

—He invitado a algunos amigos —dijo, e incluso en ese momento no terminé de entender, no hasta que uno de los chicos entró en la sala y me detuve tan rápido que casi me caigo.

—¿*Qué diablos*, Navid? —siseé, y tomé mi pañuelo. Era una pashmina agradable, que por lo general era muy fácil de llevar, pero en aquel momento la agarré con torpeza, nerviosa, y de algún modo terminé poniéndomela sobre la cabeza. El chico simplemente me sonrió.

—Eh… no te preocupes —dijo enseguida—. Soy gay en un ochenta por ciento.

—Qué bien —dije irritada—, pero esto no se trata de ti.

—Te presento a Bijan —me dijo Navid. Apenas podía contener la risa mientras asentía en dirección al chico, que era tan evidentemente persa que no daba crédito: no había imaginado que hubiera otras personas de Oriente Medio en la localidad. Mi hermano estaba ahora riéndose de mi cara, y advertí entonces que debía verme ridícula, de pie con mi velo torpemente envuelto en la cabeza—. Carlos y Jacobi son…

—Adiós.

Subí las escaleras corriendo.

Mientras iba de un lado a otro en mi habitación, estuve varios minutos pensando en lo bochornoso que había sido el incidente. Me sentía nerviosa y estúpida porque me hubieran tomado por sorpresa, pero finalmente decidí que, aunque todo el episodio había sido bastante vergonzoso, no era tan penoso como para tener que ocultarme durante horas sin comer. Así que sujeté mi pelo hacia atrás, me recompuse con cuidado —no me gustaba sujetarme el velo con horquillas, así que, por lo general, lo envolvía flojo alrededor de la cabeza, dejando los extremos más largos sobre los hombros— y volví a salir.

Cuando entré en la sala, descubrí a los cuatro chicos sentados en el sofá. Estaban comiendo lo que parecía ser nuestra despensa entera. De hecho, uno había encontrado una bolsa de ciruelas pasas y estaba concentrado en metérselas en la boca a toda velocidad.

—Hola —Navid levantó la mirada.

—Hola.

El chico con las ciruelas pasas me miró.

—¿Así que tú eres la hermanita?

Crucé los brazos.

—Él es Carlos —dijo Navid. Asintió hacia el otro chico que no conocía, un chico moreno, realmente alto—. Aquel es Jacobi.

Jacobi levantó la mano para saludar con poco entusiasmo, sin siquiera mirar en mi dirección. Estaba comiéndose todo el turrón de agua de rosas que la hermana de mi madre le había enviado de Irán. Estaba segura de que ni siquiera sabía lo que era.

No era la primera vez que me quedaba asombrada ante el voraz apetito de los adolescentes. Me provocaba un asco que no conseguía expresar. Navid era el único que no estaba comiendo nada; solo bebía uno de esos desagradables batidos de proteínas.

Bijan me miró de arriba abajo.

—Estás mejor así.

Lo miré con los ojos entreabiertos.

—¿Cuánto tiempo os quedaréis?

—No seas grosera —dijo Navid sin levantar la mirada. Ahora estaba de rodillas, toqueteando el reproductor de vídeos—. Quería enseñarles *Breakin'*.

Quedé más que sorprendida.

Breakin' era una de mis películas favoritas.

No recordaba exactamente cómo había comenzado nuestra obsesión, pero a mi hermano y a mí siempre nos habían encantado los vídeos de breakdance; las películas de breakdance; las competencias eternas de breakdance, del mundo entero: lo que fuera, cualquier cosa. Era algo que compartíamos, un amor por este deporte olvidado, que a menudo nos había acercado al finalizar el día. Habíamos encontrado la película *Breakin'* en un mercadillo de segunda mano unos años atrás, y ya la habíamos visto, por lo menos, veinte veces.

—¿Por qué? —pregunté. Me senté en un sillón, recogiendo las piernas. No me iría a ningún lado. *Breakin'* era una de las pocas cosas que disfrutaba más que *Matlock*—. ¿Qué celebras?

Navid se volvió y me sonrió.

—Quiero formar un equipo de breakdance.

Me quedé mirándolo.

—¿Lo dices en serio?

Navid y yo habíamos hablado tantas veces de esto: cómo sería hacer breakdance… aprender y ejecutarlo… pero en realidad nunca habíamos hecho nada al respecto. Era algo en lo que yo había pensado durante años.

Entonces mi hermano se puso de pie. Sonrió aún más. Yo sabía que se daba cuenta de que yo estaba increíblemente excitada.

—¿Te apuntas?

—Mierda, sí —susurré.

En ese exacto momento, entró mi madre y me pegó en la nuca con una cuchara de madera.

—*Fosh nadeh* —dijo bruscamente. *No digas groserías.*

Me froté la nuca.

—Mierda, ma —respondí—. Eso me ha dolido.

Me volvió a golpear la nuca.

—*Maldita sea.*

—¿Quiénes son? —preguntó, asintiendo en dirección a los amigos nuevos de mi hermano.

Navid los presentó rápidamente mientras mi madre hacía un inventario de todo lo que habían comido. Sacudió la cabeza.

—¿*Een chiyeh?* —preguntó. «¿Qué es esto?». Y luego, en inglés—: Esto no es comida.

—Es lo único que encontramos —le dijo Navid. Lo cual era bastante cierto. Mis padres jamás compraban comida basura. Nunca teníamos patatas fritas o bizcochos a la vista. Cuando quería un bocadillo, mi madre me daba un pepino.

Suspiró dramáticamente al escuchar el comentario de Navid y comenzó a sacar comida de verdad. Luego dijo algo en farsi sobre haber dedicado todos estos años a enseñarles a sus hijos a cocinar y que, si al día siguiente llegaba del trabajo y nadie le había preparado la cena, nos iba a patear el culo a ambos. Solo tenía un cuarenta por ciento de certeza de que lo decía en broma.

Navid parecía molesto, y estuve a punto de comenzar a reír cuando mi madre se volvió para mirarme.

—¿Cómo va el colegio?

Aquello me borró, al instante, la sonrisa de la cara. Pero sabía que no preguntaba por mi vida social. Mi madre quería saber cómo iban mis calificaciones. Hacía menos de un mes que había comenzado el colegio, y ya estaba preguntando por mis notas.

—El colegio va bien —dije.

Asintió y luego desapareció. Siempre estaba moviéndose, haciendo algo, intentando sobrevivir.

Me giré hacia mi hermano.

—¿Y?

—Mañana —dijo— nos reuniremos después del colegio.

—Y si conseguimos que lo supervise un profesor —dijo Carlos—, podríamos convertirlo en un club oficial, en el campus.

—Qué bien —le dije a mi hermano con una sonrisa enorme.

—¿Verdad que sí?

—Lo único... un pequeño detalle —dije frunciendo el ceño—. Algo que creo que puedes haber olvidado...

Navid levantó una ceja.

—¿Quién nos enseñará a hacer breakdance?

—Yo —dijo Navid, y sonrió.

Mi hermano tenía un banco de ejercicios que ocupaba la mitad de su habitación. Lo encontró un día, desarmado y oxidado, junto a un contenedor, y lo arrastró de regreso a uno de nuestros antiguos apartamentos. Allí lo arregló y lo pintó con aerosol. Lentamente, fue acumulando una colección de pesas para usarlo.

Arrastraba aquel aparato con él adondequiera que nos mudáramos. Le encantaba entrenar, correr, boxear. Solía recibir clases de gimnasia hasta que se volvieron muy caras, y creo que en el fondo deseaba ser entrenador físico. Había estado haciendo ejercicio desde los doce años: era puro músculo y no tenía prácticamente nada de grasa. Lo sabía porque le gustaba informarme con regularidad acerca de su porcentaje de grasa corporal. Una vez, cuando le dije: «Bien hecho», me pellizcó el brazo, frunció los labios y dijo: «No está mal, no está mal, pero a ti te vendría bien aumentar tu masa muscular», y desde entonces me obligaba a entrenarme con él y su banco de ejercicios.

Así que cuando dijo que quería enseñarnos a hacer *breakdance*, le creí.

Pero algo inesperado estaba a punto de suceder.

En el instituto pasaba mucho. Me refiero al asunto de trabajar
en parejas, en el laboratorio, esa clase de mierda. Lo *odiaba*.
Siempre era un suplicio para mí: la angustiante y penosa humi-
llación de no tener con quién trabajar y de tener que hablar con
la profesora en voz baja, al final de la clase, para decirle que no
tenía compañero y que si podía trabajar sola. Y la profesora
siempre decía que no, con una sonrisa beatífica en el rostro.
Pensaba que me hacía un favor obligándome a ser la tercera
integrante de una pareja que, maldita sea, había estado muy
feliz de trabajar sin mí. Cielos…

Pero esta vez fue diferente.

Esta vez, Dios se apiadó de mí y le inculcó un poco de sentido
común a mi profesora. Nos hizo formar parejas al azar, eligiendo
compañeros según nuestros lugares. Fue así como me encontré en
la inesperada situación de verme obligada a despellejar un gato
muerto con el chico que me había golpeado el hombro con su libro de Biología el primer día de clase.

Se llamaba Ocean.

Cuando la gente me miraba, daba por descontado que tenía un
nombre extraño. Pero al observar a este chico, la quintaesencia de la
belleza norteamericana, jamás imaginé que su nombre sería Ocean.

—Mis padres son raros. —Fue todo lo que dijo a modo de explicación.

Encogí los hombros.

Despellejamos al gato muerto en silencio, más que nada porque era asqueroso y ninguno de los dos quería narrar la experiencia de cortar carne que se hallaba impregnada de líquido y apestaba a formol. Solo podía pensar en lo estúpido que era el instituto y en lo inútil que resultaba todo eso. No entendía por qué tenía que ser un requisito despellejar un gato muerto. Ay, cielos, era tan morboso, tan morboso. Además, increíblemente teníamos que trabajar con el mismo gato muerto durante dos meses...

—No puedo quedarme mucho tiempo, solo tengo un rato después del colegio —dijo Ocean. Parecía una afirmación repentina, pero entonces advertí que hacía rato estaba hablando. Había estado tan concentrada en el endeble bisturí que tenía en la mano que no lo había notado.

Levanté la mirada.

—¿Disculpa?

Estaba completando el formulario del laboratorio.

—Todavía tenemos que escribir un informe sobre las conclusiones de hoy —dijo y echó un vistazo al reloj—. Pero la campana está a punto de sonar. Así que probablemente deberíamos terminar esto después de clase. —Me miró—. ¿No crees?

—Ah, no puedo quedarme después de clase.

Las orejas de Ocean se volvieron ligeramente rosadas.

—Ah —dijo—. Claro. Entiendo. ¿No te dejan... eh... no tienes permiso para...?

—Guau —dije, y mis ojos se agrandaron—. *Guau.* —Sacudí la cabeza, me lavé las manos y solté un suspiro.

—Guau, ¿qué? —preguntó en voz baja.

Lo miré.

—Escucha, no sé qué es lo que ya decidiste acerca de cómo es mi vida, pero mis padres no están a punto de venderme por una pila de cabras, ¿de acuerdo?

—Un rebaño de cabras —dijo, carraspeando—. Es un rebaño…

—Cualquiera que sea el maldito montón de cabras, no me importa.

Ocean dio un pequeño respingo.

—Da la casualidad de que tengo algo que hacer después del colegio.

—Ah.

—Así que quizás podamos solucionar esto de otra forma —dije—. ¿De acuerdo?

—Claro, está bien. Ehh… ¿qué tienes que hacer después del colegio?

Había estado metiendo cosas en mi mochila cuando me hizo la pregunta, y me tomó tan desprevenida que dejé caer mi estuche de lápices. Me incliné para levantarlo. Cuando me incorporé, estaba mirándome.

—¿Qué? —pregunté—. ¿A ti qué te importa?

Ahora parecía realmente incómodo.

—No lo sé.

Lo examiné lo suficiente como para analizar la situación. Quizás estaba siendo demasiado dura con Ocean, el de los padres raros. Metí mi estuche de lápices en la mochila y cerré la cremallera. Ajusté las correas sobre mis hombros.

—Voy a unirme a un equipo de breakdance —dije.

Ocean frunció el ceño, sonriendo al mismo tiempo.

—¿Es una broma?

Puse los ojos en blanco. La campana sonó.

—Tengo que marcharme —dije.

—¿Y el trabajo de laboratorio?

Medité mis opciones y finalmente escribí mi número de teléfono y se lo di.

—Puedes enviarme un mensaje de texto. Seguiremos trabajando esta tarde.

Miró el trozo de papel.

—Pero ten cuidado con eso —dije, haciendo un gesto hacia el papel—, porque si me envías demasiados mensajes, tendrás que casarte conmigo. Son las reglas de mi religión.

Se puso blanco.

—Espera, ¿qué?

Estuve a punto de sonreír.

—Tengo que irme, Ocean.

—Espera… no, en serio… bromeas, ¿verdad?

—Guau —dije, sacudiendo la cabeza—. Adiós.

* * *

Tal como había prometido, mi hermano consiguió que un profesor aprobara oficialmente todo el asunto del breakdance. Tendríamos que completar algunos formularios al final de la semana para oficializarlo, lo cual quería decir que, por primera vez en mi vida, estaría involucrada en una actividad extraescolar. Era algo raro. Las actividades extraescolares no eran, en realidad, mi rollo.

De todos modos, sentía que estaba tocando el cielo con las manos.

Toda la vida había querido hacer algo así. El breakdance era algo que siempre había admirado, aunque de lejos. Había observado a las *b-girls* participando en competencias y me parecían tan cool, tan *fuertes*. Quería ser como ellas. Pero el breakdance no era como el ballet; no era algo que se pudiera buscar en las páginas amarillas. No había escuelas de breakdance, no donde yo vivía, ni practicantes retirados esperando que mis padres les pagaran con comida persa para que me enseñaran a perfeccionar un *flare*. No sé si hubiera podido hacer algo así si no hubiera sido por Navid. Por la noche me había confesado que en los últimos años había estado aprendiendo y practicando por su cuenta, a escondidas, y quedé impresionada por lo que había avanzado solo. De los dos, él era quien realmente se había tomado en serio nuestro sueño. Advertirlo hizo que, por un lado, me sintiera orgullosa de él, pero por otro, decepcionada de mí misma.

Navid estaba arriesgándose.

Eran tantas las mudanzas realizadas que sentía que ya no podía hacer planes. Jamás me comprometía con nada, jamás me unía a los clubes escolares. Jamás compraba un anuario, ni memorizaba los números de teléfono o los nombres de las calles, ni aprendía nada que no fuera absolutamente necesario sobre la ciudad en la que vivía. No parecía tener sentido. Navid también había tenido que lidiar con todo eso a su manera, pero se había hartado de esperar que llegara el momento justo. Ese año se graduaría, y finalmente quería intentar hacer breakdance antes de marcharse a la universidad y que todo cambiara. Estaba orgullosa de él.

Cuando llegué a nuestro primer entrenamiento, saludé con un gesto de la mano.

El encuentro era en una de las salas de baile dentro del gimnasio del colegio, y los tres nuevos amigos de mi hermano me volvieron a mirar de arriba abajo, aunque ya nos habíamos conocido. Parecían estar evaluándome.

—Así que —dijo Carlos—, ¿haces break?

—Todavía no —dije. De pronto, me sentí cohibida.

—Eso no es cierto. —Mi hermano dio un paso adelante y me sonrió—. Su *uprock* no está mal y hace un *six-step* decente.

—Pero no sé hacer ninguno de los *power moves* —dije.

—No te preocupes. Te enseñaré a hacerlos.

Fue entonces cuando me senté y me pregunté si Navid no estaría haciendo todo esto solo para echarme una mano. Quizás estuviera imaginándolo, pero por primera vez en mucho tiempo, parecía que mi hermano volvía a ser mío. De pronto advertí lo mucho que lo había extrañado.

Mi hermano era disléxico. Al comienzo del instituto, cuando empezó a irle mal en todas las asignaturas, finalmente entendí que él y yo odiábamos el colegio por motivos muy diferentes. Las palabras y las letras no tenían el mismo significado para ambos. Y recién me dijo la verdad cuando amenazaron con expulsarlo, hace dos años.

En realidad, me la soltó a los gritos.

Mamá me había ordenado que lo ayudara con la tarea. No nos alcanzaba el dinero para pagarle a un tutor, así que teníamos que conformarnos con lo que pudiera hacer yo, y estaba enfadada. No quería pasar mi tiempo libre siendo la tutora de mi hermano mayor. Así que cuando se negó a hacer el trabajo, me puse furiosa.

—Solo responde la pregunta —lo regañaba—. Es una simple comprensión lectora. Lee el párrafo y resume el contenido en un par de oraciones, nada más que eso. No hace falta ser un genio.

Se negó.

Insistí.

Se negó.

Lo insulté.

Me devolvió el insulto.

Lo insulté aún más.

—Solo responde la maldita pregunta. ¿Por qué eres tan perezoso? *¿Qué diablos te pasa…?*

Y finalmente explotó.

Aquel día supe que mi hermano, mi hermano mayor, inteligente y guapo, no conseguía procesar las palabras y las letras como yo. Se pasaba media hora leyendo un párrafo una y otra vez e, incluso entonces, no sabía qué hacer con él. No podía formar una oración. Hacía un esfuerzo tremendo por poner sus pensamientos en palabras.

Así que empecé a enseñarle a hacerlo.

Trabajábamos juntos todos los días durante horas, ya entrada la noche, hasta que fue capaz de hacer una frase completa. Meses después empezó a escribir párrafos. Llevó un año, pero finalmente redactó su propio trabajo de investigación. Y lo que nadie supo jamás fue que, durante todo ese tiempo, yo le hice toda la tarea y todos los trabajos por escrito. Escribí todos sus ensayos hasta que pudo hacerlo solo.

Me pareció que quizás esta era su manera de darme las gracias. Es decir, seguro que no lo era, pero no podía evitar preguntarme por qué otro motivo me daría esta oportunidad. Los otros tipos que había reunido —Jacobi, Carlos y Bijan— ya tenían experiencia en otros equipos de breakdance. Era yo quien necesitaba trabajar más duro, y Navid parecía ser el único al que eso no le fastidiaba.

Carlos, en particular, no dejaba de mirarme. Parecía escéptico de que pudiera lograr algo, y me lo dijo. Ni siquiera lo hizo con malicia; tan solo, como un hecho.

—¿Qué? —pregunté—. ¿Por qué no?

Encogió los hombros, mientras miraba mi vestimenta.

Me había puesto algunas de las únicas prendas de gimnasia que tenía: un par de pantalones deportivos estrechos y una sudadera delgada. Pero también llevaba un pañuelo diferente, de un material liviano de algodón, que me había atado a la cabeza, a modo de turbante. Eso pareció desconcertarlo.

Finalmente, asintió hacia mi cabeza.

—¿Puedes hacer breakdance con eso? —preguntó.

Mis ojos se agrandaron. Por algún motivo, me sorprendió. No sé por qué, había pensado que estos tipos serían menos idiotas que todo el resto que había conocido.

—¿Lo dices en serio? —pregunté—. Qué estupidez.

—Lo siento —dijo riéndose—. Es solo que nunca he visto a alguien intentando hacer breakdance así.

—Guau —dije, asombrada—. Yo jamás he visto que te hayas quitado esa gorra, ¿y me estás fastidiando por *esto*?

Carlos parecía sorprendido. Riendo aún más fuerte, se quitó la gorra de la cabeza y se pasó la mano por el cabello. Tenía rizos muy negros y esponjosos que se alargaban un poco y le caían constantemente sobre la cara. Se volvió a poner la gorra.

—Está bien —dijo—. Está bien, lo siento.

—Como digas.

—Lo siento —dijo, pero estaba sonriendo—. Lo digo en serio. Ha sido una estupidez lo que he dicho. Tienes razón. Soy un imbécil.

—Se nota.

Navid estaba riendo muy fuerte. De pronto, odié a todo el mundo.

—Caray —dijo Jacobi, sacudiendo la cabeza.

—Vaya —reaccioné—, sois todos unos idiotas.

—*Oye...* —Bijan estaba estirando las piernas. Fingió ofenderse—. No es justo. Jacobi y yo ni siquiera hemos hablado.

—Sí, pero lo habéis pensado, ¿verdad?

Bijan sonrió.

—Navid —dije—, tus amigos son idiotas.

—Solo les falta madurar un poco —dijo, y le arrojó una botella de agua a Carlos, que la esquivó con facilidad.

Este seguía riendo. Se acercó adonde estaba sentada en el suelo y me tendió la mano.

Lo miré y alcé una ceja.

—Lo siento. —Volvió a decir—. En serio.

Tomé su mano, y tiró de mí hacia arriba.

—Vamos a ver —dijo—, quiero ver ese *six-step* del que tanto he oído hablar.

* * *

Pasé el resto de aquel día practicando los pasos básicos: haciendo paradas de manos y flexiones, e intentando mejorar mi *toprock*. El *toprock* era el estilo que se realizaba en posición vertical. Gran parte del breakdance se bailaba sobre el suelo, pero el *toprock* merecía una atención especial: era lo que primero se hacía, como una introducción y una oportunidad para crear el marco idóneo antes de ir al suelo y realizar el *downrock*, y los subsecuentes *power moves* y pasos que generalmente constituían una única actuación.

Sabía cómo hacer un *toprock* muy básico. Mi trabajo de pies era sencillo; mis movimientos, fluidos pero sin gracia. Tenía una capacidad innata para percibir el compás de la música y podía sincronizar mis movimientos con el ritmo, pero no llegaba. Los mejores bailarines de breakdance tenían su propio estilo, y mis movimientos seguían siendo genéricos. Lo sabía, siempre lo había sabido, pero los chicos me lo señalaron de todos modos. Hablábamos, como grupo, de lo que sabíamos hacer y de lo que queríamos aprender, y me encontraba inclinada hacia atrás sobre las manos cuando mi hermano dio un golpecito sobre mis nudillos.

—Déjame ver tus muñecas —dijo.

Las dobló hacia delante y hacia atrás.

—Tienes muñecas realmente flexibles —dijo. Presionó mi muñeca hacia atrás—. ¿Esto no te duele?

Sacudí la cabeza.

Sonrió, con un brillo excitado en la mirada.

—Vamos a enseñarte a hacer la caminata del cangrejo. Será tu *power move* distintivo.

Mis ojos se agrandaron. La caminata del cangrejo era tan extraña como sonaba. No tenía nada que ver con lo que enseñaban en las clases de gimnasia del colegio de primaria; era, en cambio, un paso que, como gran parte del breakdance, desafiaba las reglas básicas de la gravedad y requería mucha fuerza abdominal. Se apoyaba el peso del cuerpo en las manos, con los codos pegados contra el torso, y se caminaba. Con las manos.

Era difícil. Muy difícil.

—Genial —dije.

No sé por qué, pero terminó siendo el mejor día de instituto que había tenido en mi vida.

4

No llegué a casa hasta alrededor de las cinco, y para cuando terminé de ducharme, mi madre ya nos había llamado varias veces a cenar. Me abrí camino escaleras abajo, aunque sabía que tenía en mi teléfono un montón de mensajes de texto de Ocean, en los que se mostraba preocupado y, después, exasperado, pero yo no tenía el tipo de padres que te permitían ignorar la cena, ni siquiera para hacer la tarea. Ocean tendría que esperar.

Cuando llegué abajo, ya estaban todos reunidos. Mi padre estaba ante su portátil —el cable de Ethernet cruzaba todo el suelo—, con las gafas de lectura sobre la cabeza; me hizo un gesto con la mano cuando entré. Estaba leyendo un artículo sobre la elaboración de pepinos en conserva.

—¿*Mibini?* —me dijo. «¿Ves?»—. Muy fácil.

No me pareció particularmente fácil, pero encogí los hombros. Mi padre era un genio haciendo cosas, y siempre estaba intentando reclutarme para acompañarlo en sus proyectos, lo cual no me importaba en absoluto. De hecho, era algo nuestro.

Tenía nueve años la primera vez que mi padre me llevó a una ferretería, y creí que el lugar era tan genial que mi cerebro casi se volvió loco. Empecé a ilusionarme con regresar, ahorrando el dinero que en otro momento hubiera gastado en cuadernos Lisa

Frank. Pero en cambio, me hice con un trozo de madera contrachapada, solo para ver lo que podía hacer con ella. Más adelante, fue mi padre quien me enseñó a manejar la aguja y el hilo. Me había visto cosiendo los dobladillos de mis vaqueros para evitar que se arrastraran, y una noche me explicó cómo hacerlo de forma correcta. También me enseñó a blandir un hacha para cortar leña y a cambiar un neumático pinchado.

Pero a veces la mente de mi padre iba tan rápido que casi no podía seguirla. El padre de mi padre, mi abuelo, había sido arquitecto en Irán, responsable de diseñar algunos de los edificios más bellos del país, y notaba que mi padre tenía el mismo tipo de cerebro. Devoraba libros aún más rápido que yo; los llevaba adondequiera que fuera. En todos los lugares en los que vivíamos, el garaje se convertía en su taller. Reconstruía los motores de vehículos solo porque le divertía. Construyó la mesa alrededor de la cual estábamos sentados en ese momento: era una recreación de un estilo danés de mediados de los años cincuenta que siempre le había encantado. Y cuando mi madre volvió a la universidad y necesitó un bolso, mi padre insistió en hacerle uno. Estudió patrones de costura, compró el cuero y luego lo cosió, puntada tras puntada. Aún tenía una cicatriz que abarcaba tres dedos, donde se había cortado la piel sin querer.

Esa era la idea que tenía de un gesto romántico.

La cena ya estaba servida sobre la mesa, ligeramente humeante. Había podido olerla desde arriba: los aromas del arroz basmati recubierto con mantequilla y *fesenjan* habían inundado toda la casa. El *fesenjan* era una especie de guiso que se preparaba con melaza de granada y pasta de nueces. Sé que suena raro, pero era *exquisito*. La mayoría de las personas preparaban *fesenjan* con pollo, pero mi difunta tía lo había reinventado con pequeñas albóndigas, y se había convertido en una receta familiar, en su honor.

También había platos chicos con verduras encurtidas y yogur con ajo, y los discos aún tibios de pan fresco que mi padre horneaba todas las tardes. Había un plato de hierbas aromáticas frescas, rábanos y torres pequeñas de queso feta. Además, un cuenco de dátiles y una taza de nueces frescas y tiernas. El samovar gorgoteaba silencioso en el fondo.

La comida era una parte vital de nuestro hogar, y de la cultura persa, en general. La hora de cenar era un momento de reunión, y mis padres jamás nos permitieron romper esa tradición, por mucho que quisiéramos ver algo en televisión o retirarnos a otro lugar donde quisiéramos estar. Solo un par de años atrás, cuando un amigo de Navid vino a cenar, se me ocurrió que no a todas las personas les importaba la comida como a nosotros. De hecho, a él todo le pareció bastante extravagante. Esa noche, lo que teníamos en la mesa era una versión extremadamente simplificada de una cena iraní. Era la forma en la que comíamos cuando estábamos muy ocupados y no venía nadie de visita. Para nosotros, era normal.

Era nuestro hogar.

* * *

Cuando finalmente llegué arriba, eran más de las ocho, y Ocean estaba sufriendo un ataque de pánico.

Contuve el aliento al hacer clic en sus mensajes.

Hola.

¿Estás ahí?

Soy Ocean.

Realmente, espero que este sea el número correcto.

¿Hola?

Soy ocean, tu compañero de laboratorio, ¿recuerdas?

Se hace tarde y estoy empezando a preocuparme.

La verdad es que tenemos que terminar esto antes de la clase mañana.

¿Estás ahí?

Tras mucho rogar, me habían dado un teléfono móvil hacía solo un par de meses —todos mis conocidos habían conseguido el suyo el año anterior—, cuando mis padres, finalmente y a regañadientes, me llevaron a una tienda T-Mobile para comprarme mi propio ladrillo de Nokia. Teníamos un plan familiar, lo cual quería decir que los cuatro compartíamos un limitado paquete de minutos y mensajes de texto, y estos, aunque eran un fenómeno bastante nuevo, me causaban muchos problemas. De algún modo, por la emoción de experimentar la novedad —una vez le había enviado treinta mensajes seguidos a Navid solo para cabrearlo—, sobrepasé el límite en el lapso de una sola semana. Terminamos recibiendo una factura con una cifra desorbitada que obligó a mis padres a sentarme y amenazarme con quitarme el teléfono. Me di cuenta demasiado tarde de que estaban cobrándome no solo los mensajes que *enviaba*, sino también los que recibía.

Un vistazo a la larga serie de mensajes de Ocean me puso al tanto del estado de su cuenta bancaria.

Hola, escribí, **¿eres consciente de que estos mensajes de texto son caros, verdad?**

Ocean escribió enseguida.

Eh, hola.

Creí que no vendrías.

Lamento lo de los mensajes.

¿Tienes AIM?

Me imaginé que hablaríamos mayormente por AIM. A veces los chicos se conectaban con MSN Messenger, pero principalmente usábamos AOL Instant Messenger, el único e incomparable portal mágico de probada eficacia. De todos modos, yo siempre iba un poco atrasada en materia de tecnología. Sabía que había adolescentes con sofisticados ordenadores Apple con sus propias cámaras fotográficas, pero nosotros acabábamos de conseguir la instalación de ADSL en nuestro hogar, y era todo un milagro que tuviera en mi habitación un ordenador viejo y estropeado que de algún modo me conectaba con Internet. Me llevó alrededor de quince minutos encender el aparato, pero al fin nos conectamos. Nuestros nombres ahora poblaban una pequeña ventana cuadrada exclusivamente nuestra. Estaba muy impresionada de que Ocean no tuviera un nombre de usuario que fuera estúpido.

riosyoceanos04: Hola.

jujehpolo: Hola.

Revisé automáticamente su perfil —era casi un reflejo—, y me sorprendió descubrir que lo había dejado en blanco. Bueno, no exactamente en blanco.

Decía «androide paranoico» y nada más.

Casi sonreí. No estaba segura, pero tenía la esperanza de que fuera una referencia a una canción de Radiohead. Por otro lado, podía tratarse solo de una fantasía, ya que me encantaba el grupo. De hecho, mi perfil de AIM contenía una lista de canciones que había estado escuchando sin parar la semana anterior:

1. *Differences*, de Ginuwine
2. *7 Days*, de Craig David

3. *Hate Me Now*, de Nas

4. *No Surprises*, de Radiohead

5. *Whenever, Wherever*, de Shakira

6. *Pardon Me*, de Incubus

7. *Doo Wop*, de Lauryn Hill

Solo entonces caí en la cuenta de que Ocean también podía estar revisando mi perfil.

Me quedé helada.

Por algún motivo, borré rápido el contenido. No sabía por qué. No podía explicar la razón por la que no quería que supiera la clase de música que escuchaba. De golpe, todo pareció demasiado invasivo, demasiado personal.

riosyoceanos04: ¿Dónde estabas hoy?

jujehpolo: Lo siento.

jujehpolo: Estuve muy ocupada esta tarde.

jujehpolo: Acabo de ver tus mensajes.

riosyoceanos04: ¿Fuiste realmente a hacer breakdance después de clases?

jujehpolo: Sí.

riversandoceans04: Guau. Qué divertido.

No dije nada. No sabía realmente cómo responder. Acababa de desviar la mirada para tomar mi mochila cuando oí de nuevo el suave sonido del *ding* doble que indicaba un nuevo mensaje. Bajé el volumen de mi ordenador. Me fijé si la puerta estaba cerrada, sintiéndome un poco culpable. Estaba hablando con un chico en mi habitación. *Estaba hablando con un chico en mi habitación.* AIM hacía que las cosas parecieran inesperadamente íntimas.

riosyoceanos04: Oye, perdona por haber creído que no te dejaban hacer cosas después del colegio.

doble ding.

riosyoceanos04: No debí decir eso.

Suspiré.

Ocean intentaba ser amable. Incluso, intentaba ser un amigo. *Era una posibilidad.* Pero reunía todas las cualidades tradicionalmente agradables que a una chica podían gustarle de un chico. Por eso, su amabilidad se volvía peligrosa para mí. Yo podía ser una adolescente rabiosa, pero no era ciega. No era mágicamente inmune a chicos guapos, y había notado que Ocean era guapo en un grado superlativo. Vestía bien, olía bien, era muy amable. Pero él y yo parecíamos venir de mundos tan diametralmente opuestos que sabía que no debía permitir que fuéramos amigos. No quería conocerlo. No quería sentirme atraída por él. No quería pensar en él, y punto. No solo en él, sino en cualquiera que fuera como él. Era tan experta en negarme a eso, al simple placer de tener siquiera un amor secreto, que no permitía jamás que un pensamiento de ese tipo merodeara por mi mente.

Ya había recorrido demasiadas veces aquel camino.

Aunque para la mayoría de los chicos era poco más que un objeto de burla, cada tanto me convertía en un objeto de fascinación. Por el motivo que fuera, algunos chicos sentían un interés fuerte e intenso por mí y por mi vida, que solía malinterpretar como interés amoroso. Pero tras varias situaciones muy vergonzosas, había descubierto que me consideraban más una curiosidad que otra cosa, un espécimen exótico tras un cristal. Solo querían observarme desde una distancia cómoda, y no que estuviera en sus vidas de modo permanente. Había vivido esta situación suficientes veces como para saber a esa altura que jamás sería una verdadera candidata para una amistad, ni, desde luego, para nada que involucrara un compromiso aún mayor. Sabía que Ocean, por ejemplo, jamás se haría amigo mío más allá de esta tarea escolar. Sabía que no me invitaría a su círculo de personas más allegadas, donde yo encajaría como una zanahoria metida a la fuerza dentro de un exprimidor.

Sí, claro, Ocean intentaba ser amable, pero sabía que su corazón solo se había vuelto repentinamente comprensivo a raíz de una culpa incómoda, y que este era un camino que no conducía a ninguna parte. Me resultaba agotador.

jujehpolo: No pasa nada.

riosyoceanos04: Claro que sí. Me sentí fatal toda la tarde.

riosyoceanos04: Lo siento de verdad.

jujehpolo: Está bien.

riosyoceanos04: Es que nunca he hablado con una chica que lleva un cubre cabeza.

jujehpolo: Guau, cubre cabeza.

riosyoceanos04: ¿Ves? No sé nada.

jujehpolo: Puedes llamarlo pañuelo.

riosyoceanos04: Ah.

riosyoceanos04: Es fácil.

jujehpolo: Así es.

riosyoceanos04: Creí que lo llamaban de otra manera.

jujehpolo: Oye, no es para tanto. ¿Podemos hacer la tarea?

riosyoceanos04: Eh.

riosyoceanos04: Sí.

riosyoceanos04: Claro.

Me di la vuelta durante cinco segundos para sacar las hojas de trabajo de mi mochila cuando lo oí de nuevo: el sonido suave del doble *ding*. Dos veces.

Levanté la mirada.

riosyoceanos04: Disculpa.
riosyoceanos04: No ha sido mi intención que te sintieras incómoda.

Cielos.

> **jujehpolo:** No me siento incómoda.
> **jujehpolo:** Creo que tal vez tú te sientes incómodo.

riosyoceanos04: ¿Qué? No.
riosyoceanos04: No me siento incómodo.
riosyoceanos04: ¿A qué te refieres?

> **jujehpolo:** Me refiero a que quisiera saber si para ti será un problema. Mi cubre cabeza.
> **jujehpolo:** Si te resulta demasiado rara toda mi situación.

Pasaron por lo menos veinte segundos hasta que respondió. En ese momento, pareció una eternidad. Me dio pena. Tal vez, había sido demasiado frontal. Tal vez, estaba siendo mala. Pero Ocean estaba haciendo un esfuerzo *tan* grande por ser… no lo sé. Me resultaba demasiado amable. No parecía natural. Y me ponía nerviosa.

De todos modos, la culpa me roía el pecho. Quizás había herido sus sentimientos.

Tamborileé mis dedos contra el teclado, preguntándome qué decir, cómo dar marcha atrás. Después de todo, aún teníamos que ser compañeros de laboratorio.

O, quizás, no. Quizás Ocean le terminara por pedir a la profesora un nuevo compañero. Había sucedido antes. Una vez, cuando me pusieron al azar con otra estudiante, se rebeló sin más. Se negó de plano, delante de toda la clase, a ser mi compañera y luego insistió en trabajar con su amiga. Mi profesora, una mujer sin personalidad alguna, se puso nerviosa y accedió. Terminé trabajando sola. Fue humillante.

Mierda.

Quizás esta vez yo misma me había puesto en una situación humillante. Quizás Ocean también se rebelaría. Se me hizo un nudo en el estómago.

Y luego...

Doble ding.

riosyoceanos04: No creo que seas rara.

Miré parpadeando la pantalla de la computadora.

Doble ding.

riosyoceanos04: Lo siento.

Ocean parecía pedir disculpas de manera crónica.

> **jujehpolo:** No pasa nada.
> **jujehpolo:** Perdóname a mí por hacerte sentir incómodo. Solo intentabas ser amable.
> **jujehpolo:** Ya lo he entendido.
> **jujehpolo:** No pasa nada.

Transcurrieron lentamente otros cinco segundos.

riosyoceanos04: Está bien.

Suspiré. Dejé caer la cara entre las manos. De algún modo, había creado una situación incómoda. Todo iba bien, totalmente normal, y había sido yo quien lo había complicado todo. Solo había una manera de arreglar las cosas. Así que di un respiro hondo y vergonzoso, y escribí.

jujehpolo: No tienes que ser mi compañero de laboratorio si no quieres.

jujehpolo: No pasa nada.

jujehpolo: Mañana puedo decírselo a la señora Cho.

riosyoceanos04: ¿Qué?

riosyoceanos04: ¿Por qué se te ocurriría decir algo así?

riosyoceanos04: ¿Tú no quieres ser mi compañera de laboratorio?

Fruncí el ceño.

jujehpolo: Oye, no sé lo que está pasando.

riosyoceanos04: Yo tampoco.

riosyoceanos04: ¿Quieres ser mi compañera de laboratorio?

jujehpolo: Claro.

riosyoceanos04: Está bien.

riosyoceanos04: Genial.

jujehpolo: Está bien.

riosyoceanos04: Perdón.

Me quedé mirando fijamente mi ordenador. Esta conversación estaba dándome dolor de cabeza.

jujehpolo: ¿Por qué me pides perdón?

Otro par de segundos.

riosyoceanos04: En realidad, me olvidé.

Casi suelto una carcajada. No entendía qué diablos acababa de suceder. No entendía por qué pedía disculpas y por qué estaba confundido, y ni siquiera sabía si lo quería saber. Lo que quería era volver a que no me importara Ocean James, el chico con dos nombres. Había hablado con él *quizás* durante una hora entera y por algún motivo sentía su presencia en mi habitación, en mi espacio personal. Me resultaba estresante.

No me gustaba. Me hacía sentir rara.

Así que intenté no complicar más las cosas.

jujehpolo: ¿Qué te parece si hacemos la tarea?

Otros diez segundos.

riosyoceanos04: Claro.

Y la hicimos.

Pero sentí que algo cambiaba entre nosotros, y no tenía idea de lo que era.

5

A la mañana siguiente, mi hermano, que tenía un periodo de clase cero y siempre se marchaba al colegio una hora antes que yo, pasó por mi habitación para pedir prestado el CD de Wu-Tang que yo le había quitado. Estaba poniéndome rímel cuando comenzó a golpear la puerta, exigiendo que le devolviera no solo su CD, sino también su iPod. Le grité que su iPod me resultaba mucho más útil a mí durante las horas de clase de lo que alguna vez podía serlo para él. Seguía discutiendo cuando abrí la puerta, y se quedó paralizado. Me miró de arriba abajo, agrandando ligeramente los ojos.

—¿Qué pasa? —pregunté.

—Nada.

Lo dejé entrar y le di el CD que buscaba. Siguió mirándome.

—*¿Qué pasa?* —pregunté de nuevo, irritada.

—Nada —dijo y rio—. Estás guapa.

Enarqué una ceja. Me estaba tomando el pelo.

—¿Ropa nueva?

Bajé la mirada a lo que llevaba puesto. Mi jersey no era nuevo, pero la semana anterior había comprado los vaqueros en una tienda de segunda mano y acababa de arreglarlos. Era algunas tallas más grandes, pero la calidad del tejido era demasiado buena como para desaprovecharla. Además, solo me habían costado cincuenta centavos.

—Bueno, los vaqueros son nuevos.

Asintió.

—Pues son bonitos.

—Sí, bueno —dije—, ¿por qué te estás comportando de una forma tan extraña?

Se encogió hombros.

—No estoy siendo extraño —dijo—. Son vaqueros bonitos. Solo que son... eh... demasiado ajustados. No estoy acostumbrado a verte llevando esa clase de pantalones.

—Qué vulgar.

—Oye, escucha, no me importa en absoluto. Te quedan bien.

—Ajá.

—No, lo digo en serio. Estás genial. —Seguía sonriendo.

—Oh, cielos, *¿qué te pasa?*

—Nada —dijo por tercera vez—. Es solo que, ya sabes, no creo que a mamá le vaya a gustar ver tu culo enfundado en esos jeans.

Revoleé los ojos.

—Pues si no quiere, no tiene por qué mirar mi culo.

Navid rio.

—Lo único que digo es que... a veces lo que te pones no resulta coherente, ¿sabes? Confunde un poco. —Hizo un gesto vago hacia mi cabeza, aunque aún no me había puesto mi pañuelo. De todos modos, entendí a qué se refería. Sabía que no quería criticarme, pero la conversación me irritaba.

Las personas, y a menudo los chicos, decían que las mujeres musulmanas llevaban velos porque intentaban ser recatadas o porque querían ocultar su belleza. Sabía que había señoras en el mundo que lo hacían por esos motivos. No podía hablar en nombre de todas las mujeres musulmanas; nadie podía hacerlo. Pero era una opinión con la que estaba profundamente en desacuerdo. No creía que fuera posible ocultar la belleza de una mujer. Las mujeres me parecían preciosas, independientemente de lo que llevaran puesto, y no creía que tuvieran que darle explicaciones a nadie sobre lo que elegían ponerse. Cada mujer se sentía cómoda con una prenda diferente.

Eran todas hermosas.

Pero los que salían en la primera plana de los periódicos eran los monstruos que obligaban a las mujeres a llevar sacos de patatas humanos todo el día. Y esos imbéciles habían conseguido, por algún motivo, marcar las pautas para todas nosotras. Ya nadie hacía preguntas al respecto; la gente sencillamente suponía que sabía la respuesta, y casi siempre estaba equivocada. Yo me vestía así no porque intentara ser una monja, sino porque era cómodo, y porque, en general, me hacía sentir menos vulnerable. Como si me pusiera una armadura todos los días. Era una preferencia personal. Decididamente, *no* lo hacía para no llamar la atención de los idiotas que no podían mantener la bragueta cerrada. A la gente le costaba creerlo, porque a la gente le costaba creerles a las mujeres, en general.

Era una de las grandes frustraciones de mi vida.

Así que saqué a Navid a empujones de mi habitación y le dije que el aspecto de mi culo en vaqueros no era asunto suyo.

—No, ya lo sé —dijo—, no fue lo que quise decir…

—No lo compliques —dije, y le cerré la puerta en las narices.

Cuando se marchó, me miré en el espejo.

Los vaqueros eran realmente *bonitos*.

* * *

Los días continuaron disolviéndose en silencio.

Aparte de hacer breakdance, prácticamente nada había cambiado, salvo que, de un momento a otro, Ocean empezó a comportarse conmigo de manera diferente durante la clase de Biología. Había cambiado desde aquella primera y única conversación que habíamos mantenido por AIM, más de dos semanas atrás.

Hablaba demasiado.

Siempre estaba diciendo cosas como, «Vaya, qué raro está el tiempo hoy» y «¿Cómo ha ido tu fin de semana?» y «Oye, ¿has estudiado para la prueba del viernes?», y no había vez que no me sorprendiera. Le echaba un rápido vistazo y decía, «Sí, el tiempo está raro» y «Eh, mi fin de semana ha ido bien» y «No, no he estudiado para la prueba del viernes». Entonces, sonreía y decía, «Increíble, ¿verdad?» y «Qué bien» y «¿En serio? Yo he estado estudiando toda la semana», ante lo cual me quedaba callada. Jamás seguía la conversación.

Tal vez fuera una maleducada, pero no me importaba.

Ocean era un chico realmente guapo, y sé que no suena como un motivo válido para que alguien te disguste, pero a mí me alcanzaba. Me ponía nerviosa. No quería hablar con él; no quería conocerlo. No quería que me *gustara*, lo cual era más difícil de lo que pudiera pensarse, porque era una persona muy agradable. Sabía que enamorarme de alguien como él solo podía acabar mal. No quería ponerme en ridículo.

Ese día había estado intentando iniciar una conversación, lo cual supongo que era comprensible, ya que resultaba incómodo diseccionar un gato en silencio con otra persona.

—¿Así que vas a ir al baile? —preguntó.

Entonces sí levanté la mirada. Levanté la mirada porque estaba sorprendida. Reí suavemente, y me di vuelta. Su pregunta era tan ridícula que ni siquiera le respondí. Habíamos tenido toda la semana eventos para apoyar la nueva temporada, anticipando el partido inaugural —creo que era algo relacionado con el fútbol— y los había evitado. Aparentemente, también habría competiciones de espíritu de clase, aunque no sabía lo que eran. Se suponía que ese día debía llevar algo verde, azul o de algún otro color, pero yo no lo llevaba.

La gente estaba perdiendo la cabeza por esa mierda.

—No te involucras demasiado en las cosas del colegio, ¿verdad? —preguntó Ocean. No entendí por qué le importaba.

—No —susurré—. No me involucro demasiado en las cosas del colegio.

—Ah.

Había una parte de mí que quería ser más amable con él, pero a veces sentía una *incomodidad física* real cuando él era amable conmigo. Parecía muy falso. Algunos días tenía la impresión, por nuestras conversaciones, de que él hacía un esfuerzo enorme para compensar aquel primer error, cuando había creído que mis padres estaban a punto de despacharme a un harén. Como si quisiera otra oportunidad para probar que no tenía la mente cerrada, como si creyera que quizás no me daría cuenta de que había pasado de pensar que ni siquiera podíamos encontrarnos después del colegio a creer que tal vez iría al baile de bienvenida, todo en el lapso de dos semanas. No me gustaba. Sencillamente, no confiaba en ello.

Así que le arranqué el corazón al gato muerto, y di por terminado el día.

* * *

Aquella tarde llegué demasiado temprano al entrenamiento, y la sala seguía cerrada; Navid era el único que tenía llave para entrar y aún no había llegado, así que me desplomé en el suelo y esperé. Sabía que la temporada de baloncesto comenzaba en algún momento del mes siguiente. Lo sabía porque había visto los pósteres en todos lados. Pero, por algún motivo, el gimnasio estaba más agitado que nunca. Había ruido. Mucho ruido. Muchos gritos. Muchos silbatos que sonaban y calzado deportivo que chirriaba. No entendía bien lo que pasaba; no sabía mucho de deporte en general. Lo único que oía era el estruendo de muchos pies cruzando una cancha. Lo oía a través de las paredes.

Cuando finalmente entré en la sala de baile con el resto de los chicos, subimos el volumen de la música, haciendo lo posible por tapar el eco de los balones que rebotaban. Trabajaba con Jacobi, que me estaba enseñando a mejorar el movimiento de los pies.

Ya sabía hacer un *six-step* básico, que era exactamente eso: una serie de seis pasos ejecutados en el suelo. Había que mantenerse erguido sobre los brazos mientras las piernas hacían casi todo el trabajo, moviendo el cuerpo en una especie de círculo. Servía como una introducción al *power move* de cada uno, es decir, el movimiento acrobático individual, algo parecido a lo que hacían los gimnastas sobre un caballo con arco, salvo que tenía mucho más estilo. En muchos sentidos, el breakdance se acercaba a la capoeira, una forma afrobrasileña de artes marciales que involucraba muchas patadas y giros en el aire; la capoeira hacía que patearle el culo a alguien fuera precioso y temible a la vez.

El breakdance tenía algo de eso.

Jacobi estaba enseñándome a añadir los CC a mi *six-step*. Se llamaban CC porque los habían creado un grupo de *breakers* que se hacían llamar los Crazy Commandos, y no porque el paso tuviera alguna semejanza con una *C*. Eran rotaciones del cuerpo que le daban mayor complejidad al trabajo de piernas, y hacían que la rutina fuera increíble. Hacía rato que trabajaba en ello. Ya había aprendido a hacer un CC con ambas manos, pero seguía tratando de pillar el truco con una sola, y Jacobi me miraba mientras intentaba, una y otra vez, que me saliera. Cuando finalmente lo logré, aplaudió con fuerza.

Tenía una enorme sonrisa.

—Bien hecho —dijo.

Me desplomé de espaldas, despatarrada en el suelo, y sonreí.

Eso no era nada, apenas los *primeros pasos*. Pero me sentía muy bien.

Jacobi me ayudó a ponerme de pie y me apretó el hombro.

—Muy bien —dijo—. En serio.

Le sonreí.

Al volverme para buscar mi botella de agua, me quedé helada.

Ocean estaba apoyado en el marco de la puerta, ni dentro ni fuera de la sala, con un bolso de gimnasia cruzado sobre el pecho. Me saludó con la mano.

Miré alrededor, confundida, como si estuviera saludando a otra persona, pero se rio. Finalmente, me reuní con él en la puerta, y advertí entonces que alguien la había dejado abierta. A veces, cuando la sala se volvía demasiado calurosa, uno de los chicos trababa la puerta para que entrara un poco de aire.

Pero nuestra puerta abierta jamás había atraído visitantes.

—Hola —dije—. ¿Qué haces aquí?

Ocean sacudió la cabeza. Por algún motivo, parecía aún más sorprendido que yo.

—Pasaba por aquí —dijo—, y escuché la música. Quería saber qué había.

Levanté una ceja.

—¿Pasabas por aquí?

—Sí. —Sonrió—. Yo, eh, paso mucho tiempo en el gimnasio. Pero de cualquier manera, no sabía que estabas aquí. Han puesto la música superfuerte.

—Ah.

—Pero me pareció que debía saludar en lugar de quedarme aquí parado como un baboso.

—Buena decisión —dije, pero estaba frunciendo el ceño. Seguía procesando la situación—. ¿Así que no necesitas nada? ¿Para la clase?

Sacudió la cabeza.

Me quedé mirándolo.

Finalmente, respiró hondo.

—No estabas bromeando —dijo—, sobre el breakdance.

Me reí. Lo miré con incredulidad.

—¿Creíste que mentiría acerca de algo como esto?

—No —dijo, pero parecía vacilar—. Es solo que… no lo sé. No lo sabía.

—Ajá.

—¿Estos son tus amigos? —preguntó. Miraba a Jacobi, que me disparó una mirada como diciendo, *¿Quién es este tipo?*, y *¿Qué ocurre?*, todo a la vez.

—Digamos que sí —dije.

—Qué bueno.

—Sí —estaba muy confundida—. Um, debo irme.

Ocean asintió. Se irguió aún más.

—Sí, yo también.

Nos despedimos con un adiós embarazoso, y en cuanto quedó fuera de vista, cerré la puerta.

* * *

Jacobi fue el único que me vio hablando con Ocean aquel día, y cuando me preguntó sobre ello, le dije que no era nada, solo un chico de la clase que necesitaba algo. Ni siquiera sé por qué mentí.

Estaba completamente desconcertada.

6

Las cosas empezaron a encontrar su propio ritmo.

Me estaba adaptando a una nueva rutina en esta ciudad, y empezaba a disiparse la angustia que sentía por no tener amigos en el colegio. Ya no era un shock para el sistema; en cambio, me había convertido en una presencia familiar, alguien a quien la mayoría de mis compañeros podía ignorar cómodamente. A la gente seguía causándole gracia llamarme *la talibana*, y cada poco encontraba una nota anónima en mi taquilla diciendo que me fuera a la mierda y regresara al lugar de donde había venido, o alguien se molestaba en señalar que las chicas con turbantes como yo no merecían vivir en su país… pero intentaba que no me afectara. Intentaba acostumbrarme a ello. Había escuchado en algún lugar que las personas podían acostumbrarse a lo que fuera.

Por suerte, el breakdance me mantenía ocupada de la mejor manera posible.

Me gustaba todo lo que tuviera que ver con esta disciplina: la música, los movimientos, incluso la historia. El breakdance había empezado allá por los años setenta, en el South Bronx, en Nueva York, y lentamente, con el tiempo, había conseguido cruzar el país hasta Los Ángeles. Era una réplica y, al mismo tiempo, una derivación y evolución del hip-hop, y lo más genial de todo era que había servido originalmente como alternativa a la violencia física. Al pelear por sus territorios, las bandas ejecutaban batallas de breakdance para resolver una disputa: por eso seguía existiendo en la actualidad el término *batalla*. Los grupos de breakdance no competían: se enfrentaban en una batalla. Cada miembro de un grupo ofrecía un espectáculo.

Y ganaba el mejor *b-boy* o la mejor *b-girl*.

Me volqué de lleno al trabajo, acudiendo al gimnasio casi todos los días. Cuando no teníamos acceso al estudio de baile del colegio, deshacíamos enormes cajas de cartón, y las colocábamos en calles abandonadas y aparcamientos; instalábamos un equipo de sonido y practicábamos. Las mañanas del fin de semana, Navid me sacaba de la cama demasiado temprano para que corriéramos una distancia de dieciséis kilómetros. Comenzamos a entrenarnos juntos, regularmente. El breakdance suponía algo físico extremadamente agotador, pero era algo que me colmaba de felicidad y de sentido. De hecho, estaba concentrada en esta vida fuera del instituto, y tan cansada después de entrenar todos los días que apenas tenía tiempo para enfadarme con todos los imbéciles que abundaban por todos lados.

El aspecto académico del colegio era bastante complicado.

Hacía mucho tiempo que había descubierto cómo conseguir un sobresaliente sin hacer esfuerzo alguno: el secreto de mi éxito era que realmente no me importaba. No sentía ninguna presión por sacar buenas notas, así que por lo general me iba bien. El colegio había dejado de importarme hacía algunos años, justo cuando había llegado a ser lo suficientemente mayor como para advertir que preocuparme por un colegio, sus profesores, sus estudiantes, sus muros y sus puertas y múltiples corredores casi siempre terminaba en un desgarro emocional. Así que dejé de preocuparme. Dejé de recordar cosas, personas y caras. Con el tiempo, las instituciones y su gran cantidad de nombres se mezclaron entre sí. La señora fulana de tal era mi maestra de primer curso; el señor fulano de tal enseñaba en el tercer curso. Daba igual.

La ley y la cuchara de madera con la que mi madre me golpeaba el culo me obligaban a ir todos los días, así que lo hacía. Iba, hacía el trabajo y lidiaba con las incesantes e ineludibles microagresiones de las masas, que influían en el clima emocional de mi día. No me estresaba por tener que entrar en una buena universidad porque ya sabía que no había dinero para hacerlo. No me estresaba por las clases avanzadas porque no me parecían diferentes de las clases regulares. No me estresaban los exámenes de admisión a la universidad porque a quién mierda le interesaban. A mí, no.

No lo sé. Supongo que siempre había creído que saldría bien, por mucho que intentaran mutilarme todos los colegios a los que había ido. Y me aferraba a ese sentimiento todos los días. *Dos años y medio más*, pensaba. Solo dos años y medio más hasta que pudiera largarme de esa vida organizada con timbres que, seamos honestos, ni siquiera sonaban.

Emitían un pitido.

En eso pensaba mientras desprendía otra capa más de carne húmeda de gato para separarla del músculo húmedo del gato. Pensaba en cuánto odiaba eso. En la ansiedad que ya sentía por regresar al gimnasio. Cada vez resistía mejor en la posición del cangrejo —el día anterior había estado a punto de sostener el peso del cuerpo sobre los codos— y quería ver si ese día podía mejorar. Ese fin de semana iría a mi primera batalla de breakdance en vivo, y quería sentir que sabía algo cuando llegara.

Terminé mi turno con el gato y me quité los guantes, y los arrojé en el bote de basura antes de lavarme las manos, por si acaso, en el fregadero de nuestro puesto de trabajo. Hasta ese momento, nuestros hallazgos habían sido decepcionantes, como me gustaba a mí. Uno de los grupos de nuestra clase había descubierto que la gata que diseccionaban había muerto preñada: habían encontrado una camada de gatitos sin nacer dentro del útero.

Qué mierda de trabajo escolar.

—Te toca a ti —dije, echando un vistazo a Ocean, cuya actitud hacia mí había cambiado notablemente durante la última semana.

Había dejado de hablarme en clase.

Ya no me hacía preguntas genéricas sobre mis tardes o fines de semana. De hecho, en los últimos días no me había dirigido más que un par de palabras, y no mucho más desde aquella tarde que lo había visto en el estudio de baile. A menudo, lo pillaba mirándome, pero las personas siempre estaban mirándome. Por lo menos Ocean tenía la decencia de fingir que *no* me miraba, y jamás había dicho nada al respecto, por lo cual le estaba secretamente agradecida. Prefería las miradas silenciosas a los imbéciles que me decían, sin motivo alguno, exactamente lo que pensaban de mí.

Pero mentiría si dijera que no estaba un poco desconcertada.

Creí que había llegado a entender a Ocean, pero de pronto no estaba tan segura. Aparte de su nombre inusual, parecía un chico completamente común y corriente, criado por padres completamente comunes y corrientes. El tipo de padres que compraban sopa de lata, les mentían a sus chicos sobre Papá Noel, creían en todo lo que leían en sus libros de historia y, en realidad, no hablaban de sus sentimientos.

Mis padres eran exactamente lo contrario.

Me fascinaba la comida enlatada por el mero hecho de que en mi casa estaba completamente prohibido aquel milagro de la inventiva occidental. Mis padres cocinaban todo desde cero, por más básico que fuera; no celebrábamos Navidad jamás, salvo en alguna ocasión en que mis padres se habían apiadado de nosotros

—un año recibí una caja de sobres—; y nos habían enseñado sobre las atrocidades de la guerra y del colonialismo desde antes de que pudiéramos leer. Tampoco tenían ningún problema en abrirse respecto de sus sentimientos. De hecho, lo disfrutaban. A mis padres les encantaba señalarme todo el tiempo lo que creían que era mi problema: lo llamaban mi *actitud deplorable*.

En cualquier caso, ya no tenía ninguna pista para entender a Ocean, y me fastidiaba que eso me molestara. Había creído justamente que prefería su silencio; de hecho, era exactamente lo que había intentado lograr. Pero ahora que realmente me ignoraba, no podía evitar preguntarme por qué.

Aun así, me parecía lo mejor.

Pero ese día fue un poco diferente. Ese día, tras un periodo de veinte minutos de silencio absoluto, habló.

—Oye —me dijo—, ¿qué te ha pasado en la mano?

Por la noche había estado intentando abrir la costura de una chaqueta de cuero, y había tirado demasiado fuerte. El destripador de costuras se había resbalado y me había cortado la parte trasera de la mano izquierda. Tenía una venda bastante grande pegada en el espacio entre el dedo índice y el pulgar.

—Un accidente de costura —dije, mirándolo.

Sus cejas se unieron en una expresión de desconcierto.

—¿*Un accidente de costura*? ¿Qué es un accidente de costura?

—Pues, la costura —dije—. Sabes, ¿coser ropa? Confecciono gran parte de mi propia ropa —dije cuando no pareció comprender—. O, a veces, compro algo *vintage* y lo arreglo yo misma. —Levanté la mano para demostrarlo—. Da igual, no soy muy buena haciéndolo.

—¿Haces tu propia ropa? —Sus ojos se habían agrandado ligeramente.

—A veces —respondí.

—¿Por qué?

Me reí. Era una pregunta razonable.

—Pues… porque la ropa que realmente me gusta está fuera de mis posibilidades.

Ocean se quedó mirándome.

—¿Sabes algo de moda? —le pregunté.

Sacudió la cabeza.

—Oh —dije, e intenté sonreír—. Pues, supongo que no es para todo el mundo.

Pero a mí me encantaba.

La colección de otoño de Alexander McQueen acababa de llegar a las tiendas, y tras mucho suplicar, había convencido a mi madre de que me llevara a uno de los centros comerciales elegantes de por aquí solo para ver las prendas en vivo y en directo. Ni siquiera las tocaba. Solo me paraba junto a ellas y las miraba.

Alexander McQueen me parecía un genio.

—Así que… ¿tú le has hecho eso a tus zapatos? —preguntó Ocean de pronto—. ¿A propósito?

Miré hacia abajo.

Llevaba lo que solían ser un par de Nikes blancas simples, pero las había dibujado todas. Y mi mochila y mis carpetas. Era algo que a veces hacía. Me encerraba en mi habitación, escuchaba música y dibujaba. A veces eran simples garabatos, pero últimamente había estado experimentando con grafiti —especialmente, *tagging*— porque algunas técnicas de *tagging* me recordaban a la caligrafía sumamente estilizada de la cultura persa. Pero no era como Navid; jamás había pintado grafitis en una propiedad privada. Por lo menos, no más de dos veces.

—Sí —dije lentamente—. Lo he hecho a propósito.

—Oh, qué increíble.

Me reí al ver su expresión.

—No, en serio —dijo—, me gusta.

De todos modos, vacilé.

—Gracias.

—Tienes otro par igual, ¿verdad?

—Sí. —Levanté una ceja—. ¿Cómo lo sabes?

—Te sientas delante de mí —dijo. Me miró directamente a los ojos y casi sonrió, pero parecía una pregunta—. Has estado sentada delante de mí durante dos meses. Me fijo todos los días.

Mis ojos se agrandaron, y luego fruncí el ceño. No tuve tiempo siquiera de pronunciar una palabra porque volvió a hablar.

—No he querido decir… —Sacudió la cabeza y desvió la mirada—… guau, no he querido decir que te miro fijamente. Solo que te *miro*. Ya sabes. *Mierda* —dijo en voz baja, sobre todo, para sí—. Olvídalo.

Reí a medias, pero sonó raro.

—Claro.

Y eso fue todo. Durante el resto de la clase, no dijo nada más que fuera digno de recordar.

Había venido a dejar unos libros en la taquilla después de clases, y a echar mano a la ropa de ejercicio que había guardado allí junto con mi bolsa deportiva, cuando oí una conmoción repentina de voces. A esa hora los corredores solían estar bastante tranquilos, y rara vez veía personas después de la salida de clase, así que el ruido me llamó la atención. Me volví sin pensarlo demasiado.

Animadoras.

Había tres. Muy bonitas y animadas. No llevaban sus uniformes oficiales, sino chándales que hacían juego, pero por algún motivo era obvio que lo eran. Curiosamente, las animadoras nunca me trataban mal; en cambio, me ignoraban tan por completo que su presencia me resultaba inesperadamente reconfortante.

Me volví a dar vuelta.

Acababa de colgarme la bolsa deportiva al hombro cuando oí a alguien saludando desde lejos. Estaba muy segura de que quienquiera que fuera no me había dirigido el saludo a mí, y de que, incluso si era así, si me daba vuelta iba a toparme con un nuevo insulto creativo, así que lo ignoré. Cerré la puerta de la taquilla bruscamente, giré la combinación y me marché.

—Oye…

Seguí caminando, pero ahora con cierta inquietud: la voz *definitivamente* parecía dirigirse hacia donde yo estaba. No quería saber por qué alguien me hacía señas para que me detuviera justo en ese momento. Todas las personas que conocía de ese colegio me esperaban, en ese preciso momento, dentro de una sala de baile en el gimnasio, así que quienquiera que fuese, no tenía otra intención que molestarme y…

—¡Shirin!

Me quedé helada. Eso era algo inusual. Generalmente, los idiotas que me molestaban en los corredores no sabían mi nombre.

Me volví, pero solo a medias.

—Hola. —Era Ocean. Parecía ligeramente exasperado.

Tuve que hacer un esfuerzo físico para no parecer demasiado sorprendida.

—Se te ha caído el teléfono —dijo, y me lo ofreció para que lo tomara.

Vi que tenía el teléfono en su mano. Lo miré a él. No comprendía por qué el universo insistía en ponerlo en mi camino, pero tampoco sabía cómo enfadarme con él por ser una persona decente, así que tomé el teléfono.

—Gracias —dije.

Me miró con una expresión frustrada y divertida a la vez. Pero siguió sin decir nada. Y no habría pasado nada, salvo que me miró tres segundos de más, y de pronto la situación se volvió rara.

Respiré hondo. Estaba a punto de despedirme cuando alguien lo llamó por su nombre. Miré por detrás de Ocean y noté que era una de las animadoras.

Me sorprendió, pero intenté que no se notara.

Y luego me marché, sin decir una palabra.

* * *

Aquella noche, tras una sesión de entrenamiento particularmente agotadora, me sentía demasiado excitada para dormir, y no sabía por qué. Sentada en la cama, no dejaba de escribir. Siempre había escrito en mi diario con bastante intensidad.

Todos los días garabateaba palabras sobre aquellas hojas, varias veces al día. Incluso, en la mitad de una clase y durante las horas de almuerzo. Mi diario era algo tan preciado para mí que lo acarreaba adonde fuera: era la única manera de mantenerlo a salvo. Me preocupaba que algún día mi madre se apoderara de él, lo leyera y advirtiera que su hija era un ser humano complicado y con defectos, alguien que a menudo desestimaba el dogma de la religión, y eso le terminara provocando un aneurisma. Así que siempre lo tenía cerrado.

Pero esa noche no podía concentrarme.

Cada tanto, levantaba la vista, miraba mi ordenador, su pantalla negra, apagada, brillando en la oscuridad, y dudaba. Era realmente tarde, quizás la una de la mañana. Todo el mundo dormía.

Dejé de lado el bolígrafo.

El antiguo y pesado ordenador era una mole abultada y difícil de manejar. Mi madre lo había ensamblado, componente por componente, hacía un par de años, cuando debía obtener un nuevo nivel de certificación para su curso de programación informática. Se parecía un poco al monstruo de *Frankenstein*, salvo porque era el monstruo de mi madre, y yo había sido la feliz destinataria del coloso. Rápido, antes de que pudiera cambiar de idea, lo encendí.

Hizo ruido.

La pantalla se iluminó, aparatosa y enceguecedora; el componente de CPU empezó a zumbar enloquecido. El ventilador estaba sobrecargado, y el disco rígido hacía un fuerte chasquido. De inmediato, me arrepentí de mi decisión. Me habían llegado historias de padres que dejaban que sus hijos se quedaran despiertos toda la noche, pero no los conocía. Por el contrario, los míos siempre estaban controlándome, siempre desconfiando... aunque fuera, generalmente, por un buen motivo: mi hermano y yo no éramos precisamente un modelo de obediencia. Ahora estaba segura de que me oirían dando vueltas en mi habitación, irrumpirían sin más, y me obligarían a que me fuera a dormir.

Me mordí el labio y esperé.

La maldita máquina por fin se encendió. Llevó diez minutos. Llevó otros diez hacer clic en varias teclas y conseguir que funcionara Internet porque a veces mi ordenador era, no sé, sencillamente terco. Por raro que pareciera, estaba nerviosa. Ni siquiera sabía lo que estaba haciendo ni por qué lo hacía. No con absoluta certeza.

Mi cuenta de AIM se conectó automáticamente; mi breve lista de amigos estaba offline. Salvo uno.

Mi corazón hizo algo raro en el pecho, y me paré demasiado rápido, sintiéndome de pronto estúpida y avergonzada. Ni siquiera conocía a ese chico. No estaba ni remotamente interesado en alguien como yo *ni* lo estaría jamás, y yo lo sabía. Lo sabía y de todos modos seguía quieta ahí, como una idiota.

No lo haría. No haría el ridículo.

Me volví hacia mi ordenador, lista para presionar el botón de encendido y apagar todo ese armatoste cuando...

doble ding.
doble ding.
doble ding.

riosyoceanos04: Hola.

riosyoceanos04: Estás conectada.

riosyoceanos04: Nunca te conectas.

Lo observé con fijeza, con el dedo paralizado sobre el botón de encendido.

doble ding.

riosyoceanos04: ¿Hola?

Me senté ante mi escritorio.

jujehpolo: Hola.

riosyoceanos04: Hola.

riosyoceanos04: ¿Qué haces despierta a esta hora?

Comencé a escribir, *No sé,* pero me di cuenta de que mi respuesta sería demasiado obvia. Así que probé algo más general.

jujehpolo: No podía dormir.

riosyoceanos04: Oh.

riosyoceanos04: Oye, ¿puedo hacerte una pregunta?

Me quedé mirando la ventana de mensaje. Sentí un ligero temor.

jujehpolo: Claro

riosyoceanos04: ¿Qué significa jujehpolo?

Era tal el alivio porque no me hubiera preguntado algo horri-
blemente ofensivo que casi solté una carcajada.

jujehpolo: Es algo persa. Jujeh significa pequeño, pero
es también la palabra para pollito.

jujehpolo: Y polo significa arroz.

jujehpolo: Me doy cuenta al escribir esto de que no
tiene ningún sentido, pero supongo que es una
broma familiar. Mi familia me llama jujeh,
porque soy pequeña, y jujeh kabab
con arroz es un plato…

jujehpolo: Da igual.

jujehpolo: Es solo un apodo.

riosyoceanos04: Claro, entiendo. Es simpático.

riosyoceanos04: ¿Así que eres iraní?

jujehpolo: Sí.

riosyoceanos04: Genial. Me encanta la comida persa.

Mis cejas se dispararon hacia arriba por la sorpresa.

jujehpolo: ¿En serio?

riosyoceanos04: Sí, me encanta el humus.

riosyoceanos04: Y el falafel.

Ah, sí. Claro.

jujehpolo: Ninguna de esas cosas es persa.

riosyoceanos04: ¿En serio?

jujehpolo: Así es.

riosyoceanos04: Ah.

Dejé caer la cabeza entre las manos. De pronto, me odiaba a mí misma. ¿Qué diablos estaba haciendo? Esta conversación era muy estúpida. Yo era muy estúpida. No me podía creer que hubiera encendido el ordenador para esto.

> **jujehpolo:** Oye, creo que debería irme a dormir.
> **riosyoceanos04:** Ah, claro.

Ya había escrito la palabra *Adiós*, y estaba a punto de presionar *enter*...

> **riosyoceanos04:** Oye, antes de irte.

Vacilé. Borré. Reescribí.

> **jujehpolo:** ¿Sí?
> **riosyoceanos04:** Quizá algún día puedas enseñarme sobre la comida persa.

Me quedé mirando la pantalla demasiado tiempo. Estaba confundida. Lo primero que se me ocurrió fue que estaba invitándome a salir; lo segundo, más inteligente, que jamás sería tan estúpido como para hacer una cosa así, que seguramente fuera consciente del hecho de que un chico blanco agradable no debía invitar a salir a una chica musulmana. Pero dejando a un lado esa posibilidad, estaba desconcertada.

¿Quería que lo educara en la comida persa? ¿Que le hablara sobre las costumbres de mi gente? ¿Qué diablos?

Así que decidí ser honesta.

> **jujehpolo:** No sé si entiendo lo que quieres.

riosyoceanos04: Quiero probar la comida persa.

riosyoceanos04: ¿Existen restaurantes de comida persa por aquí?

jujehpolo: Jajaja.

jujehpolo: ¿Por aquí? No.

jujehpolo: No, salvo que cuentes la cocina de mi madre.

riosyoceanos04: Oh.

riosyoceanos04: Entonces quizá pueda ir a cenar a tu casa.

Casi me caigo de la silla. Mierda, qué agallas tenía ese chico.

jujehpolo: ¿Quieres venir a casa a cenar con mi familia?

riosyoceanos04: ¿Te parece extraño?

jujehpolo: Eh... un poco.

riosyoceanos04: Oh.

riosyoceanos04: Entonces, ¿eso quiere decir que no?

jujehpolo: No lo sé.

Miré el ordenador con el ceño fruncido.

jujehpolo: Supongo que puedo preguntarles a mis padres.

riosyoceanos04: Genial.

riosyoceanos04: Ok, buenas noches.

jujehpolo: Eh...

jujehpolo: Buenas noches.

No tenía ni idea de qué diablos acababa de ocurrir.

Me pasé el fin de semana ignorando el ordenador.

Estábamos a mediados de octubre, hacía un par de meses que había empezado el colegio y aún no sabía bien dónde me encontraba. No había hecho amigos, pero no me sentía sola, lo cual era algo nuevo. Además, estaba ocupada —también algo nuevo—, y una ventaja adicional era que, de repente, tenía *planes*. De hecho, estaba a punto de salir.

Esta noche, iría a ver una batalla de breakdance.

Solo estaríamos sentados entre el público, pero la perspectiva me excitaba de todos modos. Queríamos unirnos a la escena del breakdance de esta ciudad nueva y ver adónde nos llevaba. Quizás, una vez que fuéramos lo suficientemente buenos, comenzaríamos a enfrentarnos a otros grupos. Soñábamos con competir a nivel regional y estatal algún día, y tal vez, *tal vez*, a nivel internacional.

Teníamos grandes sueños. Y nuestros padres los habían aprobado.

Mis padres eran un poco conservadores y tradicionales, pero en algunos sentidos, increíblemente progresistas. Generalmente, eran bastante geniales. Aunque tenían una flagrante doble moral. Cuando era niña, temían más que el mundo pudiera lastimarme a mí que a mi hermano, y por eso eran más estrictos conmigo, con la hora a la cual debía llegar a casa, con lo que podía y no podía hacer. Jamás quisieron aislarme socialmente, pero siempre querían saberlo todo acerca de adónde iba y con quién y exactamente cuándo regresaría y así sucesivamente. Pero casi nunca lo hacían con Navid. Cuando mi hermano llegaba tarde a casa apenas se irritaban. Una vez, regresé a casa una hora después de ver la primera película de Harry Potter —no tenía idea de que *duraría tres horas*—, y mi madre estaba tan alterada que no sabía si llorar o matarme. Aquella reacción me desconcertó porque mi actividad social era tan escasa que era prácticamente nula. Jamás me quedaba hasta tarde en una fiesta ni andaba por ahí emborrachándome con mis amigas. Lo mío era hacer estupideces con ellas, como deambular por Target, comprar lo más barato que encontráramos y usarlo para decorar los coches en el aparcamiento.

A mi madre no le parecía bien ese pasatiempo.

La ventaja de hacer breakdance con mi hermano era que mis padres se preocupaban menos cuando sabían que estaba conmigo, listo para darle un puñetazo en la cara a un acosador incauto si era necesario. Pero mi hermano y yo también habíamos aprendido hacía tiempo a burlar el sistema. Cuando quería ir a algún lado, y sabía que mis padres no estarían de acuerdo, Navid respondía por mí. Yo hacía lo mismo por él.

De todos modos, mi hermano acababa de cumplir dieciocho años. Era mayor y, por consiguiente, tenía más libertad. Había estado realizando trabajos esporádicos en todos los lugares adonde habíamos vivido desde que era aún menor que yo, ahorrando lo suficiente para comprarse un iPod *y* un coche. Era un sueño adolescente. En la actualidad, era el orgulloso dueño de un Nissan Sentra de 1998, que algún día usaría para pasarme por encima del pie. Hasta entonces, seguía teniendo que mover el culo todos los días para llegar al colegio. A veces, conseguía que me llevara, pero tenía ese periodo de clase cero por la mañana y, generalmente, me dejaba plantada después del entrenamiento para hacer algo con sus amigos.

Ese día, conduciríamos esa bestia hermosa a un nuevo mundo. Un mundo que me daría un apodo nuevo y revelaría una nueva faceta de mi identidad. Quería convertirme en una *b-girl* en todo el sentido de la palabra. Sería mucho mejor que me llamaran una *b-girl*, una breakdancer, que la Chica que Llevaba un Mamotreto en la Cabeza.

* * *

El evento era aún más emocionante de lo que anticipé. Ya había presenciado batallas, por supuesto —hacía años que veíamos viejas competiciones de breakdance en cintas de VHS—, pero era completamente diferente verlo en persona. El espacio era relativamente pequeño, parecía una galería de arte remodelada, y la gente se hallaba reunida como cigarrillos en una cajetilla, apiñada contra las paredes y las puertas, apretándose para dejar suficiente espacio vacío en el medio del recinto. La energía era palpable. La música reverberaba contra las paredes y el techo, y el bajo me latía en los tímpanos. Adentro, las personas no parecían en absoluto preocupadas por mí. Nadie me miró: las miradas apenas se deslizaron sobre mi rostro y mi cuerpo mientras escudriñaban toda la sala. No sabía por qué de pronto había dejado de importar mi aspecto, por qué no generaba reacciones. Quizás fuera porque el grupo de personas autoconvocadas a este lugar era muy diverso: estaba rodeada de cuerpos y rostros de todo tipo. Oía español por un oído, y chino, por el otro. Éramos blancos, negros y morenos, todos reunidos por un único interés.

Me resultó genial.

En aquel momento, comprendí que lo único que importaba en este mundo particular era el talento. Si llegaba a ser una bailarina de breakdance decente, estas personas me respetarían. Aquí podía ser más que un patrón que me imponía la sociedad.

Era lo que siempre había deseado.

* * *

Regresé a casa aquella noche sintiéndome más eufórica que nunca. Enloquecí a mi madre hablando hasta por los codos del evento. Sonrió, poco impresionada, y me dijo que fuera a hacer la tarea. Al día siguiente a primera hora, me estaría esperando el colegio, pero esa noche seguía bajo el hechizo. La música aún resonaba en mi cabeza. Me preparé para ir a la cama y no podía concentrarme en las tareas que había dejado inconclusas. En cambio, despejé un hueco en la mitad del dormitorio y practiqué la posición del cangrejo durante tanto tiempo que empecé a sentir pinchazos en las manos por la alfombra. No hacía más que caer hacia delante, besando el suelo, como le gustaba decir a mi hermano, y no me terminaba de salir. Aún tenía un largo camino por recorrer antes de llegar a ser siquiera una bailarina de breakdance decente, pero vamos, nunca me había asustado el trabajo duro.

9

Mi segunda clase del día era Perspectivas Globales. Mi profesor era una de esas mentes exaltadas y creativas, uno de esos tipos decididos a lograr grandes cambios en los adolescentes. Era más cool que la mayoría de los docentes, aunque casi siempre se notaba que hacía demasiado esfuerzo por convencernos de ello. De todas formas, no odiaba su clase. Lo único que nos exigía era que participáramos.

No había exámenes ni tareas.

En cambio, nos obligaba a analizar temas de actualidad: política, ideas controversiales. Quería que nos formuláramos preguntas difíciles, que nos cuestionáramos a nosotros mismos y a las ideas que teníamos del mundo, y que entabláramos un diálogo directo entre nosotros de maneras en las que habitualmente no lo haríamos. Si nos negábamos a participar —a expresar en voz alta nuestras opiniones— suspenderíamos la asignatura.

Me gustó.

Hasta ahora no había habido ningún drama; había comenzado con temas poco conflictivos. El segundo día de clase, descubrimos que había dividido todos los escritorios en grupos de cuatro. Teníamos que comenzar allí, en un grupo más pequeño, antes de que él introdujera algún cambio.

Tras treinta minutos de un debate intenso, pasó por nuestro pequeño grupo y nos pidió que resumiéramos lo que habíamos hablado.

Y luego nos sorprendió.

—Genial, genial. ¿Y cómo se llaman las personas del grupo? —preguntó.

Fue eso lo que hizo que lo tomara en serio. Porque, caramba, hacía un rato que hablábamos y no habíamos preguntado una sola vez cómo se llamaban los demás. Pensé: *quizás este sujeto sea inteligente*. Pensé: *quizás sea diferente*. Pensé: *oye, el señor Jordan realmente podría saber algo*.

Pero ese era un nuevo lunes. Se imponía un cambio.

Acababa de llegar a mi sitio cuando gritó:

—Shirin y Travis, venid aquí, por favor.

Lo miré, sin entender, pero me hizo un gesto para que me acercara. Dejé caer mi mochila en el suelo, junto a mi silla, y me dirigí a regañadientes al frente de la clase. Me quedé mirando fijamente mis pies, y la pared. Estaba nerviosa.

Aún no había conocido a Travis, no era uno de los cuatro integrantes de mi grupo, pero reunía todas las características que, según la televisión, debía tener un atleta: era un muchachote fuerte y rubio, y llevaba una chaqueta deportiva. Noté que él también dirigía miradas embarazosas a su alrededor.

El señor Jordan sonreía.

—Un nuevo experimento —dijo a la clase, aplaudiendo. Luego se volvió hacia nosotros—. Bueno, vosotros dos —dijo, girando nuestros hombros de modo que quedamos enfrentados—, sin vergüenza. Quiero que os miréis a la cara.

Matadme, por favor.

Miré a Travis solo porque no quería suspender esta clase. Él tampoco parecía demasiado entusiasmado con mirarme a la cara, y me dio pena por él. Ninguno de los dos quería hacer lo que demonios fuera que nuestro profesor tenía planeado.

—Seguir miraándoos —dijo el señor Jordan—. Quiero que ambos os *miréis* de verdad. Que realmente os observéis. ¿Lo están haciendo?

Le lancé una mirada asesina al señor Jordan, sin decir una palabra.

—Muy bien —dijo. Sonreía como un demente—. Ahora, Travis —dijo—, quiero que me digas exactamente lo que piensas cuando miras a Shirin.

En ese momento, perdí toda sensibilidad en mis piernas.

Me sentí de pronto débil pero paralizada a la vez. Me inundaron el pánico y la indignación. Me sentía traicionada, y no supe qué hacer. ¿Cómo podía justificar el hecho de enfrentar a mi profesor y decirle que estaba loco? ¿Cómo podía hacerlo sin que me sancionaran?

La cara de Travis se había teñido de un rojo intenso. Comenzó a balbucear.

—Sé sincero —decía el señor Jordan—. Recuerda, lo primero es la sinceridad. Sin ella, no podemos avanzar ni tener discusiones productivas. Así que *sé sincero*. Dime exactamente qué piensas cuando miras su cara. La primera impresión. Lo que se te ocurra. Ahora, *ahora*.

Me quedé entumecida. Estaba paralizada por la impotencia y la vergüenza. No sabía cómo explicarlo. Me quedé allí parada, odiándome, mientras Travis titubeaba buscando las palabras adecuadas.

—No sé —dijo. Apenas podía mirarme.

—Mentira —aseguró el señor Jordan, con los ojos centellantes—. Eso es mentira, Travis, y lo sabes. Quiero que seas *sincero*.

Comencé a respirar demasiado rápido. Miré a Travis, rogándole con la mirada que, sencillamente, se fuera, que me dejara sola, pero él estaba extraviado en su propio pánico y no pudo advertir el mío.

—N-no lo sé. —Volvió a decir—. Cuando la veo, no veo nada.

—¿Qué? —Volvió a preguntar el señor Jordan. Se había acercado a Travis, y lo estudiaba con detenimiento—. ¿Qué significa que no ves nada?

—Significa, significa... —Travis suspiró. Su rostro estaba cubierto de manchas rojas—. Significa que... sencillamente no la veo. Es como si no existiera para mí. Cuando la miro, no veo nada.

La furia abandonó mi cuerpo. Me sentí de pronto sin fuerzas. Hueca. Mis ojos empezaron a arder, llenos de lágrimas. Intenté contenerlas.

Oí los vagos y distorsionados sonidos de victoria del señor Jordan. Lo oí aplaudir las manos, excitado. Lo vi dirigirse a mí, aparentemente, para hacer que yo también realizara su estúpido experimento, y en cambio, no pude hacer otra cosa que mirarlo, con el rostro agarrotado.

Y me fui.

Tomé mi mochila de donde la había dejado y fui como en cámara lenta directo hacia la puerta de salida. Me sentía ciega y sorda a la vez, como si me desplazara a través de la niebla. Entonces me di cuenta, como cada vez que sucedía algo así, de que no era tan fuerte como pretendía ser.

Me seguía importando demasiado. Aún conseguían pincharme demasiado fácil y patéticamente.

No sabía adónde iba. Solo que debía marcharme. Tenía que irme, tenía que salir de aquí antes de echarme a llorar delante de la clase, de insultar al señor Jordan, y de conseguir que me expulsaran.

Había avanzado ciegamente atravesando la puerta, el corredor y la mitad del colegio cuando me di cuenta de que quería ir a casa. Quería despejar mi cabeza; alejarme un rato de todo. Así que crucé el patio y el aparcamiento, y estaba a punto de salir del campus cuando sentí que alguien me sujetaba el brazo.

—*Joder*, qué rápido caminas…

Me di vuelta, asombrada.

Ocean tenía la mano en mi brazo, y la mirada llena de algo parecido al temor o la preocupación.

—Hace rato que te llamo. ¿No me oías?

Miré alrededor como si me estuviera volviendo loca. ¿Por qué me sucedía esto a cada rato? ¿Qué diablos hacía Ocean aquí?

—Lo siento —dije. Vacilé. Noté que seguía tocándome y di un paso repentino y nervioso hacia atrás—. Yo… eh… estaba un poco distraída.

—Sí, me lo he imaginado —dijo, y suspiró—. El señor Jordan es un imbécil. Un completo idiota.

Mis ojos se agrandaron. Ahora estaba aún más confundida.

—¿Cómo sabes lo del señor Jordan?

Ocean se quedó mirándome. Parecía no estar seguro de si bromeaba o no.

—*Estoy* en tu clase —dijo finalmente.

Parpadeé.

—¿Bromeas? —preguntó—. ¿No sabías que estaba en tu clase? —Rio, pero era una risa triste. Sacudió la cabeza—. Guau.

Seguía sin entenderlo. Era demasiado, demasiadas cosas que pasaban todas a la vez.

—¿Acabas de cambiarte? —pregunté—. ¿O siempre has estado en mi clase?

Ocean parecía estupefacto.

—Vaya, realmente, lo siento —dije—. No es que te ignore. Es solo que... la mayor parte del tiempo, no miro a la gente.

—Sí —aseguró, y volvió a reír—. Me doy cuenta.

Levanté las cejas.

Y suspiró.

—Oye, pero en serio, ¿estás bien? No puedo creer que te hiciera algo así.

—Sí. —Desvié la mirada—. Travis me da un poco de lástima.

Ocean emitió un bufido de incredulidad.

—Travis estará bien.

—Sí.

—¿Así que estás bien? ¿No necesitas que entre y le dé una patada en el culo?

Y levanté la mirada, incapaz de contener mi sorpresa. ¿En qué momento se había convertido Ocean en el chico dispuesto a defender mi honor? ¿En qué momento yo había hecho méritos suficientes para convertirme en la clase de persona a quien siquiera se lo ofrecería? Casi no le hablaba, y aun cuando conversábamos, jamás habían sido más que unas pocas palabras. La semana pasada apenas me había hablado en la clase de Biología. Me di cuenta entonces de que no conocía a Ocean en absoluto.

—Estoy bien —dije.

Es decir, no lo estaba, pero no sabía qué otra cosa decir. Realmente, me quería ir. Y solo caí en la cuenta de que acababa de decir esto último cuando Ocean señaló:

—Buena idea. Vayámonos de aquí.

—¿Qué? —Me reí sin querer de lo que había dicho—. ¿Lo dices en serio?

—Estabas a punto de saltarte las clases, ¿no? —preguntó.

Asentí.

—Entonces —dijo, encogiendo los hombros—. Iré contigo.

—No hace falta que lo hagas.

—Ya lo sé. *No hace falta que lo haga* —dijo—. Pero quiero hacerlo. ¿Está bien?

Me quedé mirándolo.

Lo miré, con su cabello castaño, modesto y sin complicaciones. Su suave jersey color azul y sus vaqueros oscuros. Llevaba calzado deportivo blanco. Me miró, entrecerrando los ojos para protegerse de la luz fría del sol, esperando mi respuesta. Finalmente sacó un par de gafas de sol del bolsillo y se las puso. Eran gafas bonitas; le quedaban bien.

—Sí —susurré—. Está bien.

10

Caminamos a IHOP, un restaurante popular especializado en desayunos.

No estaba lejos del campus, y parecía un destino lo suficientemente anodino como para encontrar comida barata y cambiar de aire. Pero luego nos encontramos sentados uno frente a otro en un reservado, y se me ocurrió que no tenía idea de lo que estaba haciendo. De lo que *estábamos haciendo*.

Intenté pensar en qué decir, cómo decirlo, cuando de repente Ocean recordó que seguía llevando gafas.

—Oh, vaya —dijo.

Y se las quitó.

Fue algo tan sencillo, un momento discreto, en absoluto trascendente. El mundo no dejó de girar; los pájaros no dejaron de cantar. Obviamente, había visto sus ojos antes. Pero no sé por qué, en aquel momento fue como verlos por primera vez. Y tampoco sé por qué, en aquel momento no pude dejar de mirar su cara. Sentí un revoloteo en el corazón. Sentí que mi armadura empezaba a resquebrajarse.

Sus ojos eran realmente preciosos.

Era una combinación poco frecuente de azul y castaño, y la mezcla resultaba en una especie de gris. Jamás había notado los matices. Quizás porque nunca me había mirado así: directo a los ojos, sonriendo. Era una sonrisa real. Solo entonces noté que Ocean jamás me había sonreído plenamente. La mayoría de las veces sus sonrisas tenían algo de desconcierto o de temor, o una mezcla de otras emociones. Pero por algún motivo, en ese momento, sentados en ese reservado terriblemente feo de IHOP, me sonreía como si hubiera algo que celebrar.

—¿Qué? —preguntó finalmente.

Me sobresalté y parpadeé rápido, avergonzada. Bajé la mirada hacia el menú.

—Nada —dije en voz bien baja.

—¿Por qué me miras así?

—No te miraba. —Me acerqué a la cara el menú.

Nadie dijo nada durante unos segundos.

—Nunca volviste a conectarte el fin de semana —dijo.

—No.

—¿Por qué? —Extendió la mano hacia delante y alejó suavemente el menú de mi rostro.

Oh, cielos.

No podía no verlo. No podía no verlo. *Oh, cielos*, que alguien me salvara de mí misma. No podía no ver su cara. ¿Qué me había pasado? ¿Por qué de pronto me sentía tan atraída hacia él?

¿Por qué?

Hurgué desesperada en mi mente buscando muros, viejas armaduras, lo que fuera para mantenerme a salvo de esto, del peligro de todas las cosas estúpidas que le sucedían a mi cabeza cuando estaba con chicos guapos, pero nada funcionó porque no dejaba de mirarme.

—He estado ocupada —dije, pero las palabras salieron un poco raras.

—Ah —dijo, y se recostó hacia atrás. Su rostro era inescrutable. Levantó su menú, escudriñando las diversas opciones.

Y luego, no sé, no aguanté más.

—¿Por qué estás pasando el rato conmigo? —pregunté.

Las palabras sencillamente ocurrieron. Simplemente, salieron entrecortadas y un poco exasperadas. No entendía a Ocean, no me gustaba lo que le ocurría a mi corazón cuando estaba con él, no me gustaba no tener idea de lo que le pasaba por la mente. Estaba terriblemente confundida, y me hacía sentir muy descolocada, muy alejada de las cosas con las que me sentía cómoda. Solo tenía que sacar todo eso a la luz y acabar de una buena vez.

No pude evitarlo.

Ocean se incorporó, apoyó el menú. Parecía sorprendido.

—¿A qué te refieres?

—Me refiero a que… —Miré el techo; me mordí el labio—. Me refiero a que no entiendo qué está pasando. Por qué estás siendo tan amable conmigo. Por qué me sigues fuera de clase. Por qué me pides venir a cenar a casa…

—Eh, sí, claro, ¿les preguntaste a tus padres sobre …?

—No entiendo lo que estás haciendo —dije, interrumpiéndolo. Sentí que mi rostro comenzaba a arder—. ¿Qué quieres de mí?

Sus ojos se agrandaron.

—No quiero nada de ti.

Tragué con fuerza y desvié la mirada.

—Esto no es normal, Ocean.

—¿Qué no es normal?

—Esto. —Hice un gesto que nos incluía a ambos—. *Esto*. Esto no es normal. Los chicos como tú no hablan con chicas como yo.

—¿Las chicas como tú?

—Sí —dije—, las chicas como yo. —Lo miré estrechando los ojos—. Por favor, no finjas que no sabes de lo que hablo, ¿de acuerdo? No soy una idiota.

Me miró fijamente.

—Solo quiero saber lo que está pasando —dije—. No entiendo por qué estás haciendo un esfuerzo tan grande por ser mi amigo. No entiendo por qué apareces a cada rato en mi vida. ¿Me tienes lástima o algo?

—Oh. —Levantó las cejas—. Guau.

—Porque si solo estás siendo amable conmigo porque me tienes lástima, por favor, no lo hagas.

Sonrió apenas, y solo para sí.

—No lo entiendes —dijo. No era una pregunta.

—No, no lo entiendo. Quiero entenderlo y no puedo, y me está volviendo loca.

Se rio, tan solo una vez.

—¿Por qué está volviéndote loca?

—Porque sí.

—Está bien.

—¿Sabes qué? —Sacudí la cabeza—. Da lo mismo. Creo que debo irme.

—No… —suspiró, con fuerza, interrumpiéndose—. No te vayas. —Se revolvió el cabello, mascullando—. *Cielos.* —Y finalmente dijo—: Me pareces genial, ¿de acuerdo? —Me miró—. ¿Tanto te cuesta creerlo?

—Sí.

—También creo que eres puñeteramente guapa, pero no me vas a dejar hacer las cosas de manera natural, ¿verdad?

Estaba convencida de que mi corazón se había detenido. Sabía, racionalmente, de que una cosa así era imposible, pero por algún motivo pareció cierto.

La única vez que alguien me había llamado algo que pudo interpretarse como guapa fue cuando estaba en el octavo curso. Fue algo que escuché al pasar. Alguien le explicaba a otra chica que yo no le gustaba porque creía que era una de esas chicas que eran realmente atractivas y realmente malas. Lo dijo de un modo frívolo y desagradable, lo cual me hizo pensar que lo decía en serio.

En ese momento, era lo más amable que alguien había dicho de mí. A menudo me preguntaba desde aquel día si realmente era bonita, pero nadie que no fuera mi madre se había molestado alguna vez en corroborar esa afirmación.

Y ahora, aquí…

Estaba pasmada.

—Ah. —Fue todo lo que conseguí decir. Sentía el rostro como si le hubieran prendido fuego.

—Así que… —dijo. Ya no lo miraba, pero me di cuenta de que estaba sonriendo—. ¿Lo entiendes ahora?

—Un poco —dije.

Y después pedimos tortitas.

11

Pasamos el resto de nuestra experiencia en IHOP hablando de nada en particular. De hecho, el tono de la conversación pasó tan rápido de serio a superficial que salí por la puerta preguntándome si había imaginado la parte en la que me decía que era atractiva.

Creo que fue mi culpa. Me había quedado helada. Insistí tanto en que me diera una respuesta franca que cuando ofreció una explicación que no era la que esperaba, me quedé desconcertada. No sabía qué hacer.

Me hizo sentir vulnerable.

Así que hablamos de cine: películas que habíamos visto; películas que no. Estuvo bien, pero fue un poco aburrido. Creo que ambos estábamos aliviados cuando finalmente dejamos el IHOP detrás, como queriendo quitarnos de encima algo vergonzoso.

—¿Sabes qué hora es? —le pregunté. Habíamos estado caminando en silencio, uno al lado del otro, sin rumbo fijo.

Echó un vistazo a su reloj.

—La tercera hora está a punto de terminar.

Suspiré.

—Supongo que debemos regresar al colegio.

—Sí.

—Y yo que quería faltar…

Dejó de caminar y me tocó el brazo. Luego pronunció mi nombre.

Levanté la mirada.

Ocean era bastante más alto que yo, y jamás había levantado la vista para mirarlo. Me había detenido en su sombra. Nos encontrábamos en la acera, enfrentados, sin demasiado espacio entre los dos.

Tenía un olor realmente agradable, y mi corazón empezó a reaccionar extrañamente una vez más.

Pero tenía la mirada preocupada. Abrió la boca para decir algo, y luego, cambió de opinión bruscamente, apartando la vista.

—¿Qué pasa? —pregunté.

Sacudió la cabeza y miré por el rabillo del ojo. Lo vi sonreír, pero solo un instante.

—Nada. Descuida.

Me di cuenta de que algo le molestaba. Pero su dificultad para decirlo me hizo pensar que probablemente fuera mejor no saberlo. Así que cambié de tema.

—Oye, ¿cuánto tiempo llevas viviendo aquí?

Ocean sonrió inesperadamente. Parecía satisfecho y sorprendido por la pregunta.

—Desde siempre —dijo. Y luego—: Es decir, me mudé aquí cuando tenía alrededor de seis años, pero, sí, básicamente, desde siempre.

—Guau —dije, casi en un susurro. Había descrito en una única oración uno de mis anhelos más preciados—. Debe ser genial vivir en el mismo lugar durante tanto tiempo.

Habíamos empezado a caminar de nuevo.

Ocean extendió el brazo, arrancó la hoja de un árbol que estaba allí, y la hizo girar entre las manos.

—Es agradable. —Encogió los hombros—. En realidad, se vuelve un poco aburrido.

—No lo sé —dije—. Parece realmente increíble. Seguro conoces a tus vecinos, ¿verdad? Y vas al colegio con la misma gente.

—La misma gente —dijo, asintiendo—. Es cierto, pero te aseguro que pierde su encanto rápido. No veo la hora de largarme de aquí.

—¿En serio? —Me giré para mirarlo—. ¿Por qué?

Arrojó la hoja a un lado y hundió las manos en los bolsillos.

—Hay tantas cosas que quiero hacer —dijo—. Lugares que quiero ver. No quiero quedarme atrapado aquí para siempre. Quiero vivir en una ciudad grande, viajar. —Me miró—. Ni siquiera he salido del país, ¿sabes lo que es eso?

Le dediqué una ligera sonrisa.

—En realidad, no —dije—. Creo que yo he viajado lo suficiente por ambos. Estoy lista para retirarme, para echar raíces. Para envejecer.

—Tienes *dieciséis años.*

—Pero por dentro soy una mujer de setenta y cinco.

—Guau, espero que no.

—¿Sabes? Cuando tenía ocho años —recordé—, mis padres intentaron regresar a Irán. Hicieron las maletas con todas nuestras cosas, vendieron la casa y dieron el salto. —Me recoloqué la mochila sobre los hombros y suspiré—. Al final, no funcionó. Éramos demasiado norteamericanos. Demasiadas cosas habían cambiado. Pero viví en Irán durante seis meses, yendo y viniendo entre la ciudad y el campo. Asistí a un colegio internacional en Teherán, realmente sofisticado, y todos mis compañeros de clase eran hijos de diplomáticos, niños idiotas, desagradables y malcriados. Lloraba todos los días. Le rogaba a mi madre que me dejara quedarme en casa. Pero luego pasamos un tiempo más al norte, en una parte del país aún más próxima al mar Caspio, y fui a clase con un montón de chicos campesinos. El colegio completo era una única sala, como salida de *Ana de las tejas verdes*, y de los doce colegios a los que he asistido en mi vida, sigue siendo mi favorito. —Reí—. Los chicos solían perseguirme a la hora del almuerzo y pedirme que dijera cosas en inglés. Estaban obsesionados con Estados Unidos —expliqué—. Jamás había sido tan popular en mi vida. —Volví a reír, y levanté la vista para encontrarme con la mirada de Ocean, pero él aminoró el paso. Estaba mirándome, y no pude leer su expresión.

—¿Qué? —pregunté—. ¿Te resulta demasiado extraño?

Su intensa mirada se desvaneció. De hecho, de pronto pareció frustrado. Sacudió la cabeza.

—Me gustaría que dejaras de decir cosas así —dijo—. No creo que seas extraña. Y no sé por qué crees que descubriré de un momento a otro que eres rara y empezaré a alucinar. No va a pasar, ¿de acuerdo? Realmente, no me importa que te cubras el pelo. En serio. Es decir… —Hizo una pausa—, mientras que sea algo que realmente quieras hacer.

Me miró, como esperando algo.

Le devolví la mirada, sin comprender.

—Me refiero a que tus padres no te obligan a llevar un pañuelo, ¿verdad?

—¿Qué? —Fruncí el ceño—. No. Es decir, no me encanta la manera en que me trata la gente por llevarlo, lo cual a menudo hace que me pregunte si debería dejar de hacerlo, pero no —dije. Dirigí la mirada hacia un punto distante—. Cuando no pienso en las personas que me hostigan todos los días, me gusta cómo me hace sentir. Es agradable.

—¿Agradable, en qué sentido?

Nos habíamos detenido voluntariamente. Seguíamos quietos en la acera, cerca de una carretera bastante concurrida, donde me encontraba teniendo una de las conversaciones más personales que jamás había tenido con un chico.

—No sé —dije—. Me hace sentir como si tuviera el control. Soy yo quien elijo quién me ve y cómo me ve. No creo que sea para todo el mundo —dije, encogiendo los hombros—. Conozco chicas que sí se sienten obligadas a llevarlo y lo odian. Y pienso que es una estupidez. Es evidente que no creo que nadie deba usarlo si no desea hacerlo. Pero a mí me gusta —dije—. Me gusta que tengan que pedirme permiso para mirar mi pelo.

Los ojos de Ocean se agrandaron repentinamente.

—¿Puedo ver tu pelo?

—No.

Soltó una carcajada y apartó la mirada.

—Está bien —dijo, y luego bajó la voz—. De todas formas, puedo ver algo de tu pelo.

Lo miré, sorprendida.

Me aflojé el pañuelo, dejando ver algunos mechones en la parte de arriba. Algunas personas se obsesionaban con este detalle. No sabía bien por qué, pero les encantaba señalarme que podían ver un par de centímetros de cabello, como si aquello fuera suficiente para invalidar toda la cuestión. Me parecía hilarante esta obsesión.

—Sí —dije—, bueno, generalmente, es todo lo que hace falta. Los chicos ven unos centímetros de cabello y, ya sabes. —Hice un gesto con las manos, imitando una explosión—, pierden la cabeza. Después viene una lluvia de propuestas de matrimonio.

Ocean no pareció entenderlo.

No dijo nada durante un segundo, y luego…

—Ah. *Claro*, era una broma.

Lo miré con curiosidad.

—Sí —dije—. Claro que es una broma.

Me miró con la misma curiosidad con la que yo lo había mirado yo a él. Seguíamos quietos en la acera, conversando, mirándonos.

—Así que intentas decirme que lo que dije fue estúpido, ¿no? —preguntó—. Acabo de caer ahora mismo.

—Sí —dije—. Lo siento. Generalmente, soy más directa.

Rio. Apartó la mirada y luego volvió a mirarme.

—¿Te sientes incómoda? ¿Debería dejar de hacerte estas preguntas?

—No, no. —Sacudí la cabeza, e incluso sonreí—. Nadie me hace estas preguntas jamás. Me gusta que lo hagas. La mayoría de la gente simplemente supone que sabe lo que estoy pensando.

—Pues, yo no tengo idea de lo que estás pensando jamás.

—En este momento —dije—, estoy pensando que tienes muchas más agallas de lo que creía. Estoy bastante impresionada.

—Espera, ¿a qué te refieres con que lo *creías*?

No pude evitarlo: comencé a reír.

—No lo sé. Cuando te conocí parecías realmente tímido —dije—. Como atemorizado.

—Bueno, para ser justos, eras bastante atemorizante.

—Sí —dije, poniéndome inmediatamente seria—. Lo sé.

—No me refiero… —Sacudió la cabeza, riéndose—… a que lo seas por el pañuelo, por tu religión o por lo que sea. Pero creo que no te ves a ti misma como te ven los demás.

Lo miré alzando una ceja.

—Estoy bastante segura de que sé cómo me ven los demás.

—Tal vez, algunas personas —dijo—. Sí, no me cabe duda de que hay personas horribles en el mundo. Pero hay muchos otros que te están mirando porque creen que eres interesante.

—Pues, no quiero ser *interesante* —dije—. El objetivo de mi existencia no es fascinar a desconocidos. Solo intento vivir. Solo quiero que las personas sean normales cuando están conmigo.

—No tengo ni idea de cómo se supone que hay que ser normal estando contigo —dijo Ocean en voz baja, sin mirarme—. Ni siquiera yo puedo ser normal contigo.

—¿Qué? ¿Por qué no?

—Porque eres terriblemente intimidante —dijo—. Y ni siquiera te das cuenta. No miras a las personas, no hablas con ellas, no parecen interesarte ninguna de las cosas por las que la mayoría de los chicos se obsesionan. Me refiero a que vienes al colegio como si acabaras de salir de la portada de una *revista* y crees que la gente te mira por algo que vieron en las noticias.

De pronto, me quedé quieta.

Mi corazón pareció acelerarse y desacelerarse. No supe qué decir, y Ocean evitó mirarme directamente a los ojos.

—En fin —dijo, aclarándose la garganta. Noté que el borde de sus orejas se había vuelto rosado—. ¿Así que has ido a doce colegios diferentes?

Asentí.

—Caray.

—Sí —dije—. Es una mierda. Sigue siendo una mierda.

—Lamento saberlo.

—Quiero decir, en este momento, no es una mierda —dije, mirando nuestros pies—. Justo ahora, no es tan terrible.

—¿No?

Eché un vistazo rápido hacia arriba. Estaba sonriéndome.

—No —dije—. En este momento no es una mierda en absoluto.

12

Ocean y yo nos separamos para almorzar.

Creo que, si se lo hubiera pedido, habría comido conmigo, pero no lo hice. No sabía cómo almorzaba, quiénes eran sus amigos, qué obligaciones sociales tenía, y no estaba segura de si quería saberlo aún. Por el momento, solo quería un poco de espacio para procesar nuestra conversación, para decidir qué hacer respecto de la clase del señor Jordan. Quería tiempo para aclarar mis ideas. Ya no tenía hambre, gracias a la torre de tortitas que había comido en IHOP, así que fui directamente a mi árbol.

Esta había sido mi solución al problema de estar sola durante el almuerzo. Me había cansado del baño y de la biblioteca, y ya había pasado suficiente tiempo como para dejar de sentir vergüenza comiendo sola. El colegio tenía un par de áreas verdes, y había elegido una para hacerla propia. Escogí un árbol, debajo del cual me sentaba, apoyada contra el tronco. Si tenía hambre, comía, pero más que nada escribía en mi diario o leía un libro.

Ese día llegué tarde.

Y había otra persona sentada bajo mi árbol.

Como era mi lamentable costumbre, no había estado mirando a las personas, y no había advertido al muchacho sentado allí hasta que prácticamente lo había pisado.

El chico soltó un grito.

Yo di un salto hacia atrás, sobresaltada.

—Oh —dije—. Oh, cielos. Disculpa.

Me observó, con el ceño fruncido. Lo miré bien y casi me caigo de espaldas. Caray, era posiblemente el chico más guapo que hubiera visto jamás. Tenía la tez de un cálido color café y ojos color avellana, y parecía provenir inequívocamente de Oriente Medio. Solía tener un sentido arácnido para ese tipo de información. Además, quienquiera que fuera, era evidente que no era un estudiante de segundo curso; quizá tuviera la edad de mi hermano.

—Hola —dije.

—Hola —respondió. Me miró curiosamente—. ¿Eres nueva?

—Sí, me cambié este año.

—Vaya, genial —dijo—. No llegan demasiadas *hijabis* por acá. Eres bastante valiente —dijo, asintiendo en dirección a mi cabeza.

Pero estaba distraída. Nunca había imaginado que escucharía a un chico en ese colegio decir la palabra *hijab* tan tranquilamente. *Hijab* significaba «velo» en árabe. *Hijabis* era una especie de término coloquial que algunos usaban para describir a las chicas que lo llevaban. Tenía que haber un motivo por el cual sabía eso.

—¿Eres musulmán? —pregunté.

Asintió.

—Oye, ¿por qué has estado a punto de pisarme?

—Oh —respondí, y de pronto me sentí cohibida—. Suelo sentarme aquí durante la hora de almuerzo. Supongo que no te vi.

—Entonces, fue culpa mía —dijo, mirando atrás hacia el árbol—. No me di cuenta de que era el lugar de otra persona. Estaba poniéndome al día con una tarea antes de la clase y necesitaba un sitio tranquilo para trabajar.

—La biblioteca es ideal para ese tipo de actividades —dije.

Rio, pero no explicó por qué había evitado la biblioteca.

—¿Eres siria? —preguntó, en cambio.

Sacudí la cabeza.

—¿Turca?

Volví a sacudir la cabeza. Me pasaba bastante. Aparentemente, mi cara tenía algo que no hacía fácil ubicar mi lugar de origen.

—Soy persa.

—Ah —dijo, levantando las cejas—. Genial, yo soy libanés.

Asentí. No me sorprendió. Según mi experiencia, los chicos más sexis de Oriente Medio eran siempre libaneses.

—Como sea —dijo, y respiró profundamente—, ha sido un placer conocerte.

—A ti también —dije—. Me llamo Shirin.

—Shirin —dijo y sonrió—. Bonito. Bueno, espero volver a verte. Me llamo Yusef.

—Está bien —dije, una respuesta bastante estúpida, pero en ese momento no me di cuenta—. Adiós.

Levantó la mano para saludarme y se alejó. Y no tuve problema alguno en observarlo alejarse. Llevaba un jersey ajustado que no disimulaba el hecho de que tenía el cuerpo de un atleta.

Maldición. El colegio empezaba a gustarme de verdad.

Mi última clase del día era Biología. Estaba esperando ver a Ocean, pero nunca apareció. Dejé caer mi bolso al suelo y eché una mirada alrededor de la clase. Me senté, distraída. Cuando nos enviaron a nuestros puestos de trabajo, atravesé mi gato húmedo con el cuchillo, sin dejar de preguntarme dónde estaba. Incluso me preocupó por un instante que le hubiera ocurrido algo malo. Pero no había nada que pudiera hacer.

Cuando sonó la campana, me fui a entrenar.

* * *

—Me he enterado de que hoy te has saltado las clases. —Fue lo primero que me dijo mi hermano.

Mierda.

Casi me había olvidado de eso.

—¿Quién te ha contado que me he saltado las clases?

—El señor Jordan.

—¿Qué? —Sentí una nueva ola de furia—. ¿Por qué? ¿Cómo es que vosotros dos os conocéis?

Navid sacudió la cabeza, a punto de reír.

—El señor Jordan es nuestro supervisor del club de breakdance.

—Ah, claro. —Un profesor con estilo como el señor Jordan no habría dejado escapar la oportunidad de supervisar un club de breakdance. Obvio.

—Dijo que estaba preocupado por ti. Dijo que te enfadaste en clase y saliste corriendo sin decir una palabra. —Navid hizo una pausa, clavándome la mirada—. Dijo que te escapaste con un chico.

—¿Qué? —Arrugué el entrecejo—. En primer lugar, no salí corriendo de la clase. Y, en segundo lugar, no me fui con *ningún chico*. Fue él quien me siguió.

—Da igual —dijo Navid—. ¿Qué sucede? ¿Faltas a clases? ¿Huyes del campus con chicos desconocidos? ¿Voy a tener que hacerle morder el polvo mañana?

Entorné los ojos. Carlos, Bijan y Jacobi observaban fascinados nuestra conversación; estaba enfadada con todos.

—El señor Jordan se comportó como un imbécil —dije—. Me obligó a mí y a otro tipo a mirarnos a los ojos delante de toda la clase, y luego el otro tuvo que decir en voz alta exactamente lo que pensaba al mirarme.

—¿Y? —Mi hermano cruzó los brazos—. ¿Cuál es el problema?

Lo miré, sorprendida.

—¿A qué te refieres con *cuál es el problema?* ¿Qué crees que sucedió? Fue humillante.

Navid dejó caer los brazos.

—¿En qué sentido fue humillante?

—Me refiero a que fue horrible. Dijo que cuando me miraba no veía nada. Que básicamente ni siquiera existía. —Sacudí una mano frustrada en el aire—. Da igual. Ahora suena estúpido, lo sé, pero realmente hirió mis sentimientos. Así que me fui.

—Maldita sea —dijo Navid en voz baja—. Así que, sí voy a tener que hacerle moder el polvo a alguien mañana.

—No tienes que hacer que nadie muerda el polvo —manifesté, desplomándome en el suelo—. No pasa nada. Creo que abandonaré la clase; aún hay tiempo.

—No lo creo. —Navid sacudió la cabeza mirándome—. Estoy bastante seguro de que perdiste la oportunidad. Puedes retirarte de la clase, pero aparecerá en tu certificado de estudios, lo cual significa que...

—Me importa una mierda mi certificado de estudios —aseguré, irritada.

—Está bien —dijo, con las manos en alto—. Está bien. —Mi hermano me miró, con genuina compasión durante cinco minutos y luego frunció las cejas—. Espera, hay algo que no entiendo... ¿por qué te saltarías una clase con un tipo que cree que no existes?

Sacudí la cabeza y suspiré.

—Ese es otro chico —dije.

Navid levantó las cejas.

—¿Uno diferente? —Echó un vistazo a sus amigos—. Oíd, ¿vosotros estáis escuchando lo mismo que yo? Dice que era un tipo *diferente*.

Carlos rio.

—Qué rápido crecen estos chicos —dijo Jacobi.

Bijan me sonrió.

—Caray, chica.

—Oh, cielos —dije, cerrando los ojos con fuerza—. Callaos de una vez. Estáis siendo ridículos.

—Entonces, dime, ¿quién es ese chico diferente? —preguntó Navid—. ¿Tiene nombre?

Abrí los ojos y me quedé mirándolo.

—No.

Navid se quedó boquiabierto. Tenía un gesto que era mitad sonrisa, mitad expresión de sorpresa.

—Guau —dijo—. *Guau*. Debe gustarte mucho.

—No me gusta —respondí con brusquedad—. Pero no quiero que lo molestéis.

—¿Por qué lo molestaríamos? —Mi hermano seguía sonriendo.

—¿Podemos empezar a entrenar? ¿Por favor?

—No hasta que me digas su nombre.

Suspiré. Sabía que mi actitud esquiva solo empeoraría la situación, así que cedí.

—Se llama Ocean.

Navid frunció el ceño.

—¿Qué clase de nombre es Ocean?

—¿Sabes? La gente se pregunta lo mismo acerca de tu nombre.

—Da igual —aseguró—. Mi nombre es genial.

—Como quieras —dije—. Ocean es mi compañero de laboratorio en otra clase. Se sintió mal porque el señor Jordan se comportó como un imbécil.

Mi hermano seguía escéptico, pero no insistió. Sentí que empezaba a desentenderse del tema, a perder interés en la conversación, y empecé a inquietarme. Había algo más que todavía quería decir, algo que había estado molestándome todo el día. Había estado deliberando durante horas si hacía o no la pregunta, e incluso *cómo* hacerla. Finalmente, me rendí y terminé estropeándolo todo.

—Oye, Navid —pregunté en voz baja.

Acababa de tomar algo de su bolsa y se volvió para mirarme.

—¿Sí?

—¿Crees…? —Dudé un instante y lo pensé de nuevo.

—¿Si creo qué?

Respiré profundo.

—¿Crees que soy guapa?

La reacción de Navid a mi pregunta fue tan absurda que ni siquiera sé si puedo describirla. Parecía escandalizado, confundido e histérico, todo a la vez. Al final, soltó una fuerte carcajada. Sonó raro.

Sentí vergüenza.

—Ah, cielos, olvídalo —dije rápidamente—. Lamento haber preguntado. Qué estúpido.

Había atravesado la mitad del salón cuando Navid se acercó trotando, con lentitud, arrastrando su calzado deportivo.

—Espera, espera, lo siento…

—Olvídalo —dije furiosa. El rubor se extendía más allá del nacimiento de mi pelo. Ahora estaba quieta, demasiado cerca de Bijan, Carlos y Jacobi, y no quería que ellos oyeran la conversación. Intenté desesperadamente transmitírselo a Navid con la mirada, pero parecía incapaz de captar las señales—. No quiero hablar de esto, ¿vale? Olvida lo que te pregunté.

—Oye, escucha —dijo Navid—. Es que me tomaste por sorpresa. No esperaba que preguntaras algo así.

—¿Qué preguntara qué? —Ahora quien habló fue Bijan.

Quería morirme.

—Nada —le dije a Bijan. Miré furiosa a Navid—. *Nada*, ¿de acuerdo?

Navid miró a los muchachos y suspiró.

—Shirin quiere saber si creo que es bonita. Pero oye —dijo, mirándome de nuevo—. No creo que sea yo el que tenga que responder a esa pregunta. Es una pregunta muy rara para que una hermana se la plantee a su hermano, ¿sabes? Quizás deberías estar preguntándoselo a estos chicos —dijo, asintiendo hacia el resto del grupo.

—*Mierda* —dije, susurrando la palabra a medias. Realmente, me sentía capaz de asesinar a mi hermano. Quería ponerle las manos alrededor del cuello—. ¿Qué *diablos* te pasa? —le grité.

Y luego…

—Yo creo que eres guapa —dijo Carlos, que estaba atándose los cordones. Lo señaló como si estuviera hablando del tiempo.

Lo miré, levemente aturdida.

—Es decir, creo que eres terriblemente intimidante —confesó, encogiendo los hombros—, pero sí, sin duda, eres muy atractiva.

—¿Crees que soy intimidante? —pregunté, frunciendo el ceño.

Carlos asintió. Ni siquiera me miró.

—¿*Tú* crees que soy intimidante? —le pregunté a Bijan.

—Eh —dijo, enarcando las cejas—, totalmente.

Estaba tan sorprendida que, de hecho, retrocedí un paso.

—¿Lo decís en serio? ¿Todos pensáis lo mismo?

Y todos asintieron. Incluso, Navid.

—De todos modos, si te sirve, me pareces preciosa —señaló Bijan.

Me quedé boquiabierta.

—¿Por qué creéis que asusto a los demás?

El grupo entero encogió los hombros.

—La gente cree que eres mala —me dijo Navid por fin.

—La gente es idiota —aseguré bruscamente.

—¿Ves? —Me señaló mi hermano—. Esa es tu reacción.

—¿Qué reacción? —pregunté, frustrándome otra vez—. Las personas me tratan todo el día como si fuera una mierda, ¿y se supone que no puedo enfadarme por ello?

—Puedes enfadarte —dijo Jacobi. Sentí un sobresalto al oír su voz. De pronto, parecía muy serio—. Pero es como si creyeras que *todo el mundo* es horrible.

—Eso es porque todo el mundo *es* realmente horrible.

Jacobi sacudió la cabeza.

—Escucha —dijo—. Sé lo que es estar enfadado todo el tiempo, ¿de acuerdo? Lo sé. Toda la mierda con la que tienes que lidiar es difícil, lo entiendo. Pero… no puedes estar así. No puedes estar enfadada todo el tiempo. Créeme —dijo—. Yo lo intenté. Terminará destrozándote.

Lo miré un largo rato. Había algo en la mirada de Jacobi que expresaba compasión de un modo que jamás había experimentado. No era *lástima*; era comprensión. Parecía verdaderamente reconocerme, a mí, a mi dolor y a mi furia como nadie lo había hecho jamás.

Ni mis padres. Ni siquiera, mi hermano.

De pronto sentí como si me hubieran perforado el pecho. Tenía ganas de llorar.

—Solo intenta ser feliz —me dijo por fin Jacobi—. Tu felicidad es lo único que estos imbéciles no toleran.

13

Estuve pensando toda la tarde en lo que me dijo Jacobi. Llegué a casa, me di una ducha, y medité sobre ello. Durante la cena, pensé en ello. Me senté ante mi escritorio y miré fijamente la pared mientras escuchaba música, y pensé, y pensé, y pensé.

Me encerré en mi habitación y seguí pensando.

Eran apenas pasadas las nueve. La casa estaba en silencio. Esas eran las horas apacibles antes de que mis padres me enviaran a dormir, las horas durante las cuales todos los miembros de mi familia nos apiadábamos unos de otros y nos dejábamos un rato en paz. Me hallaba sentada en mi cama, con la mirada fija en una página en blanco de mi diario.

Pensando.

Me pregunté por primera vez si quizás había manejado todo este asunto equivocadamente. Si tal vez me había permitido estar cegada por la ira hasta excluir todo lo demás. Si era posible que hubiera estado tan empeñada en no ser estereotipada que hubiera comenzado a estereotipar a todos los que me rodeaban.

Me hizo pensar en Ocean.

Insistía en ser amable conmigo e, inesperadamente, su amabilidad me había dejado enfadada y confundida. Lo había hecho a un lado porque temía estar siquiera remotamente cerca de alguien que, estaba segura, algún día me lastimaría. Ya no confiaba en nadie. Había quedado tan sensible por la reiterada exposición a hechos crueles que ahora hasta una raspadura menor dejaba su huella. Si la cajera del supermercado me trataba de manera descortés, su simple descortesía me dejaba alterada el resto del día porque nunca sabía… no tenía modo de saber…

¿Eres racista? ¿O solo estás teniendo un mal día?

Ya no podía distinguir a las personas de los monstruos.

Observaba el mundo que me rodeaba y ya no veía matices. No veía nada sino la posibilidad de sufrir y la necesidad subsecuente de protegerme constantemente.

Maldición, pensé.

Qué agotador era todo esto.

Suspiré y levanté el teléfono.

Hola. ¿Por qué no has ido a clase hoy?

Ocean respondió enseguida.

Guau.
No creí que te darías cuenta de mi ausencia.
¿Puedes conectarte?

Sonreí.

jujehpolo: Hola.

riosyoceanos04: Hola.

riosyoceanos04: Perdón por abandonarte en Biología.

riosyoceanos04: Nadie debería tener que hacer la disección de un gato muerto, solo.

jujehpolo: Te juro que es la peor actividad escolar que he tenido en mi vida.

riosyoceanos04: Opino lo mismo.

Y luego…

No sé por qué, pero de pronto tuve la extraña sensación de que algo iba mal. Era difícil darse cuenta a partir de unas pocas palabras escritas, pero lo presentí. Por algún motivo, Ocean parecía apagado, y no podía quitarme esa sensación de encima.

jujehpolo: Oye, ¿todo bien?

riosyoceanos04: Sí.

riosyoceanos04: Supongo que sí.

Esperé.

Esperé y no sucedió nada. No escribió nada más.

jujehpolo: ¿No quieres hablar de ello?

riosyoceanos04: En realidad, no.

jujehpolo: ¿Te has metido en líos por faltar a clase?

riosyoceanos04: No.

jujehpolo: ¿Te has metido en líos por otra cosa?

riosyoceanos04: Jajaja.

riosyoceanos04: Te das cuenta de que esto es justamente lo contrario a no hablar del tema, ¿verdad?

jujehpolo: Sí.

riosyoceanos04: Pero de todos modos estamos hablando del tema.

jujehpolo: Estoy preocupada porque te hayas metido en un lío.

Y luego, nuestros mensajes se cruzaron en el programa:

Yo escribí **mi hermano no te ha molestado, ¿verdad?**, y Ocean escribió no te preocupes, no tiene nada que ver contigo.

Y luego…

riosyoceanos04: ¿Qué?

riosyoceanos04: ¿Por qué me iba a molestarme tu hermano?

riosyoceanos04: Ni siquiera sabía que tenías un hermano.

riosyoceanos04: Espera.

riosyoceanos04: ¿Le has hablado a tu hermano sobre mí?

Mierda.

> **jujehpolo:** Por lo visto, el señor Jordan está supervisando nuestro club de breakdance.
>
> **jujehpolo:** Le dijo a mi hermano que hoy me salté una clase con un chico.
>
> **jujehpolo:** Y mi hermano se enfadó.
>
> **jujehpolo:** Ahora se le pasó el enfado; le conté lo que sucedió.

riosyoceanos04: Ah.

riosyoceanos04: ¿Y qué tiene que ver eso con que tu hermano me moleste?

> **jujehpolo:** Nada.
>
> **jujehpolo:** Simplemente creyó que nos habíamos saltado la clase juntos.

riosyoceanos04: Pero lo hicimos.

jujehpolo: Lo sé.

riosyoceanos04: ¿Así que ahora tu hermano me odia?

jujehpolo: Ni siquiera te conoce.

jujehpolo: Simplemente, estaba siendo sobreprotector conmigo.

riosyoceanos04: Espera un momento. ¿Quién dijiste que era tu hermano? ¿Asiste a nuestro instituto?

jujehpolo: Sí. Es un estudiante del último curso. Se llama Navid.

riosyoceanos04: Ah.

riosyoceanos04: No creo que lo conozca.

jujehpolo: Probablemente, no.

riosyoceanos04: ¿Debo estar preocupado?

riosyoceanos04: ¿Por tu hermano?

jujehpolo: No.

jujehpolo: Jajaja.

jujehpolo: Oye, no era mi intención asustarte. Lo siento.

riosyoceanos04: No estoy asustado.

Por supuesto que no lo estaba.

Esperé algunos segundos para ver si decía algo más, pero no lo hizo. Finalmente, escribí:

jujehpolo: ¿Así que de verdad no me vas a contar lo que te ha pasado hoy?

riosyoceanos04: Depende.

riosyoceanos04: Me han pasado muchas cosas hoy.

Mi estómago dio un pequeño vuelco. No pude evitar preguntarme si hablaba de nosotros, de nuestras conversaciones previas, de la ausencia de distancia física entre nuestros cuerpos mientras nos encontrábamos quietos en una acera cualquiera, en una ciudad cualquiera. No sabía lo que significaba todo ello o si alguna vez significaría algo. Quizás era la única que sentía esos pequeños vuelcos en el estómago. Quizás estaba proyectando mis propios sentimientos sobre sus palabras.

Quizás estaba loca.

No había decidido aún qué decir cuando envió otro mensaje.

riosyoceanos04: Oye.

jujehpolo: ¿Qué?

riosyoceanos04: ¿Puedes hablar por teléfono?

jujehpolo: Ah.

jujehpolo: ¿Quieres hablar por teléfono?

riosyoceanos04: Sí.

jujehpolo: ¿Por qué?

riosyoceanos04: Quiero escuchar tu voz.

Un extraño nerviosismo se apoderó de mí, aunque no resultaba en absoluto desagradable. De repente, sentí el cerebro tibio, como si alguien me hubiera llenado la cabeza con agua efervescente. En aquel momento, hubiera preferido mil veces desaparecer. En lugar de hablar por teléfono, quería analizar esa conversación minuciosamente en algún otro lugar, a solas. Quería deshacer la situación y volver a poner todo de vuelta en su lugar. Quería comprender lo que me parecía inexplicable. De hecho, habría sido feliz si *Quiero escuchar tu voz* hubieran sido las últimas palabras que le escuchaba decir.

En cambio, escribí, está bien.

* * *

Era posible que la voz de Ocean junto a mi oído resultara una de las experiencias físicas más intensas que hubiera tenido jamás. Era raro. Me ponía sorprendentemente nerviosa. Le había hablado tantas veces —después de todo era mi compañero de laboratorio—, pero por algún motivo eso era diferente. Una conversación telefónica entre los dos parecía algo muy privado. Como si nuestras voces se hubieran encontrado en el espacio sideral.

—Hola —dijo, y sentí que su voz se derramaba sobre mí.

—Hola —dije—. Qué raro es esto.

—A mí me gusta —dijo riendo—. Así pareces real.

Jamás lo había notado en persona, con tantas otras cosas para distraerme, pero tenía una voz realmente agradable. En estéreo sonaba diferente; muy, pero muy bien.

—Ah. —El corazón me latía como loco—. Puede ser.

—Así que tu hermano quiere hacerme morder el polvo, ¿eh?

—¿Qué? No. —Hice una pausa—. Es decir, no lo creo. En realidad, no.

Volvió a reír.

—¿Tienes hermanos? —pregunté.

—No.

—Ah, vaya, tal vez sea mejor así.

—No lo sé —dijo—. Suena genial.

—A veces, es realmente genial —dije, considerándolo—. Mi hermano y yo somos bastante amigos. Pero también pasamos por una etapa en la que literalmente nos matábamos a golpes.

—Vaya, eso suena mal.

—Sí. —Hice una pausa—. Pero me ha enseñado a pelear, lo cual ha sido una ventaja inesperada.

—¿Lo dices en serio? —Sonaba realmente sorprendido—. ¿Sabes pelear?

—No muy bien.

—Ah —dijo pensativo, y luego hizo silencio.

Esperé un par de segundos.

—Entonces, ¿qué te ha pasado hoy? —pregunté.

Suspiró.

—Si *realmente* no quieres hablar de ello —dije—, no tenemos que hacerlo. Pero si quieres hablar del tema, aunque sea un poco, me encantaría escuchar.

—Quiero contártelo —aseguró, pero su voz sonó de pronto lejana—, pero al mismo tiempo no quiero hacerlo.

—Ah —dije, sin entender—. Está bien.

—Es demasiado denso, demasiado pronto.

—*Ah* —exclamé.

—Tal vez podamos hablar sobre los problemas con mis padres cuando sepa tu segundo nombre, por ejemplo.

—No tengo un segundo nombre.

—Ah. Bueno, entonces, ¿qué te parece…?

—Preguntas demasiado.

Silencio.

—¿Es malo eso?

—No —dije—. Pero… ¿puedo hacerte *yo* algunas preguntas?

No dijo nada durante un instante. Y luego, en voz baja, respondió.

—Está bien.

* * *

Me contó por qué sus padres lo habían nombrado Ocean. La historia no resultaba tan emotiva: su madre estaba obsesionada con el agua y, en realidad, era irónico porque él siempre había tenido un extraño temor a ahogarse, era un pésimo nadador y, de hecho, jamás le había gustado el mar. Me contó que su segundo nombre era Desmond, así que no tenía dos, sino tres nombres, y le dije que realmente me gustaba el nombre Desmond. Me dijo que había sido el nombre de su abuelo, que no tenía nada de especial. Le pregunté si había conocido a su abuelo, y dijo que no. Me contó que sus padres se habían separado cuando tenía cinco años y había perdido contacto con ese lado de su familia. Me dijo que desde entonces solo veía a su padre cada tanto. Quise hacerle más preguntas sobre ellos, pero no lo hice porque sabía que no quería hablar de eso, así que en cambio le pregunté adónde quería ir a la universidad y dijo que estaba entre Columbia y Berkeley, porque Berkeley parecía perfecta pero no estaba en una ciudad grande; realmente quería vivir en una ciudad grande. Le respondí que sí, que ya lo había mencionado.

—Sí, a veces siento que nací en la familia equivocada.

—¿A qué te refieres?

—Es como si todos los que me rodearan estuvieran muertos —dijo, y su enfado me sorprendió—. Es como si ya nadie *usara la cabeza*. Todo el mundo parece satisfecho con la mierda más deprimente. No quiero ser así.

—A mí tampoco me gustaría ser así.

—Sí, pues, no creo que estés en peligro de serlo.

—Ah —dije—, gracias.

Y luego añadió:

—¿Has tenido novio alguna vez?

… el mundo se detuvo a mi alrededor.

Jamás había tenido novio, le dije que no, nunca.

—¿Por qué?

—Um. —Reí—. Guau, no sé ni por dónde empezar. En primer lugar, estoy segura de que mis padres se horrorizarían si tan siquiera les *insinuara* que siento algo por algún chico, porque siguen creyendo que tengo cinco años.

»En segundo lugar, jamás he vivido suficiente tiempo en ningún lado como para que suceda algo así, y um, no sé, Ocean... —Volví a reír—... la verdad es que los chicos... eh... en realidad, no me invitan a salir.

—¿Y qué pasaría si un chico te invitara a salir?

No me gustaba adónde apuntaba la conversación.

No quería llevar a cabo esa situación hipotética. Francamente, nunca había creído que llegaría tan lejos. Estaba tan segura de que Ocean jamás estaría interesado en mí que no me había molestado en considerar lo terrible que podía ser que lo *estuviera*.

Me parecía un buen tipo, pero también un poco ingenuo.

Quizás podía intentar superar mi enfado, intentar ser más amable para variar, pero sabía que incluso la actitud más optimista no cambiaría la estructura del mundo en el que vivíamos. Ocean era un chico blanco, amable, atractivo, heterosexual, y el mundo esperaba grandes cosas de él, las cuales no incluían enamorarse de una chica de Oriente Medio, sumamente controvertida, que llevaba velo. Tenía que salvarlo de sí mismo.

Así que no respondí su pregunta.

—No es algo que me suceda con frecuencia, pero *ha sucedido* —respondí en cambio—. Cuando estaba en el colegio, mi hermano pasó por una etapa en la que fue un imbécil total. Revisaba mi diario para saber quiénes eran aquellas almas raras y valientes, después de eso iba tras ellos, aterrorizándolos. —Hice una pausa—. Como podrás imaginar, no ayudó mucho en mi vida sentimental.

—¿Tienes un diario? —preguntó Ocean.

No sé qué esperaba exactamente que respondiera, pero no había imaginado que pudiera hacerme *esa pregunta*.

—Eh —dije—Sí.

—Qué genial.

Y supe en ese momento que tenía que dar por terminada esa conversación. Algo estaba pasando; algo estaba cambiando y me atemorizaba.

—Oye —dije entonces un poco abruptamente—, creo que tengo que cortar. Es tarde, y tengo un montón de tarea.

—Ah —dijo, y aunque fue una sola palabra, noté que sonaba sorprendido, y quizás… *quizás*… decepcionado.

—¿Te veo mañana?

—Claro —respondió.

—Está bien. —Intenté sonreír, aunque no pudiera verme—. Adiós.

* * *

Tras colgar, me desplomé en la cama y cerré los ojos. El vértigo me recorría la médula, la mente.

Estaba siendo una estúpida.

¡Lo sabía! Y de todos modos, le había enviado un mensaje de texto, y ahora estaba confundiendo a ese pobre chico, que no tenía ni idea de dónde se estaba metiendo. Todo ese asunto seguramente le parecía sencillo: Ocean creía que yo era guapa y me lo había dicho, y como no lo había mandado a la mierda, había pasado esto. ¿Estaría intentando invitarme a salir? Invitar a salir a una chica que le resultaba atractiva debía parecerle una jugada obvia, pero no era algo que yo quería que pasara. Era un problema que no quería, que no me interesaba.

Guau, qué estúpida era.

Había bajado la guardia. Había vuelto a caer en la costumbre de dejar que los chicos lindos se metieran en mi cabeza y anularan mi sentido común. Había dejado que mi conversación con Jacobi me distrajera de lo que realmente estaba en juego aquí.

Nada había cambiado.

Me había equivocado abriéndome así. Había sido un error. Tenía que dejar de hablar con Ocean. Tenía que desactivar esa situación.

Cambiar de marcha.

Lo antes posible.

14

Abandoné la clase del señor Jordan cuatro días seguidos.

Fui a ver a mi consejera académica y le dije que quería retirarme de mi curso de Perspectivas Globales. Cuando me preguntó por qué, le dije que no me gustaba la clase, que no me gustaban los métodos de enseñanza del señor Jordan. Pero me dijo que era demasiado tarde para dejar el curso, que me pondrían una *R* en mi certificado de estudios, y que eso era mal visto por las universidades. Encogí los hombros, ella frunció el ceño, y ambas nos miramos un momento. Finalmente, dijo que tendría que notificar al señor Jordan de que iba a dejar el curso; que él tendría que autorizar la decisión, y me preguntó si era consciente de eso.

—Sí, no hay problema —dije.

Y simplemente dejé de asistir a la clase del señor Jordan. Al comienzo, esto funcionó bastante bien, pero al cuarto día —el jueves—, el profesor me encontró junto a mi taquilla.

—Oye, hace un par de días que no te veo en clase —dijo.

Le eché un vistazo. Cerré la puerta con fuerza y giré la combinación.

—Eso es porque ya no voy a su clase.

—Me he enterado.

—Qué bien. —Empecé a caminar.

Siguió caminando al lado mío.

—¿Puedo hablar un momento contigo?

—Está hablando conmigo ahora.

—Shirin —dijo—, lo siento mucho. Me doy cuenta de que me equivoqué, y realmente me gustaría hablarlo contigo.

Me detuve en seco, en el medio del corredor, y me giré para mirarlo. Me sentía valiente, aparentemente.

—¿De qué le gustaría hablar?

—Pues es evidente que te ofendí…

—Sí, *es evidente* que me ofendió. —Lo miré—. ¿Por qué me haría una putada así, señor Jordan? Usted *sabía* que Travis iba a decir algo horrible sobre mí, y quiso que lo hiciera.

Los estudiantes avanzaban a toda velocidad a nuestro alrededor; algunos reducían la marcha para mirar mientras pasaban. El señor Jordan parecía nervioso.

—Eso no es cierto —dijo. Su cuello se tiñó de rojo—. No quise en absoluto que dijera nada horrible de ti. Solo quería que pudiéramos hablar de estereotipos y de lo dañinos que son. De que tú eres mucho más de lo que podríamos haber imaginado que eras.

—Da igual —aseveré—. Eso quizás sea un sesenta por ciento cierto. El otro cuarenta por ciento es que usted sacrificó mi bienestar solo para parecer más progresista. Me puso en una situación de mierda porque creyó que causaría un impacto y sería interesante.

—¿Podríamos hablar de esto en otro lugar, por favor? —preguntó, con una mirada de súplica—. ¿Quizás en mi salón?

Suspiré pesadamente.

—Como quiera.

* * *

Sinceramente, no sabía por qué le importaba.

No pensaba que fuera para tanto abandonar su clase, pero vamos, no sabía nada sobre lo que era ser profesor. Era posible que mi queja hubiera metido al señor Jordan en un lío. No tenía idea.

Pero él no se rendiría.

—Lo siento —dijo por quinta vez—. De veras. Jamás fue mi intención perjudicarte así. Realmente no pensé que te lastimaría.

—Entonces, no *pensó* —dije. Mi voz temblaba un poco; mi bravuconería se había esfumado. En este lugar, separada por su escritorio, fui de pronto consciente del hecho de que estaba hablando con un profesor, y hábitos antiguos, profundamente enraizados, me recordaron que era solo una chica de dieciséis años, básicamente a merced de los encuentros fortuitos con esos adultos mal remunerados—. No requiere demasiada imaginación —le dije, ahora más tranquila— suponer que algo así podía resultar ofensivo. De todos modos, esto ni siquiera tiene que ver con que haya herido mis sentimientos.

—¿No?

—No —señalé—. Tiene que ver con el hecho de que usted creía que estaba ayudando a mejorar una situación. Pero si se hubiera detenido a considerar siquiera cinco segundos cómo era, en realidad, mi vida, se habría dado cuenta de que no estaba haciéndome un favor. No necesito escuchar a más personas decirme estupideces en la cara, ¿está bien? Tengo suficiente para el resto de mi vida. No tiene derecho a dar un ejemplo conmigo —dije—. No así.

—Lo lamento.

Sacudí la cabeza, apartando la vista.

—¿Qué puedo hacer para que regreses a mi clase?

Lo miré levantando una ceja.

—No estoy buscando negociar un acuerdo.

—Pero necesitamos tu voz en la clase —dijo—. Lo que acabas de decirme aquí, en este momento… quiero escucharte decirlo en clase. También tienes permiso para decirme cuándo me estoy equivocando, ¿de acuerdo? Pero si huyes en cuanto se pone dura una situación, ¿cómo aprenderemos cualquiera de nosotros? ¿Quién estará allí para guiarnos?

—Quizás pueda investigarlo, darse una vuelta por la biblioteca.

Rio. Suspiró y se recostó de nuevo en el asiento.

—Lo entiendo —dijo, arrojando las manos hacia arriba, en señal de derrota—. De verdad que sí. No es tarea tuya ocuparte de educar a los ignorantes.

—No —dije—. Seguro que no. Estoy terriblemente cansada, señor Jordan. Hace años que intento educar a la gente, y es *agotador*. Estoy cansada de ser paciente con los racistas. Estoy cansada de intentar explicar por qué no merezco ser tratada como un trozo de mierda todo el tiempo. Estoy cansada de rogarle a todo el mundo que comprenda que la gente de color no es toda igual, que no todos creemos en las mismas cosas o sentimos lo mismo o experimentamos el mundo del mismo modo. —Sacudí la cabeza de forma enérgica—. Sencillamente… estoy harta de intentar explicarle al mundo por qué el racismo es malo, ¿vale? ¿Por qué debería ser esa mi responsabilidad?

—No lo es.

—Tiene razón —dije—. No lo es.

—Lo sé.

—No creo que lo sepa.

Se inclinó hacia delante.

—Regresa a clase —dijo—. Por favor. Lo siento.

El señor Jordan estaba cansándome.

Jamás le había hablado así a un profesor, y mentiría si dijera que no estaba sorprendida de poder hacerlo sin sufrir un castigo. Él también parecía... no lo sé. Por raro que suene, parecía sincero. Tuve ganas de darle otra oportunidad.

—Escuche —dije a pesar de todo—, agradezco sus disculpas, pero no sé si realmente quiere que regrese a su clase.

Pareció sorprenderse.

—¿Por qué no?

—Porque si vuelve a hacer un disparate como este, soy capaz de mandarlo a la mierda delante de todos sus estudiantes.

Permaneció imperturbable.

—Puedo aceptar esas condiciones.

—Está bien —dije finalmente.

El señor Jordan esbozó una sonrisa tan grande que creí que se le iba a resquebrajar el rostro.

—¿En serio?

—Sí, claro, lo que diga. —Me puse de pie.

—Será un gran semestre —dijo—. No lo lamentarás.

—Ajá.

El señor Jordan también se puso de pie.

—A propósito... estoy realmente encantado de que participéis en el concurso de talentos. Felicidades.

Me quedé helada.

—¿Disculpe?

—El concurso de talentos del colegio —dijo, confundido—. ¿El club de breakdance...?

—¿Qué pasa con eso?

—Tu hermano os anotó hace dos semanas. ¿No te lo ha comentado? Hoy aceptaron su solicitud. En realidad, se trata de algo realmente importante...

—Ay, *mierda* —dije, y solté un gemido.

—Oye, será genial, os irá genial…

—Sí, debo irme —dije. Ya tenía un pie fuera de la puerta cuando el señor Jordan me llamó por mi nombre.

Me volví para mirarlo.

Sus ojos parecieron de pronto tristes.

—Espero realmente que no dejes que estas cosas te desalienten —dijo—. La vida se vuelve mucho más fácil después del instituto, lo juro.

Quería preguntarle, ¿entonces por qué sigue *usted aquí*? Pero decidí darle un respiro. En cambio, le dirigí una media sonrisa y salí disparada.

15

Llegué al entrenamiento, y Navid batió las palmas, sonriendo.

—Buenas noticias.

—¿Ah, sí? —Dejé caer mi bolsa al suelo. Quería matarlo.

—El concurso de talentos del colegio —dijo, ampliando su sonrisa—. Es en un par de semanas después del regreso de las vacaciones de invierno, lo cual quiere decir que tenemos alrededor de tres meses para prepararnos. Y comenzaremos ahora mismo.

—Vete a la mierda, Navid.

Su sonrisa desapareció.

—Oye —dijo—, creí que ahora ibas a ser más amable. ¿Qué ha pasado con el nuevo plan?

Puse los ojos en blanco.

—¿Por qué no me contaste que nos anotaste a todos para el maldito concurso de talentos?

—No creí que te importara.

—Pues me importa, ¿vale? Me importa. No se me ocurre por qué pensarías que quiero bailar delante de todo el colegio. Odio este colegio.

—Sí, pero para ser justos —dijo, señalándome—, lo odias todo.

—¿Vosotros estáis de acuerdo con esto? —pregunté, volviéndome para mirar al resto de los chicos. Jacobi, Carlos y Bijan habían estado fingiendo que no podían escuchar nuestra conversación. Levantaron la mirada de golpe—. ¿Los tres queréis bailar delante de todo el colegio?

Carlos encogió los hombros.

Bijan eligió ese momento para dar un buen sorbo a su botella de agua.

Jacobi tan solo se rio de mí.

—Bueno, no estoy enfadado —respondió—. Podría ser divertido.

Genial. Así que mi reacción era exagerada. Era la única a la que le parecía que se trataba de una idea estúpida. Eso era sencillamente genial.

—Da igual —dije, suspirando, y me senté. Me había puesto mi calzado deportivo demasiado rápido y aún no me había atado los cordones.

—Oye, será divertido —aseguró Navid—. Lo prometo.

—Apenas puedo *mantener* una postura ahora —dije, mirándolo furiosa—. ¿Cómo te parece que eso puede ser divertido? Voy a hacer el ridículo.

—Deja que sea yo quien me preocupe por ello, ¿de acuerdo? Estás mejorando cada día. Todavía tenemos tiempo.

Farfullé algo en voz baja.

Bijan se acercó y se sentó al lado mío. Lo miré por el rabillo del ojo.

—¿Qué? —pregunté.

—Nada. —Llevaba en cada oreja un enorme pendiente de botón cuadrado, de bisutería brillante. Sus cejas eran perfectas; sus dientes, súper blancos. Me di cuenta porque de pronto me sonrió.

—¿Qué? —volví a preguntar.

—¿Qué pasa? —preguntó, y rio—. ¿Por qué estás tan preocupada?

Terminé de atarme los cordones.

—No estoy preocupada. Estoy bien.

—Bueno —dijo—. Levántate.

—¿Qué? ¿Por qué?

—Voy a enseñarte a hacer una voltereta hacia atrás.

Mis ojos se agrandaron.

Sacudió una mano en el aire.

—Arriba, por favor.

—¿Por qué? —pregunté.

Bijan rio.

—Porque es divertido. Eres pequeña, pero pareces fuerte. No debería ser difícil para ti.

Fue difícil.

De hecho, estaba casi segura de que había estado a punto de romperme ambos brazos. Y la espalda. Pero era cierto, también resultaba divertido. En una vida anterior, Bijan había sido gimnasta. Sus movimientos eran tan enérgicos y estaban tan bien ejecutados que no pude evitar sorprenderme de que estuviera dispuesto a perder su tiempo aquí, con nuestro pequeño club. De todas formas, estaba agradecida. Parecía sentir pena por mí de un modo que me resultaba solo levemente ofensivo, así que no me molestó su compañía. Y no me molestó demasiado que se pasara el resto de la hora básicamente ridiculizándome.

Después de alrededor de cien intentos fallidos de hacer una voltereta hacia atrás, por fin me desplomé sobre el suelo y no me levanté. Me encontraba jadeando; los brazos y las piernas me temblaban. Navid caminaba con las manos alrededor de la sala de baile haciendo patadas de tijera; Jacobi practicaba molinos, un movimiento acrobático clásico que había perfeccionado hacía mucho tiempo: intentaba transformar sus molinos en *flares*, en una misma rutina. Carlos lo observaba, con las manos en las caderas, y un casco bajo el brazo. Él mismo podía girar sobre la cabeza durante días; ni siquiera necesitaba el casco. Al observarlos, me sentí a la vez entusiasmada y acomplejada. Era de lejos la que tenía menos talento del grupo. *Por supuesto* que se sentían más cómodos actuando en público: ya eran fantásticos.

En cuanto a mí, tenía que trabajar un montón.

—Estarás bien —me dijo Bijan, dándome un codazo.

Lo miré.

—Y no eres la única que detesta el instituto, ¿sabes? No fuiste tú quien lo inventó.

Enarqué una ceja.

—Sí, no creí que lo fuera.

—Me alegro. —Me echó una mirada—. Solo quería estar seguro.

—Así que, dime —le dije—, si solo eres un ochenta por ciento gay, ¿no serías entonces bisexual?

Bijan frunció el ceño y vaciló un instante.

—Eh —dijo—. Sí, supongo.

—¿No lo sabes?

Me miró inclinando la cabeza.

—Todavía estoy buscando la respuesta —dijo.

—¿Tus padres lo saben?

—Ja. —Levantó las cejas—. ¿Tú qué crees?

—Me imagino que no.

—Exacto, y dejémoslo así, ¿vale? No me interesa tener esa conversación en este momento.

—Está bien.

—Puede ser que en mi lecho de muerte.

—Como quieras —dije, y encogí los hombros—. Tu ochenta por ciento está a salvo conmigo.

Bijan rio. Se quedó mirándome.

—No tiene sentido lo que dices, ¿sabes?

—¿Qué? ¿Por qué no?

Sacudió la cabeza, y miró hacia el otro lado de la sala.

—Porque no.

No tuve oportunidad de hacerle más preguntas. Navid estaba gritándome que tomara mi bolsa, porque se había acabado el tiempo de la sala de baile.

—Estoy muerto de hambre —dijo, trotando hacia nosotros—. ¿Queréis ir a comer algo?

* * *

No se me había ocurrido que podía haber algo raro en el hecho de que yo, una estudiante de segundo curso, pasara el rato con un montón de chicos del último curso. Jamás lo había pensado así. Navid era mi hermano, y estos eran sus amigos. Este era un hábitat conocido para mí. Mi hermano había estado invadiendo mi espacio personal en casa, en el colegio, con todos sus amigos varones desde siempre, y, generalmente, no me gustaba nada. Él y sus amigos siempre estaban comiendo mi comida; metiéndose con mis cosas. Salían, por ejemplo, del baño y decían, sin el más mínimo pudor, que habían dejado abierta una ventanilla adentro, pero que si tenía algún interés en sobrevivir, me convenía usar otro baño durante un rato.

Era *asqueroso*.

Al principio, los amigos de mi hermano siempre me parecían bastante apuestos, pero bastaba con una semana de observación minuciosa para que quisiera atrincherarme en mi habitación.

Por lo que recién cuando nos marchábamos del estudio de baile recordé repentinamente que estaba en el instituto y que, por algún motivo, Navid y sus amigos eran bastante geniales. Lo suficiente como para que una animadora quisiera dirigirme la palabra.

Había comenzado a advertir a las animadoras todo el tiempo. Siempre estaban dando vueltas después del colegio. Me da vergüenza admitir que tardé un tiempo en darme cuenta de que probablemente frecuentaran el lugar porque se reunían para entrenar todos los días. Así que cuando nos cruzamos con un grupo de chicas al salir, ya no estaba sorprendida. Lo que me sorprendió fue que una de ellas me hiciera una seña para que me acercara.

Al principio, no lo entendí. Creí que estaba haciendo una escena. Y estaba tan segura de que esa chica no estaba saludándome *a mí* que la ignoré durante casi quince segundos hasta que Navid terminó dándome un codazo.

—Oye, creo que esa chica quiere hablar contigo.

Era inexplicable pero cierto.

—Qué amable —dije—. ¿Podemos marcharnos?

—¿La vas a ignorar? —Jacobi lucía perplejo, y no en el buen sentido.

—Hay un cien por cien de posibilidades de que no tenga un buen motivo para hablar conmigo —dije—. Así que sí, voy a ignorarla.

Bijan me miró haciendo un gesto de desaprobación con la cabeza. Casi… *casi*… sonrió.

Navid me empujó hacia delante.

—Dijiste que serías amable.

—No, no lo dije.

Pero parecían todos tan decepcionados conmigo que finalmente me di por vencida. Me odié durante los diez metros que tuve que caminar hasta ella, pero lo hice.

En el instante en el que estuve lo suficientemente cerca, tomó mi brazo.

Me puse rígida.

—Hola —dijo a toda velocidad. Ni siquiera me miró; miraba detrás de mí—. ¿Quién es ese chico?

Guau, había pocas cosas que odiara más que una conversación como esa.

—Eh, ¿quién *eres*? —pregunté.

—¿Qué? —Me echó un rápido vistazo—. Ah, soy Bethany. Oye, ¿por qué eres amiga de esos tipos?

Ese era el motivo. Ese mismo. Y por eso no quería hablar con la gente.

—¿Por eso me has hecho venir hasta aquí? ¿Porque querías que te liara con uno de esos tipos?

—Sí, aquel. —Hizo un gesto con la cabeza—. El que tiene ojos azules.

—¿Quién? ¿Carlos? —Fruncí el entrecejo—. ¿El chico con el pelo negro rizado?

Asintió.

—¿Se llama Carlos?

Suspiré.

—Carlos —grité—. ¿Puedes venir, por favor?

Él se acercó, sin entender. Pero luego se lo presenté a Bethany, y pareció encantado.

—Divertíos —dije—. Adiós.

Bethany intentó agradecerme, pero lo desestimé con la mano. Jamás había estado tan decepcionada con mi propio género. La calidad de esa interacción femenina había sido patética. Estaba a punto de marcharme cuando de pronto me distrajo una cara familiar.

Era Ocean, saliendo del gimnasio.

Tenía esa bolsa grande de gimnasia que le cruzaba el pecho, y parecía recién salido de la ducha, con el pelo húmedo y las mejillas rosadas. Lo vi un segundo antes de que cruzara el pasillo y desapareciera en otra sala.

Se me cayó el alma a los pies.

Hacía tres días que no hablaba con Ocean. Quería hacerlo. Realmente me moría de ganas, pero intentaba hacer lo que creía que era lo correcto. No quería darle falsas esperanzas. No quería que pensara que había una posibilidad entre nosotros. Intentó un par de veces alcanzarme después de clase, pero lo hice a un lado. Hice lo posible por evitar su mirada. No me conecté. Mantenía mis conversaciones en Biología lo más escuetas y aburridas posible. Intentaba dejar de relacionarme con él porque no quería que tuviera una idea equivocada. Pero me daba cuenta de que estaba lastimado y confundido.

No sabía qué más hacer.

Una parte pequeña y cobarde de mí esperaba que Ocean se diera cuenta, solo, de que yo no era una opción que valiera la pena explorar. Parecía fascinado conmigo de un modo familiar aunque también completamente nuevo, y me pregunté si su fascinación se disiparía, como siempre sucedía en ese tipo de situaciones. Me pregunté si aprendería a olvidarse de mí, a volver con sus amigos, a encontrar a una rubia bonita.

No era fácil de entender. Lo sé: había pasado de estar desesperada por tener una amistad nueva en ese colegio a de pronto querer dar marcha atrás con toda esa situación. Aunque, para ser justos, había estado buscando una amistad platónica, preferentemente, femenina. No un novio ni nada que se le pareciera. Solo quería vivir la experiencia común de cualquier adolescente. Quería almorzar con amigos, en plural. Quería ir al cine con alguien. Quizás incluso fingir que me importaban una mierda los exámenes de admisión a la

universidad. No lo sé. Pero empezaba a preguntarme si existían siquiera las experiencias comunes de adolescentes.

—Oye, ¿vamos? Me muero de hambre. —Era Navid, dándome un golpecito en el hombro.

—Eh, claro —dije. Pero seguía mirando fijamente la puerta
por la cual había desaparecido Ocean—. Sí, larguémonos de aquí.

16

Al día siguiente, me presenté en la clase del señor Jordan, según lo prometido, pero mi regreso fue más complicado de lo que había imaginado. No advertí que todo el mundo se habría enterado, o habrían notado, que había salido de la clase sin regresar en casi toda la semana. No creía que a alguien le interesaría. Pero cuando tomé asiento en el lugar acostumbrado, los chicos de mi pequeño grupo me miraron como si me hubieran brotado alas.

—¿Qué pasa? —pregunté. Dejé caer mi mochila al suelo, a mi lado.

—¿De verdad has intentado abandonar la clase? —preguntó una de las chicas. Se llamaba Shauna.

—Sí —respondí—. ¿Por qué?

—Guau. —La otra chica, Leilani, me miró—. Qué locura.

Ryan, el cuarto miembro de nuestro grupo, un chico que siempre me hablaba sin mirarme a los ojos, eligió ese momento para bostezar ruidosamente.

Miré a Leilani frunciendo el ceño.

—¿Por qué es una locura? El señor Jordan me hizo sentir superincómoda.

Ninguna de las chicas pareció creer que era una respuesta aceptable.

—Oye, ¿por qué te siguió Ocean el otro día? ¿De qué iba eso?

—Esta vez fue Leilani de nuevo.

Vaya, ahora sí que me quedé pasmada. No se me ocurría por qué podía interesarles algo de todo este asunto. Ni siquiera me había dado cuenta de que Leilani conocía a Ocean. Biología era una asignatura opcional, así que la lista de estudiantes iba variando: no estábamos todos en el mismo año. Leilani y Shauna, por ejemplo, eran estudiantes de primero.

—No lo sé —dije—. Supongo que se sentía mal.

Shauna estaba a punto de hacerme otra pregunta cuando el señor Jordan batió palmas, saludando a la clase.

—Muy bien, hoy cambiaremos un poco las cosas. —Nuestro profesor empezó a bailar el chachachá delante de la sala. Era muy excéntrico. Reí, y se detuvo, notando mi presencia.

—Qué bien volver a verte, Shirin —dijo sonriendo, y la gente se volvió para mirarme.

Mi risa se apagó.

—Bueno —dijo, dirigiéndose ahora a la clase—. ¿Estáis listos para esto? —Se detuvo solo un instante antes de proseguir—: ¡Quiero grupos nuevos! ¡Todo el mundo de pie!

La clase gimió en voz alta. Estuve de acuerdo con lo que sentía la mayoría: definitivamente, no quería conocer más gente nueva; odiaba conocer gente nueva.

Pero también entendía que se trataba justamente de eso.

Así que suspiré, resignada, mientras el señor Jordan nos reunía en grupos nuevos. Terminé al otro lado de la sala, sentada con tres chicas diferentes. Durante unos instantes, todas evitamos mirarnos.

—Ey.

Me volví con un sobresalto.

Ocean estaba sentado, no a mi lado, exactamente, sino cerca, en otro grupo. Se encontraba inclinado hacia atrás, contra la silla. Sonrió, pero sus ojos tenían una expresión cauta, de ligera inquietud.

—Hola —dije.

—Hola —respondió.

Tenía un lápiz detrás de la oreja. No creía que las personas pudieran realmente hacer una cosa así, pero él tenía un lápiz real detrás de la oreja. Era muy tierno. Él era muy tierno.

—Se te ha caído esto —dijo, y extendió un pequeño trozo doblado de papel.

Miré la nota que tenía en la mano. Estaba casi segura de que no se me había caído nada, pero vamos, nunca se sabía. La tomé, y así, sin más, la preocupación de sus ojos se suavizó, convirtiéndose en otra cosa.

Mi corazón se aceleró.

¿Alguien más ha descubierto que siempre escuchas música en clase? ¿Estás escuchando música ahora mismo? ¿Cómo puedes escuchar música todo el tiempo sin suspender las asignaturas? ¿Por qué borraste tu perfil de AIM la primera vez que hablamos?

Tengo muchas preguntas.

Me giré para mirarlo, sorprendida. Era tal la intensidad de su sonrisa que parecía a punto de reír. Se lo veía muy satisfecho consigo mismo.

Sacudí la cabeza, pero sonreí. Y luego extraje deliberadamente el iPod de mi bolsillo y le di al *Play*.

Cuando volví a girarme en mi asiento, casi me muero del susto.

Las otras tres chicas de mi grupo se encontraban ahora mirándome sin comprender; se las veía aún desconcertadas por mi presencia, más de lo esperado.

—No os olvidéis de presentaros —gritó el señor Jordan—. ¡Los nombres son importantes! —Y luego levantó el enorme recipiente que tenía a diario sobre su escritorio y dijo—: El tema de hoy es... —Extrajo un trozo de papel del envase y lo leyó—: ¡El conflicto palestino-israelí! Debería ser muy interesante —dijo—. ¡Hamás! ¡El terrorismo! ¿Irán es cómplice? ¡Los temas de debate estarán en la pizarra! ¡Qué os divirtáis!

Dejé caer la cabeza sobre el escritorio.

* * *

Quizás no sorprenda a nadie que era un desastre intentando ignorar a Ocean.

Hice todo lo posible por fingir que no me importaba, pero eso fue todo: nada más que una gran simulación. Me prohibí a mí misma pensar en él, lo cual, de algún modo, hizo justamente que no pudiera dejar de hacerlo.

Ahora me fijaba demasiado en él.

De pronto, parecía estar en todos lados. Tanto que empecé a preguntarme si quizás estaba equivocada. Quizás no era una simple coincidencia que nos topáramos constantemente. Era posible, en cambio, que siempre hubiera estado allí, y ahora empezara a verlo. Era como cuando Navid compró el Nissan Sentra: antes de que lo comprara, jamás había advertido ninguno en la calle. Ahora veía viejos Nissan Sentra por todos lados.

Todo ese asunto me estresaba.

Me sentía nerviosa, incluso estando sentada en la misma clase que él. Nuestra tarea de Biología se había vuelto más difícil que nunca, sencillamente porque estaba intentando que él me desagradara, y no lo estaba logrando; su poder para gustar era prácticamente biónico. Su presencia tranquilizadora hacía que estando con él siempre tuviera ganas de bajar la guardia.

Lo cual, por alguna razón, me inquietaba aún más.

Creí que guardar silencio, hablar solo cuando era absolutamente necesario, ayudaría a distendernos, pero eso tensionó aún más la situación. Cuando no hablábamos, un motor invisible seguía enrollando un hilo alrededor de nuestros cuerpos. En algunos sentidos, mi silencio era aún más expresivo que cualquier otra cosa. Era una especie de combate furioso.

Intentaba romper con él pero no podía.

Ese lunes solo conseguí ignorar a Ocean durante tres minutos en la clase de Biología. Me encontraba dando golpecitos con el lápiz sobre la página en blanco de mi cuaderno de notas, evitando el gato muerto que se hallaba entre los dos e intentando, en cambio, pensar en cosas odiosas de él, cuando se giró hacia mí, sin ningún motivo.

—Oye, ¿estoy pronunciando bien tu nombre?

Me sorprendió tanto que me incorporé en el asiento y lo miré.

—No —dije.

—¿Qué? ¿Lo dices en serio? —Rio, pero parecía molesto—. ¿Por qué no me lo dijiste?

Encogí los hombros y me giré nuevamente hacia mi cuaderno de notas.

—Nadie pronuncia bien mi nombre.

—Pues a mí me gustaría hacerlo —dijo. Me tocó el brazo, y volví a levantar la mirada—. ¿Cómo debo pronunciarlo?

Había estado pronunciando mi nombre *She-rin*, mejor que la mayoría de las personas, que lo dividían en dos sílabas tajantes: *Shir-en*, lo cual era completamente incorrecto. En realidad, se pronunciaba *Shi-rin*. Intenté explicárselo. Quise decirle que tenía que pronunciar la *r*, que se suponía que la palabra debía enunciarse con suavidad, incluso con delicadeza.

Ocean intentó, varias veces, pronunciarlo correctamente, y me sentí de verdad conmovida. Y un poco divertida.

—Suena muy bonito —dijo él—. ¿Qué significa?

Reí. No quería decírselo, así que sacudí la cabeza.

—¿Por qué? —preguntó, agrandando los ojos—. ¿Acaso es algo malo?

—No —suspiré—. Significa *dulce*. Simplemente, me parece gracioso. Creo que mis padres esperaban otra clase de hija.

—¿A qué te refieres?

—Me refiero a que nadie me ha acusado jamás de ser dulce.

Ocean rio; encogió los hombros pausadamente.

—No lo sé —dijo—. Supongo que no eres justamente *dulce*. Pero… —Vaciló y levantó su lápiz, haciéndolo girar entre las manos—… eres como…

Se detuvo. Suspiró, sin mirarme a los ojos.

Y no supe qué hacer ni qué decir. Definitivamente, quería saber lo que estaba pensando, pero no quería que él supiera que me moría de ganas de saberlo, así que me quedé sentada, esperando.

—Eres muy fuerte —dijo finalmente. Seguía con los ojos fijos en su lápiz—. No parece que le tengas miedo a nada.

No sé lo que esperaba que dijera exactamente, pero me sorprendí. Tanto que, de hecho, durante unos instantes no supe qué decir.

Rara vez me sentía fuerte. En general, me sentía asustada.

Cuando por fin levantó la mirada, yo ya lo estaba mirando.

—Le tengo miedo a un montón de cosas —susurré.

Nos quedamos mirándonos, casi sin respirar. De pronto, sonó la campana. Me sobresalté, repentinamente cohibida, tomé mis cosas y desaparecí.

Aquella noche me envió un mensaje de texto. Escribió:

¿A qué le tienes miedo?

Pero no respondí.

* * *

Entré en la clase de Biología al día siguiente, preparada para realizar un esfuerzo sobrehumano y volver a ser una compañera de laboratorio aburrida y distante, pero todo acabó por venirse abajo.

Ocean se tropezó conmigo.

No sé exactamente cómo sucedió. Intentó esquivar a otra persona demasiado rápido, alguien que corría entre las mesas del laboratorio con un gato muerto que chorreaba entre las manos, cuando se estrelló contra mí justo en el momento en que me acercaba. Fue como algo sacado de una película.

Me aferré rápidamente a sus hombros para no caer, sintiendo su cuerpo duro y suave, y él me atrapó, envolviéndome en sus brazos.

—Eh… Disculpa…

Aún seguíamos pegados cuando levanté instintivamente la cabeza, sorprendida. Quise decir algo, pero en lugar de eso rocé su cuello con mis labios y durante un instante lo inhalé. Ocean me soltó, demasiado rápido, y tropecé. Me atrapó las manos, y lo miré: sus ojos bien abiertos, profundos y temerosos. Entonces, me eché atrás, rompiendo la conexión, en estado de shock.

Fue la exhibición de interacción física más torpe que jamás se haya visto; todo el asunto solo duró unos pocos segundos. Estoy segura de que nadie más lo advirtió. Pero lo vi tocarse el cuello donde mi boca lo había rozado, y mi corazón se estremeció al recordar sus brazos alrededor de mi cuerpo.

Ninguno de los dos habló el resto de la hora.

* * *

Cuando sonó la campana, tomé mi bolso, lista para huir. Pero en ese momento, Ocean pronunció mi nombre, y solo las normas básicas de cortesía impidieron que saliera corriendo. El corazón me latía desbocado, había estado latiendo desbocado hacía una hora. Me sentía como una batería sobrecargada. Había cosas que me chisporroteaban por dentro, y necesitaba alejarme, apartarme de él. Sentarme a su lado durante la clase había sido un suplicio.

Había tenido ya varios amores platónicos intrascendentes. Había tenido fantasías patéticas y tontas, y dedicado muchas páginas de mi diario a personas completamente olvidables que había conocido y rápidamente descartado a lo largo de los años.

Pero nunca había sentido eso tras tocar a alguien: como si tuviera el cuerpo cargado de electricidad.

—Hola —dijo.

Tuve que hacer un gran esfuerzo para no girarme, pero lo hice, y cuando lo miré, parecía diferente. Parecía tan aterrado como yo.

—Hola —dije, pero la palabra apenas se oyó.

—¿Podemos hablar?

Sacudí la cabeza.

—Tengo que marcharme.

Lo observé tragar saliva con fuerza, su nuez de Adán moviéndose de arriba abajo.

—Está bien —dijo, pero luego se acercó a mí, y sentí un pequeño estallido en la cabeza. Probablemente, neuronas que se morían. No me miró, sino que observó el reducido espacio en el suelo entre los dos, y creí que diría algo, pero no lo hizo. Tan solo se quedó allí parado, y observé el movimiento suave de su pecho mientras respiraba, hacia dentro y hacia fuera. Un leve mareo se apoderó de mí, sentí que mi cuerpo se recalentaba y el corazón me palpitaba con violencia, sin poder detenerse. Finalmente susurró las palabras, sin tocarme ni mirarme.

—Solo necesito saberlo —dijo—, ¿también sientes esto?

Entonces, levantó la mirada y me miró a los ojos.

No dije nada. No recordé cómo hacerlo. Pero debió de encontrar algo en mi mirada porque de pronto exhaló suavemente, solo una vez, contra mis labios, y retrocedió un paso. Tomó su mochila.

Y se marchó.

Y yo no supe si sería capaz de recuperarme.

17

Durante el ensayo, me comporté como una idiota.

No recordaba cómo hacer los pasos más sencillos. No podía dejar de pensar en el hecho de que Ocean y yo solo nos habíamos tocado *sin querer*. ¿Qué hubiera pasado si nos tocábamos *a propósito*? Guau, me pregunté si mi cabeza sencillamente estallaría. Tampoco podía dejar de pensar en que no quería que me rompieran el corazón. No sabía qué podía resultar de todo eso, qué sucedería con nosotros, ni cómo navegaríamos alguna vez esas aguas turbulentas. ¿Qué debía hacer?

Sentía que había perdido el control.

De un momento a otro, solo podía pensar en besarlo. Jamás había besado a nadie. Una vez habían desafiado a un chico a que me besara, y me besó la mejilla. No fue algo repugnante, pero toda la situación fue tan incómoda que hasta el recuerdo me perturbaba.

En ese sentido, estaba muy mal preparada.

Sabía que mi hermano había besado a muchas chicas. No sabía qué más había hecho, y no preguntaba. De hecho, le había tenido que decir varias veces que dejara de hablar de eso porque, por algún motivo, siempre se sentía cómodo divulgándome los detalles. Creo que mis padres sabían que había tenido un montón de relaciones pero, aparentemente, no tenían problema fingiendo desconocerlas. También estaba bastante segura de que mis padres sufrirían un infarto simultáneo si se enteraban de que yo estaba siquiera *considerando* besar a un chico, algo que, para mi sorpresa, me tenía sin cuidado a la hora de tomar una decisión.

La idea de besar a Ocean no parecía en absoluto incorrecta. Pero no veía en qué nos beneficiaría.

Justo en ese momento, mi hermano me arrojó su botella de agua.

Levanté la mirada.

—¿Estás bien? —preguntó—. Tienes mal aspecto.

Me sentía mal, como si tuviera fiebre. Estaba segura de que no era el caso, pero me llamaba la atención que me ardiera tanto la piel. Quería meterme en la cama y olvidarme del mundo.

—Sí —dije—, me siento rara. ¿Os importa si me voy un rato antes y regreso a casa?

Mi hermano se acercó y recogió su botella. Presionó una mano contra mi frente. Sus ojos se abrieron aún más.

—Sí, te llevaré a casa.

—¿En serio?

De pronto, parecía irritado.

—¿Crees que dejaría que mi hermana regresara caminando a casa con fiebre?

—No tengo fiebre.

—Claro que sí —afirmó.

* * *

No se equivocaba. Llegué a casa más temprano que lo habitual; mis padres aún no habían regresado del trabajo. Navid me trajo agua, me dio una medicina y me metió en la cama. Pero no me sentía enferma, sino presa de un profundo desasosiego que no podía explicar. Aparentemente, no tenía ningún síntoma, salvo fiebre alta.

De todos modos, dormí.

Cuando desperté, la casa estaba a oscuras. Me encontraba mareada. Parpadeé y miré a mi alrededor. Tenía la boca reseca, así que tomé la botella de agua que me había dejado Navid y la vacié. Apoyé mi cabeza caliente contra el muro frío y me pregunté qué diablos me había pasado. Solo entonces advertí mi teléfono sobre la mesilla de noche. Tenía cinco mensajes no leídos.

Los primeros dos, de seis horas antes.

Hola
¿Qué tal el ensayo de hoy?

Había otros tres mensajes, enviados hacía diez minutos. Verifiqué la hora: eran las dos de la mañana.

Seguramente, estés durmiendo.
Pero si no lo estás, ¿me llamas?
(Lamento haber agotado el límite de tus mensajes de texto).

No sabía si me encontraba en el estado mental adecuado para llamar a alguien, pero no lo pensé demasiado. Busqué su número y lo llamé enseguida. Luego me metí debajo del edredón y tiré de la sábana hasta colocarla sobre mi cabeza para amortiguar el sonido de mi voz. No quería tener que explicarles a mis padres por qué me encontraba desperdiciando minutos preciosos hablando con un chico a las dos de la mañana. No tenía ni idea de lo que les diría.

Ocean atendió al primer tono. Me pregunté si también él estaría ocultándose de su madre. Pero luego dijo «Hola» en voz alta, como una persona normal, y advertí que, en realidad, era yo la única con padres que no la dejaban ni a sol ni a sombra.

—Hola —susurré—. Estoy escondida bajo las sábanas. Rio.

—¿Por qué?

—Todo el mundo duerme —dije en voz baja—. Si me encuentran hablando por teléfono a esta hora, mis padres me matan. Además, los minutos cuestan caros.

—Lo siento —dijo, pero no parecía lamentarlo.

—A propósito, tengo fiebre. He estado todo este tiempo en la cama —expliqué—. Acabo de despertarme y he visto tus mensajes.

—¿Cómo? —preguntó, alarmado—. ¿Qué ha pasado?

—No lo sé.

—¿Y ahora te encuentras bien?

—Me siento un poco rara, pero creo que sí.

Estuvo callado un rato demasiado largo.

—¿Sigues allí? —pregunté.

—Sí, es solo que… ahora que lo mencionas, yo tampoco he estado sintiéndome bien.

—¿En serio?

—Así es —dijo—. Lo que sucede es que…

Sentí una nueva descarga de chispas en la cabeza.

—¿Podemos hablar de esto, por favor? —Su voz era suave pero aprensiva—. Sé que has estado intentando evitarme, pero no sé por qué, y si no hablamos de esto, sencillamente no…

—¿Hablar de qué?

—De nosotros —dijo, casi jadeando—. De nosotros. *Cielos*, quiero hablar de nosotros. No puedo ni concentrarme cuando estoy contigo. —Y luego—: Ya no sé qué está pasando.

Sentí que mi mente se desaceleraba incluso mientras mi corazón cobraba impulso. Un nerviosismo terrible y maravilloso se apoderó de mi garganta.

Me sentí paralizada.

Era tanta mi desesperación por decir algo… Pero no sabía qué decir, cómo hacerlo o si debía siquiera intentarlo. No me decidía. Empecé a dar demasiadas vueltas; estuvimos perdidos en el silencio durante varios segundos.

—¿Soy solo yo? ¿Lo estoy imaginando? —preguntó finalmente.

El sonido de su voz me rompió el corazón. No tenía idea de cómo Ocean podía ser tan valiente. No entendía cómo se ponía en una posición tan vulnerable. No proponía juegos de seducción ni declaraciones confusas, llenas de digresiones. Simplemente, se exponía, descubriendo el corazón a lo que fuera. Guau, merecía todo mi respeto.

Pero me asustaba tanto.

De hecho, empezaba a preguntarme si mi fiebre no era simplemente una consecuencia de ese asunto, de él, de toda esa situación. Porque cuanto más hablaba, más deliraba. Sentí que la cabeza me daba vueltas, y mi mente iniciaba un lento proceso de volatilización.

Cerré los ojos.

—Ocean —susurré finalmente.

—¿Sí?

—Y-yo…

Me detuve. Intenté aquietar la cabeza. Lo oí respirar. Percibí que esperaba algo, lo que fuera. Sentí que mi corazón se abría con un desgarro y no tenía sentido mentir acerca de eso. Al menos, merecía saber la verdad.

—No lo estás imaginando —confesé.

Oí su fuerte exhalación. Cuando habló, tenía la voz ligeramente áspera.

—¿No?

—No, yo también lo siento.

Durante cierto tiempo, ninguno de los dos dijo nada. Nos quedamos simplemente en silencio, escuchándonos respirar.

—¿Entonces por qué me estás rechazando? —dijo finalmente—. ¿A qué le tienes miedo?

—*A esto* —dije. Seguía con los ojos cerrados—. Tengo miedo a esto. Esto no puede ir a ningún lado —le dije—. No tiene futuro…

—¿Por qué no? —preguntó—. ¿Por tus padres? ¿Porque soy un tipo blanco cualquiera?

Abrí los ojos rápidamente y reí, pero fue una risa triste.

—No —dije—, no es por mis padres. Es decir, es cierto que mis padres no te aprobarían, pero no porque seas un tipo blanco. Ellos no aprobarían a *nadie* —dije—. En términos generales; no solo a ti. De cualquier manera, eso ni siquiera me importa. —Emití un fuerte suspiro—. No es por eso.

—Entonces, ¿por qué?

Me quedé callada demasiado tiempo, pero él no me presionó para hablar. No dijo una palabra. Tan solo esperó.

Finalmente, rompí el silencio.

—Eres un chico realmente encantador —le dije—. Pero no tienes idea de lo complicado que sería esto. No tienes idea de lo diferente que sería tu vida conmigo —dije—. Simplemente, no lo sabes.

—¿A qué te refieres?

—Me refiero a que el mundo es realmente un lugar terrible, Ocean. Las personas son muy racistas.

Ocean calló un instante.

—¿Por *eso* estás preocupada? —preguntó finalmente, pasmado.

—Sí —respondí en voz baja—. Sí.

—Pues a mí no me importa lo que piensen los demás.

Mi cabeza empezó a recalentarse de nuevo; sentí que vacilaba.

—Escucha —explicó con calma—. Esto no tiene por qué ser algo serio. Solo quiero conocerte más. Hoy nos chocamos *accidentalmente*, y desde entonces me cuesta respirar —dijo. Su voz se había vuelto a tensar—. Siento que estoy enloqueciendo. Como si no pudiera…, solo quiero entender esto —dijo finalmente—. Solo quiero saber lo que está sucediendo ahora mismo.

El corazón me latía demasiado fuerte. Demasiado rápido.

—Yo también he estado sintiéndome así —susurré.

—¿En serio?

—Sí —dije en voz baja.

Respiró hondo; sonaba nervioso.

—¿Crees que podríamos… pasar algo de tiempo juntos? —preguntó—. ¿Fuera del colegio? ¿Quizás en algún lugar bien alejado de nuestro asqueroso experimento de laboratorio?

Reí, y un vértigo ligero se apoderó de mí.

—¿Significa que lo harás?

Suspiré. Tenía muchas ganas de decir simplemente que sí.

—Quizás —dije, en cambio—. Pero nada de propuestas matrimoniales, ¿de acuerdo? Tal y como están las cosas, ya tengo demasiadas.

—¿Te atreves a bromear justo ahora? —Ocean rio—. ¿Estás rompiéndome el corazón y te animas a bromear? Guau.

—Sí —suspiré. No sabía qué me sucedía; me encontraba sonriendo.

—Espera… ¿qué has querido decir con el *sí*? ¿Significa que pasarás tiempo conmigo?

—Claro.

—¿Claro?

—Sí —susurré—, me encantaría pasar tiempo contigo.

En ese momento me sentí nerviosa, feliz y aterrada a la vez, pero advertí que la temperatura volvía a subirme. Realmente, sentí que me desvanecería.

—Tengo que colgar —dije—. Te llamaré más tarde, ¿sí?

—Está bien —dijo—. Está bien.

Colgamos.

Y no salí de la cama durante tres días.

18

Básicamente, estuve inmóvil el resto de la semana. La fiebre finalmente desapareció el viernes, pero mi madre me obligó a permanecer en casa. Intenté decirle que estaba bien, que no tenía más síntomas, pero no me hizo caso. Nunca había tenido un resfriado, ni dolores, ni malestares en el cuerpo. No sentía otra cosa más que la cabeza caliente.

Era como si me hubieran cocido el cerebro al vapor.

Ocean me envió mensajes de texto, pero tenía tan pocos momentos de claridad que nunca pude responderlos. Imaginé que se enteraría, de una forma u otra, de que seguía enferma; jamás imaginé que iría en busca de mi hermano.

Navid vino a visitarme el viernes, después del colegio. Se sentó en mi cama y dio un golpecito en mi frente con los dedos.

—Basta —mascullé. Me di la vuelta y hundí el rostro en la almohada.

—Hoy ha venido a buscarte tu novio.

Me giré tan rápido que casi sufrí un desgarro en el cuello.

—¿Qué has dicho?

—Has escuchado lo que te he dicho.

—No es mi novio.

Navid levantó las cejas.

—Pues no sé qué le has hecho a ese chico que aparentemente no es tu novio —dijo—, pero estoy bastante seguro de que está enamorado de ti.

—Cállate —dije, y volví a girar el rostro hacia la almohada.

—No estoy bromeando.

Le mostré el dedo del medio de la mano sin mirarlo.

—Da igual —dijo Navid—. No tienes que creerme. Solo me pareció que debías saberlo. Está preocupado. Quizás debas llamarlo.

Ahora fruncí el ceño. Me acomodé lentamente, doblando una almohada bajo el cuello y lo miré.

—¿Hablas en serio?

Navid encogió los hombros.

—¿No amenazarás con hacerle morder el polvo? —pregunté—. ¿Me estás diciendo que lo *llame*?

—Me da lástima el chico. Parece agradable.

—Mmm… —Reí—. Está bien.

—Lo digo en serio —dijo Navid y se puso de pie—. Y solo voy a darte un consejo, así que escucha con atención.

Abrí los ojos.

—Si no estás interesada —dijo—, díselo ahora.

—¿Qué? ¿De qué hablas?

Navid sacudió la cabeza.

—Simplemente, que no seas mala.

—No soy mala.

Mi hermano ya estaba a punto de salir cuando soltó una sonora carcajada.

—Eres *despiadada* —afirmó—. Y no quiero que le destruyas el corazón a este chico, ¿de acuerdo? Parece muy inocente. Está claro que no sabe en lo que está metiéndose.

Me quedé mirando a Navid, estupefacta.

—Prométemelo —dijo—, ¿sí? Si no te gusta, déjalo ir.

Pero sí me gustaba. El problema no era saber si me gustaba o no. El problema era que no *quería* que me gustara.

Ya imaginaba el futuro: iríamos a algún lado, a cualquier parte, y alguien me diría algo horrible. Ocean se paralizaría. Una gran incomodidad se apoderaría de nosotros, e intentaríamos fingir que no había sucedido nada, pero cada vez me sentiría más y más mortificada. Tenía la certeza de que una experiencia así terminaría, inevitablemente, haciendo que Ocean tuviera vergüenza de pasar tiempo conmigo. Un día, se daría cuenta de que no quería ser visto en público conmigo. Podía imaginarlo presentándome a las personas de su mundo; imaginar su desagrado o desaprobación apenas disimulados; advertir cómo estar conmigo lo haría darse cuenta de que sus propios amigos eran racistas encubiertos y de que sus padres no tenían inconveniente en intercambiar bromas con los inconformistas que había entre nosotros, siempre y cuando no intentáramos besar a sus hijos.

Estar conmigo perforaría la burbuja cómoda y segura de su vida. Todo lo que tenía que ver con mi mundo —mi cara, mi forma de vestir— había cobrado un matiz político. En otro tiempo, mi presencia solo había desconcertado a la gente; yo era solo una chica rara, el tipo de sujeto inescrutable que se ignoraba y desechaba con facilidad. Pero un día, tras una terrible tragedia, había despertado para ser el centro de atención. No importaba que estuviera tan horrorizada y conmocionada como el resto; nadie me creía. Personas que jamás había conocido de pronto empezaban a acusarme de ser una asesina. Gente anónima me gritaba en la calle, en el colegio, en el supermercado, en las gasolineras y en los restaurantes que regresara a mi país, que *regresara a Afganistán, maldita terrorista monta camellos.*

Quería decirles que vivía al final de la calle; que jamás había estado en Afganistán. Que había visto un camello una sola vez, en un viaje a Canadá, y que el camello era infinitamente más bondadoso que los seres humanos que había conocido.

Pero ya no importaba lo que dijera. La gente no me escuchaba. Me robaban las palabras de la boca y hablaban de mí sin pedir jamás mi opinión. Me había convertido en un tema de conversación, en una estadística. Ya no tenía la libertad para ser solo una adolescente, solo un ser humano, solo carne y hueso. No... tenía que ser mucho más que eso.

Yo resultaba un escándalo, un tema incómodo de conversación.

Y sabía que eso, lo que fuera que había con Ocean, solo podía acabar en lágrimas.

* * *

Así que no lo llamé.

19

No creía estar actuando correctamente al ignorarlo de nuevo; de verdad que no. Pero no sabía qué otra cosa hacer. No tenía todas las respuestas. Ocean me importaba, e intentaba protegerlo a mi manera, por más confundida que estuviera. Intentaba protegernos a ambos. Quería que volviéramos a ser amigos; que nos tratáramos amablemente y que eso fuera todo.

Tenemos dieciséis años, pensé.

Eso pasaría.

Ocean iría al baile de graduación con una chica agradable que tuviera un nombre fácil de pronunciar, y yo seguiría mi camino, literalmente, cuando mi padre consiguiera de forma inevitable un empleo mejor remunerado en otro lugar y anunciara, con orgullo, que nos mudaríamos a una ciudad aún mejor, a un vecindario mejor, a un futuro mejor.

Las cosas irían bien. O medianamente bien.

El único problema con mi plan, por supuesto, era que Ocean no estaba de acuerdo con él.

* * *

Aparecí en la clase del señor Jordan el lunes, pero estaba casi segura de haber suspendido, porque no dije nada en toda la hora, por dos motivos:

1. Seguía reponiéndome del inexplicable ardor que sentía en la cabeza.
2. Intentaba no llamar la atención.

No miré a Ocean durante la clase; no miré a nadie. Fingí no prestar atención porque esperaba que se diera por aludido y dejara de hablarme.

Era un plan estúpido.

Acababa de escapar de la clase, y corría a toda velocidad por un pasillo desierto cuando me encontró. Me tomó del brazo, y me giré. Parecía nervioso y un poco pálido. Me pregunté cómo me veía él a mí.

—Hola —susurró.

—Hola —dije.

No me soltaba; tenía los dedos envueltos alrededor de mi antebrazo como un brazalete suelto. Miré su mano. En realidad, no quería que me soltara, pero cuando me vio mirándola, se sobresaltó y dejó caer mi brazo.

—Lo siento —dijo.

—¿Por qué?

—Por lo que fuera que haya hecho —dijo—. Hice algo mal, ¿no? Eché a perder algo.

Mi corazón se encogió hasta dejar de latir. Era tan amable. Era tan dulce y estaba haciendo esto tan difícil.

—No has hecho nada mal —respondí—. Lo juro.

—¿No? —dijo, pero aún parecía nervioso.

Sacudí la cabeza.

—Oye, realmente tengo que ir a clase, ¿sí? —Me giré para irme, pero me llamó por mi nombre con tono de pregunta. Volví a mirar.

Se acercó un paso más.

—¿Podemos hablar? ¿A la hora de almuerzo?

Estudié su mirada, el dolor que intentaba ocultar, y me di cuenta entonces de que las cosas habían ido demasiado lejos. Había dejado que las cosas llegaran a ese punto y ahora no podía sencillamente ignorarlo y esperar que se marchara. No podía ser tan cruel. No, tendría que explicarle, con oraciones claras y concisas, lo que iba a suceder. Que había que terminar eso, lo que fuera.

Así que accedí.

Le indiqué el lugar donde estaba mi árbol, y le dije que se reuniera allí conmigo.

* * *

Por supuesto, lo que jamás anticipé fue que habría otra persona esperándome.

Yusef se hallaba inclinado contra el árbol.

Yusef.

Guau, casi había olvidado a Yusef.

Aún me seguía pareciendo un tipo realmente lindo, y la verdad era que había pensado en él una o dos veces en las últimas semanas, pero mayormente lo había olvidado. No tenía motivo alguno para pensar en él porque rara vez lo veía en el colegio.

Y no tenía ni idea de lo que hacía allí.

Quería que se marchara, pero Ocean aún no había llegado y ya estaba bastante nerviosa con la conversación que tendríamos; no quería además tener que pedirle a Yusef que se fuera a otro lugar.

Aparte, no parecía justo tomar posesión de un espacio público. Así que extraje mi teléfono, giré bruscamente a la izquierda y empecé a escribirle un mensaje de texto a Ocean para que nos encontráramos en otro lugar.

Yusef me llamó por mi nombre.

Miré hacia atrás, sorprendida, sin haber enviado aún el mensaje inconcluso.

—¿Sí?

—¿Adónde vas? —Se acercó caminando hacia mí. Estaba sonriendo.

Quizás un día diferente, a una hora diferente, habría estado interesada en su sonrisa. Pero ese día estaba excesivamente distraída.

—Lo siento —dije—. Estoy buscando a alguien.

—Ah —dijo, siguiendo mi mirada.

Entrecerré los ojos para observar el patio, donde se congregaba la mayoría del alumnado para almorzar a diario. Por este mismo motivo, era un lugar que casi siempre evitaba, así que no sabía realmente lo que buscaba mientras miraba a mi alrededor. Pero Yusef seguía hablando, y de pronto me sentí irritada, lo cual no era justo. No tenía por qué saber lo que me preocupaba tanto. Nada de lo que me había dicho era ofensivo; ni siquiera, desagradable. Sencillamente, resultaba inoportuno.

—Quería regresar para echar una mirada a mi árbol. —Estaba diciendo—. Esperaba que estuvieras aquí.

—Qué bien —dije, con la mirada aún perdida en la distancia.

Yusef inclinó la cabeza hacia mi línea de visión.

—¿Puedo hacer algo para ayudar?

—No —dije—. Estoy…

—Hola.

Me di la vuelta. Mi alivio repentino cedió lugar, en un instante, al temor. Ocean había llegado, pero parecía confundido. Miraba a Yusef, que estaba quieto demasiado cerca de mí.

Me alejé un metro y medio de este.

—Hola —dije, intentando sonreír. Ocean se giró hacia mí, pero seguía vacilando.

—¿Era él a quien buscabas? —intervino nuevamente Yusef. Parecía sorprendido.

Tuve que hacer un esfuerzo concertado para no decirle que se fuera, que obviamente era un mal momento para cotillear, que era evidente que no sabía interpretar pistas sociales...

—Hola, ¿cómo va? —dijo Yusef. Su pregunta era casi una afirmación al tiempo que se inclinaba para estrechar la mano de Ocean. Salvo que no la tomó, sino que hizo aquel gesto que hacen los chicos a veces, en el que se jalan para abrazarse con una palmada—. ¿Conoces a Shirin? —preguntó—. El mundo es un pañuelo.

Ocean aceptó el gesto, accediendo al abrazo amistoso involuntariamente, y supuse que solo lo hacía porque era una persona amable y educada. Pero su mirada era casi de enfado. No dijo una palabra a Yusef. No ofreció respuesta ni explicación alguna.

—Hola, mmm —dije—. Tengo que hablar con mi amigo a solas, ¿sí? Iremos a otro...

—Ah, claro —dijo Yusef—. Entonces, seré breve. Solo quería saber si ayunarás la semana que viene. Mi familia siempre organiza un *iftar* multitudinario la primera noche, y tú y tu hermano... y tus padres, si quieren venir... estáis invitados.

¿Qué diablos?

—¿Cómo sabías que tengo un hermano?

Yusef frunció el ceño.

—Navid está en la mayoría de mis clases. Después de la última vez que hablamos, até cabos. ¿No te habló de mí?

—Eh, mmm... —Eché un vistazo a Ocean: parecía como si le acabaran de dar un puñetazo en el estómago—. Sí, le diré a Navid que hable contigo. Debo irme.

Después de eso, apenas recordé vagamente despedirme con amabilidad. Más que nada, se me quedó grabada la mirada en el rostro de Ocean mientras nos alejábamos.

Parecía defraudado.

Le dije que no sabía adónde ir, que quería hablar en algún lugar que fuera tranquilo y privado, pero la biblioteca era el único lugar que se me ocurría, y no se podía hablar allí; o al menos, no lo permitían.

—Tengo el coche en el aparcamiento —dijo.

Fue todo lo que comentó. Lo seguí a su coche en silencio, y no fue sino cuando estuvimos dentro, escondidos en nuestro pequeño mundo entre puertas cerradas, cuando me miró.

—¿Estás... —Suspiró, y de repente se volvió y miró el suelo—... estás saliendo con ese tipo? ¿Con Yusef?

—¿Qué? No.

Levantó la mirada.

—*No*, no estoy saliendo con nadie.

—Ah. —Sus hombros se desplomaron. Estábamos sentados en el asiento trasero de su coche, enfrentados, y se inclinó contra la puerta que tenía detrás, apoyando la cabeza contra la ventanilla. Parecía exhausto. Recorrió su rostro con una mano hasta que por fin, por fin, se animó a hablar.

—¿Qué ha pasado? ¿Qué ha pasado entre ahora y la última vez que hablamos?

—Creo que quizás tuve demasiado tiempo para pensarlo.

Se lo veía desconsolado. No había otra manera de decirlo. Y también su voz sonaba apenada.

—No quieres estar conmigo.

Ocean era muy directo. Todo en él era honesto y decente, y realmente lo admiraba por ello. Pero en ese momento, su honestidad estaba haciendo que nuestra conversación fuera más difícil de lo que debía ser.

Yo tenía un plan.

Lo tenía todo organizado en la cabeza; había esperado contarle una historia, pintar una imagen, ilustrar muy muy claramente por qué todo ese asunto estaba condenado al fracaso, y por qué debíamos evitar lanzarnos hacia la inevitable y dolorosa disolución de lo que fuera que estuviéramos construyendo entre los dos.

Pero de pronto, todas mis razones cuidadosamente pensadas parecían mezquinas, estúpidas, imposibles de articular. Mirarlo a los ojos había echado por tierra mis propósitos. Ahora tenía la mente embrollada y desorganizada, y no sabía de qué otro modo hacer eso más que expresando mis sentimientos sin un orden en particular.

Pero estaba demorando demasiado, guardando demasiado silencio.

Titubeando.

Ocean se incorporó, y se inclinó hacia delante para acercarse a mí. Sentí una opresión en el pecho. Súbitamente, percibí su olor, su fragancia personal tan familiar, en todos lados. Advertí que estaba sentada en su *coche*, y solo entonces se me ocurrió mirar alrededor para tener idea de dónde estábamos, de quién era él. Quería catalogar el momento, captarlo con palabras e imágenes. Quería recordar ese instante; recordarlo a él.

Jamás había querido recordar a nadie.

—Ey —dijo, pero lo dijo con suavidad. No sé qué vio en mi rostro, qué percibió en mi mirada o en mi expresión, pero de pronto parecía diferente. Como si acabara de darse cuenta de que me había atrapado, y de que eso no era fácil para mí; que en realidad no quería dejarlo.

Me encontré con su mirada.

Tocó mi mejilla, rozándome la piel con sus dedos, y jadeé. Me recosté hacia atrás. Fue inesperado. Reaccioné de manera exagerada. Empecé a respirar con fuerza; la cabeza me ardió una vez más.

—Lo siento —dije—. No puedo hacer esto.

—¿Por qué no?

—Porque… —respondí—. Porque…

—¿Por qué no?

—Porque no funcionará. —Me puse nerviosa. Lo que dije sonó estúpido—. Sencillamente, no funcionará.

—¿Acaso no depende de nosotros? —preguntó—. ¿Acaso no tenemos control sobre si funciona o no?

Sacudí la cabeza.

—No es tan simple. No lo entiendes. Y no es culpa tuya que no lo entiendas —señalé—, pero no puedes saber lo que desconoces. No puedes verlo. No puedes darte cuenta de lo diferente que sería tu vida… de que estar conmigo, pasar tiempo con alguien como yo… —Me detuve, esforzándome por encontrar las palabras—. Sería muy difícil para ti —dije—, para tus amigos, tus familiares…

—¿Por qué estás tan segura de que me importa lo que piensan los demás?

—Te importará —aseguré.

—Verás que no. Ya no me importa.

—Lo dices ahora —dije, sacudiendo la cabeza—. Pero no lo sabes. Te importará, Ocean. Te importará.

—¿Por qué no dejas que sea yo quien decida lo que tiene que importarme?

Seguí sacudiendo la cabeza, no podía mirarlo.

—Escúchame —dijo, tomándome las manos. Y no fue sino en ese momento que noté que mis propias manos temblaban. Me apretó los dedos. Me tiró hacia él. Mi corazón enloqueció.

—Escúchame. —Volvió a decir—. No me importa lo que piensan los demás. No importa, ¿sí?

—Te importa —dije con voz queda—. Crees que no, pero te preocupa la opinión ajena.

—¿Cómo puedes estar tan segura?

—*Porque sí* —dije—, porque es lo que yo digo siempre. Siempre digo que no me importa lo que piensan los demás. Digo que no me molesta, que me importan una mierda las opiniones de los idiotas, pero no es cierto —dije, y sentí un escozor en los ojos al decirlo—. No es cierto porque siempre es doloroso. Eso significa que me sigue importando. Significa que no soy lo bastante fuerte porque cada vez que alguien dice algo grosero, algo racista, cada vez que una persona sin techo, con una enfermedad mental, provoca un alboroto terrible cuando me ve cruzando la calle, *duele*. Nunca deja de doler. Solo se vuelve más fácil recuperarse.

»Y tú desconoces esa experiencia —dije—. No sabes cómo es mi vida, y no sabes lo que sería para ti si formaras parte de ella, si le dijeras al universo que estás de mi lado. No creo que entiendas que estarías convirtiéndote en un blanco. Estarías arriesgando el mundo cómodo y feliz en el que vives…

—No vivo en un mundo cómodo y feliz —aseguró repentinamente, y al decirlo tenía los ojos animados e intensos—. Y si se supone que la vida que llevo tiene que ser un ejemplo de felicidad, entonces el mundo está peor de lo que creí. Porque no soy feliz y no quiero ser como mis padres. No quiero ser como todas las personas que conozco. Quiero elegir cómo vivir mi vida, ¿está bien? Quiero elegir con quién quiero estar.

Nuestras miradas se cruzaron.

Solo podía mirarlo mientras el corazón me palpitaba con fuerza en el pecho.

—Quizás a ti te importe lo que piensan los demás —dijo, ahora con la voz más suave—. Y está bien. Pero a mí, realmente, no.

—Ocean —susurré—. *Por favor*.

Seguía tomándome de las manos. Parecía real y me sentía segura junto a él. No sabía cómo decirle que no había cambiado de opinión, ni un poco, y que cuanto más hablaba más implosionaba mi corazón.

—Por favor, no hagas esto —dijo—. Por favor, no te alejes de mí porque te preocupa la opinión de los racistas e imbéciles. Aléjate de mí si me odias —dijo—. Dime que crees que soy estúpido y feo, y te juro que me dolerá menos.

—No puedo hacer eso —dije—. Me pareces increíble.

Suspiró.

—Eso no me ayuda —dijo sin mirarme.

—También creo que tienes unos ojos preciosos.

Levantó la mirada, sorprendido.

—¿En serio?

Asentí.

Soltó una risa suave. Me tomó las manos y las presionó contra su pecho. Transmitía fuerza. Sentí su corazón desbocado bajo mis palmas; sentí el contorno de su cuerpo bajo su camisa, y un leve vértigo se apoderó de mí.

—Oye —dijo.

Nuestras miradas se encontraron.

—¿No tienes nada ofensivo que quieras decirme? ¿Tal vez para que te odie un poco?

Sacudí la cabeza.

—Lo siento, Ocean, de veras. Por todo.

—No acabo de entender cómo puedes estar tan segura —dijo, y sus ojos volvieron a estar tristes—. ¿Cómo puedes estar *tan segura* de que esto no funcionará como para no darle siquiera una oportunidad?

—Porque ya lo sé —dije—. Ya sé lo que sucederá.

—No lo sabes —señaló.

—Sí —dije—, lo sé. Ya sé de qué va esta historia.

—No. Crees que lo sabes. Pero no tienes ni idea de lo que está a punto de suceder.

—Sí —dije—, claro que...

Y me besó.

No era como lo que había leído: no fue rápido, ni suave, ni sencillo. Me besó, y sentí realmente una sensación de euforia, como si todos mis sentidos se hubieran fusionado y hubiera quedado reducida a jadeos y latidos y repeticiones periódicas. No fue como pensé que sería: fue mejor, infinitamente mejor. De hecho, posiblemente fue lo mejor que me pasó en la vida. Jamás había besado a nadie, pero por algún motivo no necesité un manual. Me dejé llevar por la situación, derrumbándome contra él. Me separó los labios, y me encantó. Me encantaba sentirlo, el gusto dulce y tibio de su boca, y me hizo delirar.

Me encontraba arrinconada contra la puerta, con las manos hundidas en su cabello, sin pensar en nada. No pensaba en nada, en nada que no fuera eso, en la imposibilidad de *eso* cuando Ocean se apartó, jadeando. Presionó su frente contra la mía y dijo, «Oh», y luego, «Guau», y pensé que había acabado, y me volvió a besar. Una y otra vez.

Oí el timbre en algún lugar. Lo oí como si fuera la primera vez que oía un sonido.

Entonces, de repente, recuperé la cabeza.

Fue como un estampido sónico.

Me incorporé demasiado rápido. Tenía la mirada desorbitada y respiraba aceleradamente.

—Oh, cielos —dije—. Oh, cielos, Ocean...

Volvió a besarme.

Me ahogué.

Cuando nos apartamos, respirábamos agitados, pero él me miraba, diciendo «mierda», en voz baja, como si estuviera hablando para sí.

—Tengo que irme —dije—. Tengo que irme.

Pero se quedó mirándome, su mente aún no estaba completamente despejada. Tomé mi mochila, y sus ojos se abrieron aún más, repentinamente alertas.

—No te vayas —suplicó entonces.

—Tengo que irme —dije—. Ha sonado el timbre. Tengo que ir a clase.

Se trataba obviamente de una mentira. Me importaba una mierda la clase. Solo era una cobarde, intentando huir. Aferré el picaporte y abrí la puerta con un empujón.

—No, espera... —dijo.

—Quizás solo debamos ser amigos, ¿sí? —le respondí en cambio, y me precipité fuera del coche antes que pudiera volver a besarme.

Volví la vista atrás, solo una vez, y lo vi mirándome a través del cristal mientras me alejaba.

Se lo veía en estado de shock.

Y supe que acababa de empeorar las cosas aún más.

20

Abandoné Biología.

El tiempo transcurrido con el gato muerto llegó oficialmente a su fin; durante un tiempo retomaríamos el trabajo de siempre, con el manual, hasta que nos asignaran nuestro siguiente trabajo de laboratorio. Pero aun así, no podía enfrentarlo. No sabía qué haría si volvía a verlo. Todo era demasiado reciente. Era como si mi cuerpo estuviera hecho íntegramente de fibras nerviosas, como si me hubieran extraído los músculos y huesos haciendo lugar para toda esa emoción nueva.

Las cosas entre nosotros se habían descontrolado oficialmente.

Estuve tocándome los labios toda la tarde, confundida y asombrada, y por momentos desconfiando de que lo hubiera imaginado todo. El calor que sentía en la cabeza no cedía. No tenía ni idea de lo que había sucedido en mi vida. Pero la locura del día solo hizo que me impacientara aún más por llegar a mi entrenamiento. El breakdance me daba concentración y control; cuando trabajaba duro, obtenía resultados. Me gustaba lo sencillo que era.

Lo directo.

* * *

—¿Qué diablos te pasa?

Así me saludó mi hermano.

Dejé caer mi bolso al suelo. Jacobi, Bijan y Carlos se encontraban apiñados en un rincón alejado de la sala de baile, y fingían no mirarme.

—¿Qué? —pregunté, intentando leer sus rostros—. ¿Qué pasa?

Navid cerró los ojos con fuerza. Luego los abrió y levantó la mirada al techo, pasando ambas manos por el cabello.

—Te dije que lo *llamaras* —dijo—. No que te *involucraras* con él.

Me sentí de pronto paralizada.

Horrorizada.

Navid sacudía la cabeza.

—Escucha —dijo—, no me importa, ¿ok? No me importa que beses a un chico… jamás creí que fueras una santa… pero debes tener cuidado. No puedes andar por ahí metiéndote con tipos como él. La gente lo nota.

Finalmente, conseguí separar mis labios, pero cuando hablé, las palabras sonaron como susurros.

—Navid —dije, haciendo un gran esfuerzo para no sufrir un paro cardíaco—. ¿De qué estás hablando?

Mi hermano parecía confundido. Me miró como si no supiera si mi pánico era real, como si no supiera si solo estaba fingiendo hacer de cuenta que no sabía cómo diablos se había enterado de que ese día había besado a alguien por primera vez.

—Los coches —señaló— tienen ventanillas.

—¿Y qué?

—Y —respondió irritado—, la gente os vio juntos.

—Sí, entiendo eso, pero ¿a quién le importa? —Estaba prácticamente gritándole; mi pánico, convirtiéndose rápidamente en furia—. ¿Por qué debería importarle a alguien? ¿Por qué te lo contarían *a ti*?

Navid me miró, endureciendo el ceño. Todavía no había decidido si estaba tomándole el pelo o no.

—¿Sabes siquiera algo de este chico? —preguntó—. ¿Este Ocean?

—Por supuesto que sí.

—Entonces no sé por qué te resulta tan difícil de entender.

Empecé a respirar con dificultad; quería gritar.

—Navid —dije, eligiendo las palabras con cuidado—, juro por Dios que, si no me cuentas qué diablos está sucediendo en este momento, te machacaré los huevos.

—Oye —manifestó, espantado—, no hace falta que te pongas agresiva.

—*No lo entiendo* —dije, y ahora sí estaba gritando—. ¿A quién le importaría una mierda a quién decido besar o no? No conozco *a nadie* en este colegio.

—Escucha —dijo, soltando una carcajada inesperada—. Tú no tienes que conocer a nadie en este instituto. Basta con que él conozca a todo el mundo. Tu novio es toda una sensación.

—No es mi novio.

—Da igual.

Y luego, el pánico empezó a trepar reptando por mi garganta, oprimiendo...

—¿Qué quieres decir —pregunté— con que es una sensación?

—Es una especie de chico dorado. Está en el equipo universitario de baloncesto.

En ese momento tuve que sentarme donde estaba; la cabeza me daba vueltas. Sentí náuseas, náuseas reales. No sabía nada de baloncesto. En términos generales, no me interesaban los deportes. No entendía una mierda sobre quién había hecho qué con el balón, ni cómo meterlo en la red, ni por qué era tan importante que entrara… pero nada más llegar, noté una cosa importante de ese colegio:

Estaban obsesionados con su equipo de baloncesto.

El año anterior habían tenido una temporada llena de éxitos y seguían invictos. Lo escuchaba todos los días con los anuncios de la mañana. Escuchaba los recordatorios constantes, casi a diario, que informaban el comienzo de la temporada en solo dos semanas. Nos instaban a que apoyáramos a nuestro equipo, que nos aseguráramos de asistir a los partidos locales y de visitantes, que fuéramos a los eventos para apoyar la nueva temporada con los colores del colegio porque el espíritu del instituto era aparentemente algo importante. Pero jamás asistía a esos eventos y jamás había ido a un partido en ningún instituto. Solo hacía lo que estaba absolutamente obligada a hacer: no me ofrecía como voluntaria ni participaba. Jamás me había asociado al maldito Key Club. Ese mismo día había recibido un correo electrónico que me recordaba que en quince días, para el primer partido de baloncesto de la temporada, todo el mundo debía ir vestido de negro de la cabeza a los pies. Se trataba de una especie de broma para el colegio: se suponía que estaríamos fingiendo asistir al funeral del equipo contrario.

Me parecía *ridículo*.

Y luego…

—Espera —dije, sin entender—. ¿Cómo es posible que esté en el equipo universitario? Es un estudiante de segundo curso.

Navid parecía a punto de golpearme la cabeza.

—¿Lo dices en serio? ¿Cómo es posible que yo sepa más sobre él que tú? Es un maldito estudiante de tercer curso.

—Pero está en dos de mis… —Empecé a decir, pero me contuve.

Ocean estaba en mi clase de Biología avanzada. Era yo quien estaba fuera de lugar… En realidad, estaba un año adelantada: por lo general Biología avanzada era para estudiantes de tercero y cuarto curso. La otra clase, Perspectivas Globales, era una asignatura optativa.

Solo se les impedía tomarla a los estudiantes de primer curso.

Ocean era un año más mayor que yo. Eso explicaba por qué, cuando le había preguntado por ello, había parecido tan seguro sobre la universidad. Había hablado de elegir una como si fuera algo concreto; incluso, algo de lo cual preocuparse. Pronto tendría que marcharse a estudiar. Estaría haciendo los exámenes de admisión. Solicitaría el ingreso a diferentes instituciones.

Era un jugador de baloncesto.

Caray.

Me desplomé de espaldas sobre el suelo gastado de la sala de baile, con la mirada fija en las luces empotradas del techo. Quería desaparecer.

—¿Es malo? —pregunté, y mi voz sonó asustada—. ¿Es muy malo?

Oí a Navid suspirando. Se acercó a mí, mirándome desde arriba.

—No es algo *malo*. Pero es raro, ¿sabes? Es una buena fuente de chismorreo. Nadie entiende nada.

—*Maldición* —dije, cerrando los ojos con fuerza.

Eso era exactamente lo que nunca había querido.

21

Cuando llegué a casa aquel día, por primera vez me tranquilizó el hecho de que a mis padres no les importara una mierda mi vida escolar. De hecho, estaban tan ajenos que honestamente no sabía si mi padre tenía idea de dónde se encontraba mi colegio. Regresar a casa una hora tarde de una película de Harry Potter, *eso sí* que era un motivo para perder la cabeza, pero ¿imaginar que mi instituto norteamericano podría ser incluso más temible que las peligrosas calles residenciales? Por algún motivo, aquel salto parecía imposible.

Nunca logré que a mis padres les interesara mi vida en el colegio. Jamás se ofrecían como voluntarios; nunca iban a las funciones escolares. No leían los boletines informativos, ni formaban parte de la asociación de padres, ni ayudaban en las fiestas escolares. Mi madre solo pisó el campus para firmar los papeles de mi inscripción. Sencillamente no era lo suyo. La única vez que se interesaron fue justo después del 11-S, cuando aquellos tipos me inmovilizaron de camino a casa del colegio. Aquella vez Navid prácticamente me salvó la vida. Apareció con la policía justo antes de que me aplastaran la cabeza contra el asfalto. Fue un incidente premeditado: alguien los había escuchado hablar en clase sobre sus planes para venir por mí, y alertaron a mi hermano.

Aquel día la policía no arrestó a nadie. Las luces del patrullero habían asustado a los chicos lo suficiente como para que se echaran atrás, así que cuando los oficiales salieron del coche, estaba sentada en la acera, temblando, intentando desenredar el velo que llevaba enrollado alrededor del cuello. Los agentes suspiraron, les dijeron a los dos cabrones que dejaran de ser estúpidos, y los enviaron de regreso a casa.

Navid estaba furioso.

No dejaba de insistirles que hicieran algo, que esos tipos debían ser arrestados. La policía le dijo que se calmara, que solo eran chicos, que no había necesidad de dramatizar la situación. Y luego los oficiales caminaron hacia mí, que seguía sentada sobre el suelo, y me preguntaron si estaba bien.

La verdad fue que no entendí realmente la pregunta.

—¿Te encuentras *bien*? —repitió uno de los agentes.

No me había muerto y, por algún motivo, supuse que se referían a eso. Así que asentí.

—Escucha —dijo—, quizás debas reconsiderar ese… atuendo. —Hizo un gesto vago hacia mi rostro—. Si andas vestida así por todos lados… —Sacudió la cabeza y suspiró—. Lo siento, jovencita, pero es como si tú te lo buscaras. No te conviertas en un blanco. Las cosas están complicadas en el mundo actual, la gente está asustada. ¿Entiendes? —Y luego—: ¿Hablas inglés?

Recuerdo que temblaba tanto que apenas podía permanecer sentada. Levanté la mirada hacia el agente con impotencia; miré el arma enfundada en su cintura y me sentí aterrada.

—Toma —dijo ofreciéndome una tarjeta—. Llama a este número si alguna vez te sientes en peligro, ¿de acuerdo?

Tomé la tarjeta. Era un número de los Servicios de Protección de Menores.

Aquel no fue el comienzo —no fue el instante en que comenzó mi furia—, pero fue un momento que me quedó grabado y jamás olvidaría.

Cuando regresé a casa aquel día, todavía tan aturdida que no conseguía llorar, mis padres se transformaron. Fue la primera vez que los vi vulnerables, petrificados. Mi padre me dijo entonces que quizás debía dejar de llevar el velo porque así las cosas serían más fáciles para mí.

Dije que no.

Le dije que estaba bien, que todo estaría bien, que no necesitaban preocuparse, que solo necesitaba ducharme y estaría bien. Que no era nada, dije. Tranquilicé a mis padres porque de alguna manera sabía que necesitaban la mentira incluso más que yo. Pero cuando nos mudamos un mes después, supe que no había sido una coincidencia.

Últimamente, había estado pensando mucho en ello. Tanta estupidez. El cansancio que acompañaba mi decisión personal de envolver un trozo de tela alrededor de mi cabello todos los días. Estaba tan agotada de lidiar con esa mierda. Odiaba cómo parecía envenenarlo todo. Odiaba que siquiera me importara. Odiaba que el mundo no dejara de intimidarme para que creyera que el problema era yo.

Sentía que nunca podía tomarme un respiro.

Antes de empujar la puerta de mi casa, hice una pausa, con la mano inmóvil sobre el picaporte. Sabía que mi madre estaba cocinando algo porque el aire fresco se hallaba mezclado con un aroma delicioso. Era la mezcla justa de olores que siempre me llevaba de regreso a la sensación exacta de mi niñez: la fragancia a cebollas salteadas con aceite de oliva.

Mi cuerpo se relajó.

Entré, dejé caer mi mochila y me desplomé en un asiento de la mesa de cocina. Me dejé llevar por los sonidos y aromas familiares y reconfortantes de mi hogar, aferrándome a ellos como a un salvavidas, y miré a mi madre, que era, sin lugar a dudas, una versión superior del ser humano. Tenía que lidiar con tantas cosas, había sobrevivido a tanto. Era la mujer más valiente y fuerte que jamás había conocido y, aunque sabía que enfrentaba todo tipo de discriminación a diario, rara vez hablaba de ello. En cambio, se abría paso a través de cada obstáculo, sin quejarse jamás. Aspiraba a alcanzar su nivel de gracia y perseverancia. Trabajaba todo el día y regresaba a casa justo antes que mi padre, preparaba una comida increíble, y siempre tenía una sonrisa, una palmada en la nuca o una perla de sabiduría que impartir.

Hoy quería preguntarle desesperadamente qué hacer. Pero sabía que lo más probable era que recibiera la palmada en la nuca, así que cambié de opinión. En cambio, suspiré. Miré mi teléfono: tenía seis llamadas perdidas y dos mensajes de texto de Ocean…

Por favor, llámame.
Por favor.

… y ya los había mirado cerca de cien veces. No podía dejar de mirar sus palabras en mi teléfono, sintiendo una mezcla de todo a la vez. Solo el recuerdo de besarlo era suficiente para que mis mejillas se arrebataran. Lo recordé, palmo a palmo. Mi mente había grabado el momento con increíble minucia, y lo reprodujo una y otra vez. Cuando cerraba los ojos, aún podía sentirlo contra mis labios. Recordé sus ojos, la manera en que me miraba, y de pronto sentí la piel ardiente y electrizada. Pero cuando pensé en las implicancias, en lo mal que me sentiría inevitablemente mañana en el colegio, me sentí avergonzada y terrible. Me sentía muy tonta por no haber conocido su lugar en la jerarquía de este estúpido colegio. Me sentía tonta por no haberle preguntado jamás lo que hacía en su tiempo libre. Lamenté haber desestimado todos aquellos eventos para apoyar la nueva temporada deportiva. Entonces, lo habría visto cuando desfilaban los jugadores de baloncesto en el centro del gimnasio.

Me habría dado cuenta.

Pero ahora estaba metida hasta el cuello en esa mierda y no sabía qué hacer. Me parecía que ignorar a Ocean había dejado de ser una opción —de hecho, jamás lo había sido—, pero tampoco sabía si hablar con él resolvería algo. Ya lo había intentado. Ese mismo día. Ese era todo mi plan. Creía que me estaba comportando de forma madura poniéndole fin a la relación en persona. Podría haber sido una cobarde, enviándole un mensaje de texto escueto y poco amable, diciéndole que me dejara en paz para siempre. Pero había querido hacer lo correcto. Había pensado que merecía que tuviéramos una conversación decente sobre el tema. De algún modo, lo había echado todo a perder.

* * *

Aquella noche estuve abajo con mis padres mucho más de lo habitual. Cené lentamente, empujando la comida alrededor del plato mucho después de que todos abandonaran la mesa.

—Me encuentro bien, solo cansada —respondí a las insistentes preguntas de mis padres, inquietos. Navid no me dijo gran cosa, solo sonrió de modo comprensivo, lo cual aprecié.

Pero no sirvió de mucho.

Estaba haciendo tiempo. No quería subir a mi habitación, donde la puerta cerrada, el silencio y la privacidad me obligarían a tomar una decisión. Me preocupaba terminar cediendo y llamar a Ocean, oír su voz y perder la objetividad, y, entonces, de modo inevitable, aceptar *probar* para ver qué pasaba. Temía, en última instancia, quedar a solas con él en otra ocasión inminente porque, guau, estaba desesperada por volver a besarlo. Pero sabía que toda esa situación era peligrosa para mi salud. Así que lo postergué.

Conseguí postergarlo hasta las tres de la mañana.

* * *

Me encontraba recostada en la cama, bien despierta, completamente incapaz de desconectar mi cerebro o mi cuerpo cuando mi teléfono emitió un zumbido sobre la mesilla de noche. El mensaje de Ocean era a la vez simple y lastimoso.

☹

No sé por qué fue finalmente un emoticono triste el que rompió mis defensas. Quizás porque era humano y real.

Levanté mi teléfono porque era débil y lo extrañaba, y porque hacía horas que estaba recostada en la cama, pensando en él. Mi cerebro había sucumbido mucho antes de que me llegara su mensaje.

De todos modos, sabía a lo que me exponía.

Hice clic hasta encontrar su número y supe, incluso mientras vacilaba con el dedo justo encima del botón de llamada, *supe* que estaba buscándome problemas. Pero, vamos, también era una adolescente, y tenía el corazón demasiado blando. No era el modelo de nada. Definitivamente, no era una santa, como había señalado mi hermano con tanta claridad. No lo era ni por asomo.

Así que lo llamé.

Ocean sonaba diferente cuando atendió, como nervioso.

—Hola —dijo, tras exhalar solo una vez.

—Hola —susurré. Estaba de nuevo oculta bajo las sábanas.

Durante unos instantes no dijo nada.

Esperé.

—Realmente, creí que no me llamarías —dijo finalmente—, nunca más.

—Lo siento.

—¿Es porque te besé? —preguntó, la voz tensa—. ¿Fue… no debí hacerlo?

Cerré los ojos con fuerza. Esa conversación ya me alteraba los nervios.

—Ocean —dije—, el beso fue increíble. —Lo oí respirar, oí el cambio sutil en el ritmo de su respiración mientras yo hablaba—. El beso fue perfecto —dije—. Hizo que me estallara la cabeza.

Aun así no dijo nada.

Y luego…

—¿Por qué no me llamaste? —susurró. De pronto, sonó roto.

Supe entonces que ese era el momento. Por fin. Había llegado el momento, y tenía que decirlo. Lo más probable era que me matara, pero tenía que decirlo.

—Porque —dije— no quiero hacer esto.

Sentí que se quedaba sin aliento. Lo oí alejarse del teléfono y maldecir.

—¿Esto es a causa de los idiotas en el colegio? —preguntó—. ¿Porque nos vieron juntos?

—Eso tiene mucho que ver.

Volvió a maldecir.

—No sabía que eras un jugador de baloncesto —dije entonces en voz baja.

El comentario parecía estúpido. ¿Qué importancia podía tener el deporte que Ocean practicara en su tiempo libre? Pero empecé a sentir que había sido una omisión evidente de su parte. No era un tipo cualquiera que había decidido practicar un deporte en su tiempo libre: era el jugador estrella del equipo. Aparentemente, había anotado... *encestado*... un montón de puntos para alguien tan joven. Daba igual. Lo busqué en el ordenador cuando finalmente reuní el coraje para encerrarme en mi habitación. Había artículos sobre él en los periódicos locales. Las universidades ya se encontraban cortejándolo para ofrecerle becas, hablando de su potencial, de su futuro. Me topé con varios blogs y transmisiones por Internet patrocinadas por el colegio que eran bastante esclarecedores. Pero cuando hurgué aún más, descubrí una cuenta de *LiveJournal* dedicada solo a él y a sus estadísticas a lo largo de los años: un montón de números que no entendía sobre puntos, rebotes y robos... y de repente me sentí perdida.

El baloncesto ocupaba un lugar enorme en la vida de Ocean; era obvio que llevaba tiempo ocupando ese lugar. Y se me acababa de ocurrir que, si bien era en parte culpa mía no haberle preguntado más acerca de sus intereses, su omisión resultaba extraña. Jamás había siquiera mencionado el baloncesto *de pasada*, en ninguna de nuestras conversaciones.

Así que cuando dijo: «Me hubiera gustado que nunca te enteraras», entendí un poco más de qué iba la cosa.

Y luego... terminó abriéndose.

Dijo que había empezado a jugar al baloncesto después de que sus padres se separaron, porque el novio nuevo de su madre era un entrenador de baloncesto juvenil. Dijo que lo hacía solo porque pasar tiempo con el novio nuevo de su madre parecía hacerla feliz a ella. Ocean jugaba bien, lo cual hacía feliz al novio, lo cual hacía feliz a la madre, lo cual lo hacía feliz a él.

Cuando su madre y el novio rompieron, Ocean tenía doce años. Intentó dejar el baloncesto, pero su madre no lo permitió. Dijo que era bueno para él, que la hacía feliz verlo jugar tan bien. Y luego, de un modo horrible e inesperado, los padres de su madre murieron en un accidente de auto realmente trágico, ambos al mismo tiempo, y su madre perdió la cabeza. Dijo que había sido terrible en dos sentidos. Su madre aún no se había recuperado del golpe emocional cuando de pronto, había dejado de tener la obligación de seguir trabajando. Sus padres le habían dejado todo: tierras, inversiones, toda clase de bienes. Fue todo aquel dinero lo que finalmente arruinó su vida.

Pasó los siguientes años intentando evitar que su madre se pasara el día llorando y, con el tiempo, sus roles cambiaron. Un día Ocean se había convertido en el responsable mientras que ella, en cierta forma, se había derrumbado, encerrándose en sí misma, y desentendiéndose del mundo. Cuando finalmente salió, con gran esfuerzo, de la oscuridad, su madre se abocó por completo a sus obligaciones sociales, obsesionándose con encontrar otro marido. Fue un espectáculo horrible y vergonzoso de ver.

—Ni siquiera se da cuenta cuando no estoy en casa —me dijo—. Siempre está en la calle, haciendo cosas con las amigas o saliendo con algún tipo nuevo que no tengo ningún interés en conocer. Está muy convencida de que estaré bien. Siempre me dice que soy un buen chico. Y luego sencillamente desaparece. Deja dinero sobre la mesa y jamás sé cuándo volveré a saber de ella. Va y viene, sin horarios, sin comprometerse con nada. Jamás siquiera viene a ver mis partidos. Una vez me fui de casa durante una semana solo para ver qué sucedía, y ni siquiera me llamó. Cuando por fin regresé, parecía sorprendida de verme. Dijo que había supuesto que me habría marchado a un campamento de baloncesto o algo así. —Hizo una pausa—. Pero estábamos en mitad del curso escolar.

Y luego Ocean siguió jugando al baloncesto porque su equipo se convirtió en una familia sustituta, la única que tenía.

—Pero hay tanta exigencia. —Se lamentó—. Hay tanta presión por tener un buen desempeño que… estoy empezando a odiarlo de verdad. Todo el maldito asunto. Mi entrenador me vuelve loco todos los días, hablando de cazatalentos, estadísticas y galardones estúpidos —dijo—. Ya ni siquiera sé por qué lo sigo haciendo. Jamás jugué al baloncesto porque me gustase. Fue solo algo que terminó absorbiendo mi vida, como un parásito. Y todo el mundo está tan *obsesionado* con el deporte… —Su voz exudaba ira—. Es como si no pudieran pensar en otra cosa. La gente solo me quiere hablar de baloncesto. Como si fuera lo único que soy; como si fuera *todo* lo que soy. Y no es así.

—Por supuesto que no —dije, pero tenía la voz apagada, triste. Comprendía demasiado bien lo que era sentirse definido por un único aspecto superficial, sentir que jamás se podría escapar del lugar en el que la gente lo había encasillado a uno.

Uno se sentía a punto de estallar.

—Ocean —dije—. Lamento mucho lo de tu madre.

—Yo lamento no haberte contado todo esto antes.

—Descuida —respondí—. Ahora lo entiendo.

Suspiró.

—Esto te parecerá raro, lo sé… y realmente estúpido… pero me encantaba que jamás te importara una mierda quién era. No me conocías, no sabías nada de mí. Y no solo aquel primer día —señaló—, sino durante los siguientes meses. Todo el rato esperaba que te enteraras, creí que me verías cuando presentaban los equipos o en algún evento deportivo, pero jamás asististe a ninguno. Ni siquiera me veías a la salida de clase.

—¿A la salida de clase? —pregunté. Pero luego recordé, en un instante de repentina claridad, cuando lo había descubierto a la entrada de nuestra sala de baile. Y luego, aquella milésima de segundo, cuando se marchaba del gimnasio—. ¿Qué haces después de clase?

Ocean rio.

—¿Ves? Es exactamente a lo que me refiero. Voy a entrenar —explicó—. Siempre estamos en el gimnasio. Te veía desaparecer en la sala de baile con esos otros sujetos, y siempre pensaba que… —Volvió a reír—… no sé… supongo que imaginé que algún día pasarías por donde estaba y me verías con mi uniforme de baloncesto. Pero no pasó nunca. Y llegué a estar tan cómodo hablando contigo así, sin todo el ruido. Sentía como si realmente quisieras conocerme de verdad.

—Era verdad que quería conocerte —dije—. Aún es cierto.

Suspiró.

—¿Entonces por qué abandonar la relación? ¿Por qué echar todo esto por la borda?

—No hace falta desechar nada. Podemos simplemente volver a ser amigos. Podemos seguir hablando —dije—. Pero también puede haber espacio entre los dos.

—No quiero espacio —dijo—. Jamás he querido tener menos espacio.

No supe qué decir. Me dolía el corazón.

—¿Y tú? —preguntó. Sentí una vez más la tensión en su voz—. ¿Realmente quieres espacio? ¿En serio?

—Por supuesto que no —susurré.

Permaneció un momento en silencio. Y cuando volvió a hablar, sus palabras estaban cargadas de dulzura.

—Cariño, por favor no hagas esto.

Una descarga de emoción me inundó por dentro. Empecé a jadear. El modo en que me había llamado *cariño*, cómo lo había dicho, era nada y todo a la vez. Había tanta emoción en la palabra, como si quisiera que fuera suya, como si quisiera que nos perteneciéramos el uno al otro.

—Por favor —susurró—. Simplemente estemos juntos, pasemos el rato. Quiero pasar más tiempo contigo.

Dijo que prometía no intentar besarme de nuevo, y quise gritar *no te atrevas a prometerme que no vas a volver a besarme*, pero no lo hice.

En cambio, hice exactamente lo que dije que no haría.

Me di por vencida.

22

Empecé a sentirme terriblemente incómoda en el colegio.

Había pasado de ser el tipo de persona que la gente finge no ver a ser el tipo de persona a la que miran abiertamente. Algunos estudiantes ni se molestaban en ocultar el hecho de que estaban hablando de mí al pasar a mi lado. Otros, de hecho, me señalaban mientras pasaban caminando.

De pronto, se volvió importante haberme ejercitado tanto ignorando rostros. Mientras caminaba, no miraba nada ni a nadie. Ocean y yo no teníamos planes; no habíamos hablado de cómo sería ese día porque sencillamente él estaba seguro de que todo iría bien, de que estábamos rodeados por idiotas y de que nada de ello importaría. Por supuesto, sabía que estaba equivocado, que todo importaba, que estábamos nadando activamente en las aguas cloacales del instituto y que de nada serviría fingir lo contrario. Sabía que solo era una cuestión de tiempo hasta que saliera fuera borboteando y se convirtiera en algo desagradable. Pero por lo menos aquel primer día transcurrió sin incidentes. En cierto modo.

Mis primeras cuatro clases fueron fáciles. Me desconecté por completo; oculté los auriculares bajo mi pañuelo y escuché música mientras el mundo transcurría monótonamente a mi alrededor.

Fue bastante bien. Además, Ocean y yo jamás habíamos conversado realmente en la clase del señor Jordan, así que fue todo bastante discreto. Cuando sonó el timbre, me vino a ver, con una sonrisa tan radiante que iluminaba todo su rostro. Me dijo «Hola», y yo también lo saludé. Y luego nos separamos. Nuestras siguientes clases eran en direcciones diferentes.

* * *

El momento de mayor incomodidad se produjo a la hora del almuerzo.

Una chica desconocida me arrinconó. Fue todo muy rápido e inesperado. Prácticamente me empujó sobre uno de los bancos exteriores de picnic.

Me quedé pasmada.

—¿Te puedo ayudar con algo? —le pregunté bruscamente.

Era una chica india preciosa. Tenía el pelo largo y negro, y ojos realmente expresivos. Dirigió su mirada hacia mí, con deseos de matarme. Su rostro estaba lívido de furia.

—¡Eres un ejemplo terrible para las jóvenes musulmanas *de todos lados*! —exclamó.

Me sorprendió tanto que de hecho solté una carcajada. Solo una vez, de hecho.

Había imaginado que sería un día terrible por un montón de motivos diferentes, pero, guau, no esperaba *eso*.

Por un instante, creí que estaba tomándome el pelo. Le di una oportunidad de retractarse, de sorprenderme con una sonrisa.

Pero no lo hizo.

—¿Lo dices en serio? —pregunté.

—¿Sabes lo duro que tengo que trabajar todos los días para contrarrestar el tipo de daño que las personas como tú causan a nuestra religión? ¿A la imagen de las mujeres musulmanas en general?

Ahora fruncí el ceño.

—¿De qué diablos estás hablando?

—¡No tienes permitido andar por ahí besando chicos! —gritó.

La miré.

—¿Jamás has besado a un chico?

—Esto no va sobre mí —dijo resoplando—. Esto va sobre ti. Llevas un *hijab* —señaló—. Estás faltándole el respeto a todo lo que se supone que debes defender.

—Mmm. Puede ser. —La miré entrecerrando los ojos, con una media sonrisa. Luego le mostré el dedo del medio y seguí caminando.

Me siguió.

—Las chicas como tú no merecen llevar *hijab* —dijo, siguiéndome el paso—. Sería mejor para todos si sencillamente te lo quitaras.

Por fin, me detuve. Suspiré y me giré para mirarla.

—Tú representas todos los problemas de la gente, ¿sabes? —le dije—. Representas todos los conflictos de la religión. Las personas como tú hacen que el resto de nosotros parezcamos locos, y creo que ni siquiera te das cuenta de eso. —Sacudí la cabeza—. No sabes una mierda de mí, ¿de acuerdo? No sabes una *mierda* sobre lo que he vivido o las cosas por las que he pasado o porqué elijo llevar *hijab*. Y no es tu lugar juzgarme a mí o cómo vivo mi vida. Tengo derecho a ser un maldito ser humano, ¿sabes? Así que puedes irte directa al infierno.

Su mandíbula cayó abierta de modo tan dramático que, por un instante, pareció un personaje de anime. Sus ojos se abrieron de asombro, y su boca formó una enorme O.

—Guau —dijo.

—Adiós.

—Eres aún más terrible de lo que creí.

—Da igual.

—Rezaré por ti.

—Te lo agradezco —dije, y empecé a caminar de nuevo—. Tengo una prueba después del almuerzo, así que si pudieras dirigir la energía hacia allá, sería genial.

—¡Eres una persona espantosa! —gritó detrás de mí.

Me despedí con la mano en alto mientras me alejaba.

* * *

Ocean estaba sentado bajo mi árbol.

Se puso de pie cuando me vio.

—Hola —dijo. Sus ojos estaban muy brillantes y felices a la luz del sol. Era un día espectacular de finales de octubre; el otoño había llegado de manera oficial. El aire estaba fresco, y me encantaba.

—Hola —dije, y sonreí.

—¿Cómo ha ido tu día? —preguntamos ambos a la vez.

—Raro —respondimos ambos al unísono.

Rio.

—Sí —dijo, y pasó una mano por su cabello—. Muy raro.

Hice un esfuerzo por no decir *Te lo dije*, porque no quería ser esa persona, pero realmente se lo había dicho, así que elegí una variante de lo mismo y esperé que no lo notara.

—Sí —dije—. Me lo imaginé.

Me dirigió una sonrisa enorme.

—Sí, sí, lo sé.

—Entonces —pregunté, devolviéndole la sonrisa—. ¿Te arrepientes ya? ¿Listo para darlo por terminado?

—No. —Frunció el ceño y por un instante pareció realmente ofendido—. Por supuesto que no.

—Está bien —respondí encogiendo los hombros—. Entonces, nos esperan días realmente inolvidables.

23

El primer par de semanas en verdad no fue tan malo, salvo por el hecho de que empecé a ayunar, lo cual me provocaba cansancio. El Ramadán era mi mes favorito del año, aunque pareciera una locura. La mayoría de la gente no estaba muy a favor de ayunar durante treinta días —todos los días, desde el alba hasta que se ponía el sol—, pero a mí me encantaba. Me encantaba cómo me hacía sentir. El ayuno agudizaba mi corazón y mi mente; experimentaba una claridad que rara vez sentía durante el resto del año. Por algún motivo, me hacía más fuerte. Tras sobrevivir un mes de pura concentración y autodisciplina, sentía que podía sobreponerme a lo que fuera.

A cualquier obstáculo, fuera físico o mental.

Navid lo *odiaba*.

Lo único que hacía todo el día era quejarse. Mi hermano nunca resultaba tan fastidioso como durante el Ramadán. No hacía más que protestar. Decía que ayunar arruinaba su dieta cuidadosamente equilibrada de pechugas de pollo a la plancha y la posibilidad de mirar sus abdominales en el espejo. Decía que lo volvía lento y que sus músculos necesitaban combustible. Lamentaba que todo su trabajo duro se echara a perder y se encontrara perdiendo demasiado peso, volviéndose cada día más delgado, echando por tierra toda la masa muscular que tanto le había costado aumentar. Además, le dolía la cabeza, estaba cansado y tenía sed. Volvía a mirar sus abdominales y mascullaba, «Esto es una *mierda*».

Todo el día.

Como era de esperar, Ocean sentía curiosidad por todo el asunto. Dejé de usar la palabra *fascinado* para describir el modo en que se interesaba por mí y por mi vida, porque repetir la palabra de modo peyorativo ya no parecía justo. De hecho, su interés parecía tan genuino que ya ni siquiera podía fastidiarlo por eso. Se ofendía con facilidad. Un día me volvió a preguntar por la comida persa, y bromeé sobre lo gracioso que era que supiera tan poco y que hubiera creído realmente que el falafel y el humus eran lo mío. Se avergonzó tanto que ni siquiera me miró.

Así que intentaba ser menos severa.

Fiel a su palabra, a Ocean realmente no parecía importarle que nuestra situación no fuera del todo normal. Por otra parte, teníamos mucho cuidado. Sus compromisos de baloncesto eran aún más intensos de lo que había creído: estaba ocupado prácticamente todo el tiempo. Así que lo llevábamos día a día.

Al principio, no hacíamos demasiado.

No conocía a sus amigos, no iba a su casa, no estábamos juntos todo el tiempo. Ni siquiera almorzábamos juntos. Para ser claros, era por sugerencia mía, no suya. A él no le entusiasmaba la distancia que yo mantenía entre los dos, pero era el único modo en que podía hacerlo. Quería que nuestros mundos se fusionaran lentamente, sin caos, y él parecía resignado a aceptarlo. De todos modos, me preocupaba. Me preocupaba todo lo que tendría que enfrentar, lo que quizás ya estaba enfrentando. Le preguntaba a diario si había sucedido algo, si alguien le había dicho algo, pero se negaba a hablar del tema. Decía que no quería pensar en ello, que no quería darle oxígeno.

Así que lo dejé pasar.

Después de una semana, dejé de preguntar.

Solo quería disfrutar de su compañía.

* * *

Había otra batalla de breakdance el fin de semana siguiente, no mucho después de que Ocean y yo empezáramos, oficialmente, a pasar tiempo juntos, y estaba entusiasmada. Quería que me acompañara, que viera lo que era asistir a uno de esos eventos en persona, y, lo mejor, era una salida que ya había sido aprobada por mis padres, lo cual haría mucho más fácil que creyeran en cualquier otra mentira que les dijera. No tenía ningún interés en contarles la verdad sobre Ocean, ya que, literalmente, no podía imaginar ningún tipo de situación en la que me dieran permiso para salir de noche con un chico que quería besarme. Por eso, no me molestaba mentir sobre eso. Mis padres no eran la clase de gente a la que les importara la raza o la religión de Ocean: ya lo sabía; lo habrían desaprobado de todos modos. El asunto era que se negaban a aceptar que yo fuera una adolescente normal a quien le gustaban los chicos. Así que, en realidad, fue más bien un alivio no contarles nada. Todo eso ya resultaba lo bastante dramático sin tener que involucrar a mis padres y su pánico inevitable.

En última instancia, me pareció que se me había ocurrido un plan bastante sólido: sería una manera divertida de pasar un sábado por la noche. Además, Ocean conocería oficialmente a Navid y a los demás chicos, y tendría oportunidad de mostrarle ese mundo, que me encantaba. Pero cuando le presenté el plan, parecía sorprendido, y luego, amable.

—Oh —dijo—. Claro, como quieras.

Algo iba mal.

—No te gusta —dije—. No te parece un buen plan. —Estábamos hablando por teléfono. Era tarde, muy tarde, y estaba cuchicheando bajo las sábanas de nuevo.

—No, no —dijo, y rio—. Es un plan genial. Me encantaría ver una de esas batallas, suena muy divertido, pero… —Vaciló y volvió a reír. Finalmente, lo oí suspirar.

—¿Qué? —pregunté.

—Quería estar a solas contigo.

—*Ah* —dije. Mi corazón se aceleró.

—Y me estás invitando a salir contigo y, mmm, otros cuatro sujetos. —Su voz sonaba divertida—. Lo cual es realmente genial, si es lo que quieres hacer, pero yo…

—Guau —dije—, qué tonta soy.

—¿Qué? No eres tonta. No digas eso —dijo—. No tienes un pelo de tonta. Es solo que yo soy egoísta. Tenía muchas ganas de tenerte para mí solo.

Una agradable tibieza envolvió mi cabeza, y me hizo sonreír.

—¿Podemos hacer ambos? —preguntó—. ¿Podemos ir al evento y luego, no sé, hacer algo solo tú yo?

—Sí —dije—. Por supuesto.

* * *

El evento era tarde, mucho después de la puesta de sol, así que Navid y yo ya habíamos roto el ayuno y cenamos antes de marcharnos. Fuimos en coche, y cuando llegamos, Carlos, Jacobi y Bijan nos encontraron en el aparcamiento. Ocean apareció poco después, pero tuvimos que encontrarlos adentro, recurriendo a varios mensajes de texto.

El local estaba repleto.

Había ido a un par de batallas más desde la primera (habíamos estado asistiendo casi todos los fines de semana), y esa era, por lejos, la más importante. Miré alrededor de la sala y me di cuenta de que seguramente mis padres no tenían ni idea del tipo de evento que habían estado autorizando todo ese tiempo. No podía imaginarlos recorriendo ese lugar y dándole su aprobación.

No era realmente un ambiente para chicos de instituto.

Casi todos los que me rodeaban parecían estar en la universidad o, por lo menos, a punto de estarlo, pero, aunque el público pareciera rudo, yo sabía que no lo era. Tenían los looks esperados —piercings, tatuajes, sudaderas y pantalones deportivos en abundancia—, aunque no siempre fuera evidente quién era, en el fondo, el mejor. La gente podía sorprender. Sabía, por ejemplo, que el tipo coreano en el rincón alejado, que rara vez hablaba y siempre se presentaba a esos eventos con una modesta camisa blanca, pantalones anchos y gafas con montura de metal, terminaría quitándose todo hasta quedar con un par de shorts deportivos de tela metalizada y haría *air flairs* como ningún otro. Una vez que acababa la batalla, mientras la música seguía sonando con estrépito, siempre había un momento para que las personas del público formaran ruedas, círculos improvisados en los que se bailaba, y eso resultaba increíble. No eran oficiales en absoluto, sino pura adrenalina.

Me *encantaba*.

Ocean se encontraba mirando la sala, con los ojos bien abiertos. Los grupos se preparaban, los jueces ocupaban sus lugares y el DJ animaba a la multitud, el bajo sonaba tan fuerte que las paredes vibraban. Teníamos que gritar para escucharnos.

—¿Esto —preguntó— es lo que haces los fines de semana?

Reí.

—Esto y la tarea.

El recinto se hallaba tan atestado de gente que Ocean y yo ya estábamos bastante cerca uno del otro. Había estado quieto atrás, porque no quería bloquear mi vista, y no tardó mucho en reducir el estrecho espacio entre ambos. Sentí sus manos en mi cintura e inhalé bruscamente. Me tiró hacia atrás con suavidad, acercándome a él. Fue un movimiento imperceptible; no creo que nadie más lo notara siquiera. La multitud era tan ruidosa y desenfrenada que apenas podía distinguir la cabeza de Navid unos metros más allá. Pero pasé el resto de la noche con la mente en dos lugares a la vez.

El evento fue asombroso. Esas batallas siempre me parecían excitantes. Me encantaba observar a la gente hacer pasos en los que se destacaban, y los grupos que salían siempre estaban en su mejor nivel.

Pero esa vez no fue igual. Solo estaba presente a medias.

La otra mitad se concentró, en todo momento, en el cuerpo tibio y fuerte, presionado contra el mío. No parecía posible que algo tan simple pudiera tener un efecto tan contundente en mi sistema cardiovascular, pero mi corazón nunca se desaceleró. Nunca llegué realmente a relajarme; no supe cómo hacerlo. Jamás había pasado una hora quieta tan cerca de *nadie*. Tenía los nervios crispados, y resultó aún más intenso porque no hablamos. No sabía cómo decir en voz alta que eso era una locura, que era increíble que alguien pudiera hacer sentir tanto a otro con tan poco esfuerzo. Pero sabía que él y yo pensábamos lo mismo. Lo percibí en los sutiles cambios de posición de su cuerpo, en sus inhalaciones bruscas y pausadas, en la tensión de su aliento cuando se acercó y me susurró al oído: «¿De dónde diablos saliste?».

Giré la cabeza, solo un poco, para poder ver su cara, y susurré a mi vez: «Creí que te había contado que me mudé aquí desde California».

Ocean rio y, de alguna manera, tiró de mí para acercarme aún más, por más imposible que pareciera, envolviendo ambos brazos completamente alrededor de mi cintura.

—Eso no ha sido gracioso —dijo, sacudiendo la cabeza, incluso mientras sonreía—, ha sido una broma terrible.

—Lo sé. Lo siento —dije, y reí—. Es que me pones muy nerviosa.

—¿En serio?

Asentí con la cabeza.

Lo sentí inhalar, y su pecho se elevó. No dijo nada, pero oí el ligero temblor de su respiración al exhalar.

24

Navid realmente me echó una mano aquella noche.

Gracias a él, una vez que el público se marchó, conseguí quedarme una hora más, para irme por mi cuenta a algún sitio, junto a Ocean.

—Solo una hora —dijo—. Es todo lo que puedo permitirme. Ya es tarde, y si te llevo a casa pasadas las once, mamá me mata, ¿de acuerdo?

Tan solo le sonreí.

—Ah, no —dijo, sacudiendo la cabeza—. Nada de sonrisas. Regresaré aquí en una hora exactamente, y nada de sonrisas. Cuando regrese quiero que tengas un nivel moderado de felicidad. Si estás demasiado contenta, terminaré teniendo que hacerle morder el polvo a alguien. —Miró a Ocean—. Escucha, pareces un buen chico, pero solo quiero ser claro: si le haces daño, te mato, ¿sí?

—*Navid...*

—No, no, tranquilo. —Ocean rio—. Lo entiendo.

Navid lo estudió.

—Buen chico.

—*Adiós* —dije.

Mi hermano me miró levantando una ceja. Finalmente, se marchó.

Ocean y yo nos encontramos repentinamente solos en el aparcamiento. Aunque la luna era apenas una fina tajada en el cielo, brillaba con fuerza. El aire tenía un olor punzante y limpio, y se percibía la fragancia de un tipo particular de planta de la que nunca recordaba el nombre, pero cuyo perfume parecía cobrar vida solo al atardecer.

El mundo parecía de pronto lleno de promesas.

Ocean me dirigió a su coche, y recién después de abrocharme el cinturón me di cuenta de que nunca le había preguntado adónde íbamos. En realidad, me importaba poco. Hubiera sido feliz simplemente sentada en su coche, escuchando música.

De pronto, anunció, sin que se lo pidiera, que íbamos al parque.

—¿Estás de acuerdo? —preguntó, echándome un vistazo—. Es uno de mis lugares preferidos. Quería enseñártelo.

—Suena genial —dije.

Cuando puso el coche en marcha, bajé la ventanilla y me incliné hacia fuera. Descansé los brazos sobre el borde, con el rostro apoyado encima, y cerré los ojos, sintiendo el soplo del aire sobre la piel. Amaba el viento. Me encantaba el olor del aire nocturno. Me hacía feliz de un modo inexplicable.

Ocean entró en un aparcamiento.

Suaves colinas cubiertas de hierba se distinguían a lo lejos, sus contornos redondeados, iluminados por tenues reflectores. El aparcamiento parecía enorme, como si no tuviera fin, pero era evidente que estaba cerrado; el brillo provenía de las potentes luces de la cancha de baloncesto que se encontraba al lado.

No se trataba de una cancha impresionante: se veía deteriorada, y le faltaban las redes a los aros. Pero había un par de farolas de gran tamaño, que le daban un aspecto imponente al espacio, especialmente a esa hora de la noche. Ocean apagó el motor. Todo adquirió repentinamente una tonalidad negra y blanquecina con las luces distantes y difusas. Éramos solo siluetas.

—Aquí fue donde aprendí a jugar al baloncesto —dijo en voz baja—. Vengo a veces cuando siento que estoy perdiendo la cabeza. —Hizo una pausa—. Últimamente, vengo un montón. Intento recordar que no siempre lo odié.

Escudriñé su rostro en la oscuridad.

Había tanto que quería decir, pero ese tema parecía tan sensible para él que también debía tener cuidado. No sabía si lo que pretendía decir era lo adecuado.

Al final, lo dije de todos modos.

—No lo entiendo —dije—, ¿por qué *tienes* que jugar al baloncesto? Si lo odias, ¿es que no puedes… dejar de jugar?

Ocean sonrió. Miraba fijamente el parabrisas.

—Me encanta que lo señales —dijo—. Parece tan simple cuando lo dices. —Suspiró—. Pero la gente de por aquí está obsesionada con el baloncesto; para ellos es más que un deporte: es un estilo de vida. Si lo abandonara, decepcionaría a tantas personas, son tantos los que se enfadarían. Sería… terrible.

—Sí, lo entiendo —dije—. Pero ¿a quién le importa?

Me miró, levantando las cejas.

—Lo digo en serio —insistí—. No sé nada sobre el baloncesto, lo admito, pero no cuesta mucho ver que la gente está presionándote para que hagas algo que no quieres hacer. Así que ¿por qué deberías tener que hacerlo y someterte a eso por los demás? ¿Qué obtienes tú a cambio?

—No lo sé —dijo, frunciendo el ceño—. Pero *conozco* a esta gente. Por ejemplo, ahora de lo único que hablo con mi madre es del baloncesto. Y hace años que conozco a mi entrenador, lo conocí incluso antes de empezar a jugar en el instituto, y dedicó tanto tiempo a ayudarme, a entrenarme. Siento que tengo una deuda con él. Y ahora cuenta con que haga un buen trabajo, no solo para beneficiar-lo a él —señaló Ocean—, sino a todo el colegio. Hemos estado traba-jando justamente para estos dos últimos años de la secundaria. Mi equipo cuenta conmigo; es difícil abandonarlo ahora. No puedo sencillamente decirle a todo el mundo que se vaya a la mierda.

Permanecí un momento en silencio. Empezaba a entender que la relación de Ocean con ese deporte era mucho más compleja de lo que incluso él dejaba entrever. Y había tantas cosas sobre esa ciudad y sus intereses que aún no lo comprendía. Quizás todo eso me excediera.

De todos modos, confiaba en mi intuición.

—Oye —dije, eligiendo las palabras con cuidado—, no creo que tengas que hacer nada que no te parezca adecuado, ¿sabes? No tienes que dejar el baloncesto. Esa no tiene por qué ser la solu-ción. Pero solo quiero señalar algo en lo que me gustaría que pen-saras la próxima vez que te sientas estresado por todo esto.

—¿Qué?

Suspiré.

—Te empeñas en concentrarte en la cuestión de si decepcio-narás o no a toda esa gente: tu madre, tu entrenador, tus compa-ñeros de equipo… todo el resto. Pero a ninguno parece importarle decepcionarte *a ti*. Están perjudicándote activamente —dije—. Y eso me hace odiarlos.

Parpadeó.

—No es justo —dije en voz baja—. Es evidente que estás su-friendo por todo esto, y a ellos no parece importarles una mierda.

Ocean aparto la mirada.

—Guau. —Rio—. Nadie me lo ha planteado así jamás.

—Solo quiero que tomes partido por ti mismo. Te preocupas mucho por todos los demás. Pero yo me preocuparé por ti, ¿está bien? Esa será mi tarea.

Ocean permaneció quieto. Sus ojos eran inescrutables mientras me miraba.

—Está bien —dijo por fin, y sonó como un susurro.

Vacilé.

—Lo siento. ¿He sido muy mala? Todo el mundo insiste en que soy mala, pero no lo hago a propósito. Solo quería…

—Yo creo que eres perfecta —dijo.

* * *

Permanecimos callados durante el viaje de regreso. Nos quedamos sentados en un silencio cómodo, hasta que Ocean terminó encendiendo la radio. Observé sus manos recubiertas de luz de luna mientras elegía una canción, cuyo contenido no escuché ni pude recordar.

Mi corazón hacía demasiado ruido.

* * *

Aquella noche me envió un mensaje mucho más tarde.

Te echo de menos.
Quisiera poder abrazarte ahora mismo.

Miré sus palabras un rato, sintiendo demasiadas cosas.

Yo también te echo de menos.
Mucho.

Estaba recostada en la cama, mirando el techo. Sentía una opresión en los pulmones. Me pregunté por qué resultaba tan difícil respirar si me sentía tan bien cuando mi teléfono volvió a zumbar.

Me gustó muchísimo que te preocuparas por mí.
Empezaba a creer que nadie jamás lo haría.

Había algo en su franqueza que me rompía el corazón. Y luego...

¿Te parece raro?
¿Querer que alguien se preocupe por ti?
No es raro.
Solo humano.

Y luego lo llamé.

—Hola —dijo. Pero su voz se oyó tenue y un poco lejana. Parecía cansado.

—Eh... lo siento... ¿estabas durmiendo?

—No, no. Pero estoy en la cama.

—Yo también.

—¿Bajo las mantas?

Reí.

—Oye, es esto o nada, ¿ok?

—No me quejo —dijo, y casi podía verlo sonreír—. Tomo lo que ofrezcas.

—¿En serio?

—Ajá.

—Pareces muy dormido.

—Sí —afirmó suavemente—. No sé... estoy cansado, pero me siento muy feliz.

—¿En serio?

—Sí —susurró—. Tú me haces muy feliz. —Respiró hondo y rio entre dientes—. Eres como una droga de felicidad.

Sonreí; no supe qué decir.

—¿Estás ahí?

—Sí, estoy aquí.

—¿En qué piensas?

—Estoy pensando en que me gustaría que estuvieras aquí.

—¿En serio?

—Sí —dije—. Sería genial.

—¿Por qué? —preguntó riendo.

Tuve la sensación de que ambos estábamos pensando lo mismo y ninguno de los dos lo decía. Quería besarlo toda la noche. De hecho, había estado pensando mucho en eso. Había estado pensando en su cuerpo, en la sensación de sus brazos rodeándome, y deseé haber podido estar más tiempo a solas, haber podido tener más tiempo, anhelaba más. Más de todo. A menudo fantaseaba con que estaba aquí, en mi habitación. Me preguntaba qué se sentiría estar arropada por él, durmiendo entre sus brazos. Quería experimentar todo tipo de momentos junto a Ocean.

Lo pensaba todo el tiempo.

Sabía que él estaba deseando que se lo dijera en voz alta, esa noche. Quizás en ese mismo momento. Y me moría de miedo.

Pero vamos, eran muchas las veces que él daba ese salto por mí.

Ocean siempre había sido honesto sobre sus sentimientos. Me decía la verdad sobre lo que sentía, incluso cuando todo era incierto, y yo, de lo contrario, habría guardado silencio para siempre.

Así que intenté armarme de valor.

—Te echo de menos —dije con voz queda—. Sé que te vi apenas hace unas horas, pero ya te echo de menos. Quiero ver tu cara, sentir tus brazos alrededor de mí —dije, cerrando los ojos—. Transmites mucha fuerza y me haces sentir segura. Sencillamente, creo que eres increíble —susurré—. Eres tan maravilloso que a veces no puedo creer que seas real.

Abrí los ojos, el teléfono caliente presionado contra mi mejilla arrebolada. No dijo nada, y sentí alivio. Dejé que el silencio me engullera. Lo oí respirar. Su silencio me hacía sentir suspendida en el espacio, como si me hubieran arrojado dentro de un confesionario.

—Tenía muchas ganas de besarte esta noche —dije con suavidad—. Me gustaría que estuvieras aquí.

De pronto, lo oí suspirar.

Fue más como una exhalación larga y lenta.

—No hay posibilidad de que puedas salir de tu casa ahora, ¿verdad? —preguntó finalmente con la voz tensa, entrecortada.

—Me encantaría. Y te aseguro que he pensado en eso —dije riendo.

—No creo que lo hayas pensado tanto como yo.

—Creo que debo colgar —dije, con una sonrisa—. Son las tres de la mañana.

—¿En serio?

—Sí.

—Guau.

Volví a reír suavemente.

Nos dijimos buenas noches.

Cerré los ojos, aferrando mi teléfono contra el pecho, y sentí que la habitación giraba a mi alrededor.

25

Ocean y yo conseguimos eludir los conflictos bastante bien durante más de tres semanas. Cada cierto tiempo, la gente miraba, sentía curiosidad, pero las reglas que impuse para vernos evitaron que las cosas se nos fueran de las manos. La mayoría de las noches hablábamos y nos veíamos según lo permitieran nuestros horarios, pero en el colegio manteníamos la distancia. La gente terminó olvidando el asunto, ya que no había ningún cotilleo que contar. Me negaba a alimentar el chismorreo. No respondía a las preguntas estúpidas que me hacían. Ocean quería llevarme al colegio por las mañanas, y no acepté su ofrecimiento, por mucho que me lo pidiera, porque no quería que nos convirtiéramos en un espectáculo.

No le gustaba. De hecho, creo que lo odiaba; detestaba el modo en que yo insistía en apartarlo. Pero cuanto más me enamoraba de él, más quería protegerlo. Y cada día lo hacía un poco más.

Nos detuvimos en mi taquilla un día, a la hora del almuerzo, para que yo pudiera cambiar los libros, y me esperó, inclinado contra el muro de feos compartimentos metálicos, mirando cada cierto tiempo mi taquilla abierta. De pronto, se le iluminaron los ojos.

—¿Ese es tu diario? —preguntó.

Extendió la mano y tomó el cuaderno gastado. Mi corazón sufrió una sacudida tan fuerte que creí que me desvanecería. Lo arranqué de sus manos, apretándolo contra mi pecho. Me sentí por un instante verdaderamente aterrada. No quería que leyera eso *jamás*. Si leía las interminables descripciones de lo que sentía estando con él, o apenas cerca de él, no podría conservar ni siquiera una apariencia de dignidad ante él. Era demasiado apasionado.

Creería que estaba loca.

Empezó a reírse de mí, de mi expresión, de la rapidez con la que le había arrebatado el cuaderno, y finalmente sonrió. Me tomó la mano, recorriendo los dedos a lo largo de toda la palma, y juro que a veces era todo lo que hacía falta para que hiciera que me diera vueltas la cabeza.

Retuvo mi mano contra su pecho, un gesto que repetía a menudo, aunque no supiera por qué. Jamás lo explicó y no me importó; me parecía adorable.

—¿Por qué no quieres que lea tu diario? —preguntó.

Sacudí la cabeza, con los ojos aún bien abiertos.

—Es realmente aburrido.

Soltó una carcajada sonora.

Recuerdo con mucha claridad la primera vez que lo vi —fue justo cuando Ocean rio y levanté la mirada hacia su cara—, el momento en que sentí que alguien me atravesaba con la vista. Rara vez necesitaba saber de dónde procedía una mirada, pero en esa ocasión fue diferente. Sentí algo violento. Fue entonces cuando me giré y vi a su entrenador de baloncesto por primera vez.

Sacudió la cabeza hacia mí.

Me sorprendió tanto que retrocedí un paso. No sabía quién era el hombre hasta que Ocean se giró para ver lo que me había sobresaltado. Entonces, su mirada se aclaró. Saludó, y aunque el hombre —supe que era el entrenador Hart— asintió, devolviéndole el saludo de modo agradable, advertí el segundo que le llevó catalogar los detalles de mi aspecto. Lo vi echarle un vistazo a mi mano enlazada con la de Ocean.

Después se alejó.

Y un malestar repentino se asentó en mis entrañas.

26

Ocean vino a celebrar el día de Acción de Gracias con mi familia.

A mis padres les encantaba esa celebración, y lo hacían realmente bien. Mi madre tenía además una debilidad por las personas que se encontraban solas: siempre dejaba la puerta abierta para amigos que no tenían adónde ir, especialmente durante los días festivos. Era una tradición. Todos los años, nuestra mesa de Acción de Gracias incluía diferentes invitados; siempre había alguien que no tenía una familia con quien pasar el día —generalmente, eran amigos de mi hermano—, o, en todo caso, que tenía una familia a la que detestaba, con la que no quería celebrar. Y siempre encontraba refugio en nuestra casa.

Fue así que convencí a mis padres de que me dejaran invitar a Ocean.

No les conté nada, salvo que era un amigo del colegio, un amigo que, según les expliqué, no tenía con quién compartir un pavo el día de Acción de Gracias, pero también una persona que estaba muy interesada en la comida iraní.

Eso, en particular, entusiasmó gratamente a mis padres.

Vivían para tener la oportunidad de enseñarle a la gente todo lo persa. Sea lo que fuera, los persas lo habían inventado y, si no lo habían inventado, seguramente lo habían mejorado. Y si se les explicaba detenidamente que tal vez había algo que los persas no hubieran inventado o mejorado, pues entonces decían que seguramente no valía la pena tenerlo, de todos modos.

Ese año lo interesante era que la festividad caía casi en la mitad del Ramadán, así que romperíamos el ayuno y celebraríamos nuestra cena de Acción de Gracias al mismo tiempo. Empezábamos temprano con las preparaciones para la cena, y si nuestros invitados deseaban colaborar eran bienvenidos.

Navid protestó todo el día, aunque tuvo la tarea más simple de todas: preparar el puré de patatas. Ocean creía que mi hermano era muy divertido, aunque traté de explicarle que era un inútil y que cuando ayunaba estaba insoportable, pero tan solo encogió los hombros.

—Aun así, es muy gracioso —dijo.

Quizás resulte sorprendente, pero mis padres se quedaran encantados con Ocean. Tal vez porque no discrepó de ellos cuando le explicaron que, en farsi, Shakespeare se pronunciaba *sheikheh peer*, que significa «viejo jeque», y esto, según ellos, era una prueba irrefutable de que el Bardo de Avon era, en realidad, un viejo erudita persa. O quizás por la manera en que Ocean comió todo lo que le pusieron delante y pareció disfrutarlo realmente. Mis padres se habían asegurado de preparar un menú de seis platos que fuera completamente diferente para este amigo que jamás había probado la comida persa. Y cada vez que decía que algo le había gustado, me miraban con una sonrisa de orgullo, hinchándose como pavos reales. Este joven era solo una prueba más de que el pueblo persa había inventado solo las mejores cosas, incluida la mejor comida.

Ocean escuchó con paciencia a mi padre, a quien le encantaba mostrar sus vídeos favoritos de Internet, sin manifestar el menor indicio de irritación, ni siquiera cuando mi padre lo hizo mirar una seguidilla interminable sobre el increíble diseño y la eficiencia de los grifos europeos.

Más tarde, cuando se acabó la comida y mi madre encendió el samovar, Ocean escuchó con atención a mis padres intentando enseñarle a hablar farsi. Salvo que, en realidad, no lo enseñaban, sino que lo *hablaban*. Por algún motivo inexplicable, mi madre estaba convencida de que podía meter un idioma directamente en el cerebro de una persona.

Acababa de decir algo realmente complicado y asintió hacia Ocean. Estaba segura de que sería un buen estudiante porque era *evidente* que tendría interés en aprender farsi. ¿Acaso podía haber un idioma mejor? Repitió la frase y le hizo un gesto con la cabeza.

—¿Y? —preguntó mi madre—. ¿Qué he dicho?

Los ojos de Ocean se abrieron aún más.

—No puedes enseñarle a nadie a hablar un idioma así —señalé, poniendo los ojos en blanco—. Es imposible enseñar el farsi por ósmosis.

Mi madre sacudió una mano en el aire, desestimándome.

—Lo entiende perfectamente —dijo, mirando a Ocean—. Lo entiendes, ¿verdad? Lo entiende —le dijo a mi padre.

Él asintió, como si fuera lo más evidente del mundo.

—Claro que no lo entiende —aseguré—. Dejad de comportaros de manera tan rara.

—No estamos siendo raros —dijo mi padre, ofendido—. A Ocean le gusta el farsi, y lo quiere aprender. —Miró a mi amigo—. ¿No es cierto, Ocean?

—Claro —respondió.

Y mis padres se emocionaron.

—Eso me recuerda —dijo mi padre, con un brillo en la mirada— un poema que estaba leyendo la otra noche…

Se levantó de un salto de la mesa y salió corriendo a buscar sus gafas y sus libros.

Solté un gemido.

—Estaremos aquí toda la noche —susurré a mi madre—. Dile que acabe.

Mi madre me hizo una seña para que hiciera silencio.

—*Harf nazan.* Cállate.

Y luego le preguntó a Ocean si quería más té, a lo cual respondió amablemente que no, aunque ella le sirvió un poco más de todos modos. Y mi padre se pasó el resto de la noche leyendo y traduciendo poesía persa antigua, de gran complejidad —Rumi, Hafez, Saadi—, algunos de los grandes clásicos, y me pregunté si Ocean volvería a dirigirme la palabra alguna vez. En realidad, ese ritual particular de mis padres era algo que me fascinaba: había pasado muchas noches sentada a la mesa de la cocina, con ellos, conmovida hasta las lágrimas por algún verso particularmente estremecedor. El problema era que llevaba una *eternidad* traducir el farsi antiguo al inglés. Hasta un simple poema podía tardar horas en leerse porque mis padres tardaban diez minutos traduciendo el farsi antiguo al farsi moderno, y luego me pedían que los ayudara a traducir el farsi moderno al inglés. Todo para que veinte minutos más tarde, invariablemente, levantaran las manos, frustrados.

—No es lo mismo —decían—. No tiene nada que ver en inglés; se pierde toda la textura, el pulso. Vas a tener que aprender farsi —le dijeron a Ocean, que tan solo los miró sonriendo.

No pasó mucho tiempo hasta que empezaron a tomar partido por él, contra mí. Cada vez que yo les decía que lo dejaran en paz y que acabaran de una buena vez, se volvían hacia Ocean buscando apoyo. Él, por supuesto, se ponía del lado de ellos muy cortésmente, insistiendo en que no le molestaba. Entonces, mi madre le preguntaba de nuevo si quería más té, y cuando declinaba con amabilidad, ella le vertía de todos modos un poco más. También le preguntó si quería más comida y, a pesar de que él se rehusara, mi madre llenó cuatro enormes contenedores de Tupperware con las sobras y los apiló delante de él. Pero cuando vio la comida, Ocean manifestó una gratitud tan genuina que para el final de la noche mis padres estaban medio enamorados de él y totalmente dispuestos a cambiarme por un modelo mejor.

—Es muy amable —me repetía mi madre—. ¿Tú por qué no eres amable? ¿Qué hemos hecho mal? —Miró a Ocean.

—Ocean, *azizam* —dijo—, por favor, dile a Shirin que debe dejar de decir tantas palabrotas.

Ocean estuvo a punto de perder el control. Vi que iba a soltar una carcajada, pero se contuvo justo a tiempo.

Le lancé una mirada rápida.

Mi madre seguía hablando.

—Siempre es *imbécil* esto, *mierda* lo otro. Le digo, Shirin, *joon*, ¿por qué te obsesiona tanto la mierda? ¿Por qué todo es mierda?

—Dios, mamá —exclamé.

—Deja a Dios fuera de esto —dijo, y me señaló con la cuchara de madera antes de usarla para golpearme la nuca.

—Ah, cielos —dije, haciéndola a un lado—. Basta, joder.

Mi madre suspiró dramáticamente.

—¿Ves? —Ahora se dirigió a Ocean—. No hay ningún tipo de respeto.

Él tan solo sonrió. Parecía seguir intentando evitar que la sonrisa se convirtiera en una carcajada. Presionó los labios y aclaró la garganta, aunque sus ojos lo delataron.

Finalmente, suspiró y se puso de pie. Miró la pila de contenedores Tupperware dispuestos delante de él, y dijo que había llegado la hora de marcharse. De un modo u otro, era casi medianoche.

Cuando dije que los vídeos de grifos eran interminables, no bromeaba.

Pero al empezar a despedirse, me miró como si, en realidad, no quisiera marcharse y lamentara tener que hacerlo. Lo saludé desde el otro lado de la habitación mientras él les daba las gracias a mis padres de nuevo. Una vez que lo vi caminando hacia la sala, subí las escaleras. No quería permanecer demasiado tiempo y transformar la despedida en un espectáculo. Mis padres eran demasiado inteligentes; aunque estaba bastante segura de que habían descubierto que ese tipo me encantaba, no quería que creyeran que estaba obsesionada con él. Pero enseguida oí un golpe suave en la puerta de mi habitación, apenas un instante después de cerrarla, y cuando descubrí a Navid y a Ocean, allí quietos, me quedé atónita.

—Tenéis quince minutos —advirtió mi hermano—. Y no hay de qué. —Y empujó a Ocean dentro de mi dormitorio.

Este sonrió y sacudió la cabeza. Se pasó una mano por el pelo, suspirando y riendo a la vez.

—Qué divertida es tu familia —dijo—. Navid me arrastró aquí arriba porque dijo que quería enseñarme el banco de ejercicios en su habitación. ¿Existe de verdad?

Asentí, pero estaba demasiado nerviosa.

Ocean se encontraba en mi habitación, y no estaba preparada para eso en absoluto. Sabía que Navid había intentado hacerme un favor, pero no había tenido oportunidad de ordenar mi habitación, de asegurarme de que no hubiera ningún sujetador en el suelo o, no sé, de hacerme ver más *genial* de lo que realmente era. Y me preocupó no tener la menor idea de lo que sería ver mi habitación a través de los ojos de otra persona.

Pero Ocean observaba detenidamente.

Mi pequeña cama individual se encontraba en el rincón derecho del cuarto. El edredón se encontraba arrugado; las almohadas, apiladas precariamente. Algunas prendas estaban amontonadas encima: una camiseta y unos shorts que había usado para dormir. Mi teléfono, sobre la pequeña mesilla de noche, estaba enchufado al cargador. Contra la pared opuesta, estaba mi escritorio, con mi ordenador encima y una pila de libros junto a ella. En otro rincón de la habitación había un maniquí, con un molde a medio terminar aún clavado con alfileres al cuerpo. Mi máquina de coser estaba sobre el suelo, con una caja abierta que contenía el resto de mis materiales justo al lado: carretes de hilo, alfileres, un alfiletero y sobres con agujas.

En mitad de la habitación había un pequeño desastre.

Un manojo de Sharpies se hallaba sobre la alfombra junto a un cuaderno de bocetos abierto, un viejo radiocasete y un par de auriculares aún más antiguos, que pertenecían a mi padre. No había demasiado colgado en las paredes: solo un par de dibujos al carboncillo que había realizado el año anterior.

Escudriñé la habitación en un par de segundos y decidí que tendría que resignarme a su estado de desorden. Pero Ocean seguía mirando: aparentemente, su valoración necesitaba bastante más tiempo. Me sentí nerviosa.

—Si hubiera sabido que vendrías a mi habitación —dije—, la habría ordenado un poco.

Pero no pareció escucharme. Tenía la mirada fija en mi cama.

—¿Es ahí donde hablas conmigo de noche? —preguntó—. ¿Donde te escondes bajo las mantas?

Asentí.

Caminó hasta mi cama y se sentó. Miró a su alrededor. Y luego advirtió mis pijamas, y se quedó desconcertado apenas un instante.

—Oh, *guau*. —Levantó la mirada hacia mí—. Sé que sonará estúpido, pero se me acaba de ocurrir que debes quitarte el velo cuando llegas a casa.

—Mmm, sí —dije, y reí un poco—. No duermo con esto puesto.

—Así que cuando hablas conmigo de noche, estás completamente diferente.

—Pues, no *completamente* diferente, pero algo sí.

—¿Y esto es lo que llevas? —preguntó. Tocó la camiseta y los shorts sobre la cama.

—Fue lo que me puse anoche —dije, nerviosa—. Sí.

—Anoche —dijo en voz queda, enarcando las cejas. Y luego respiró hondo y desvió la mirada, posándola sobre una de mis almohadas como si estuviera hecha de cristal.

Anoche habíamos estado hablando por teléfono durante horas, conversando de todo y de nada; mi corazón se estremeció de solo recordarlo. No sabía qué hora era con exactitud cuando finalmente nos fuimos a dormir, pero era tan tarde que solo había podido recordar el débil intento de meter el teléfono bajo mi almohada antes de disolverme felizmente en mis sueños.

Quería imaginar que Ocean estaba pensando lo mismo que yo, que también él sentía eso que crecía entre nosotros a una velocidad aterradora, y que no sabía cómo frenar o si debía hacerlo siquiera. Pero no podía saberlo con certeza. Y estuvo tanto rato en silencio que empecé a preocuparme. No se apartó de mi cama mientras volvió a echar un vistazo a mi habitación, y el nudo de preocupación en mi interior me constriñó aún más.

—¿Crees que es demasiado raro? —pregunté finalmente.

Ocean rio mientras se levantaba. Sacudió la cabeza y sonrió.

—¿Eso es lo que realmente crees que está pasándome por la cabeza en este momento?

Me quedé perpleja y volví a pensar.

—Tal vez.

Volvió a reír, y luego echó un vistazo al reloj sobre la pared.

—Parece que solo nos quedan unos pocos minutos. —Pero se había acercado mientras hablaba. Ahora lo tenía frente a mí.

—Sí —dije suavemente.

Se acercó aún más, deslizando las manos dentro de los bolsillos traseros de mis vaqueros. Un suave jadeo estuvo a punto de escapar de mi boca al sentir que me apretaba aún más contra él, presionando el contorno de mi cuerpo contra el suyo. Se inclinó hacia mí y apoyó su frente contra la mía. Luego envolvió los brazos alrededor de mi cintura y me retuvo un instante.

—Oye —susurró—. ¿Puedo decirte que me pareces realmente preciosa? ¿Puedo decirte solo eso?

Sentí las mejillas tibias. Estaba tan cerca que estaba segura de que podía oír los latidos de mi corazón. Nuestros cuerpos parecían soldados.

Susurré su nombre.

Me besó una vez, delicadamente, y se detuvo allí, sin apartar los labios de los míos. El cuerpo me temblaba. Ocean cerró los ojos.

—*Esto es una locura* —dijo.

Y luego me besó con desesperación, sin advertencia alguna. La pasión se disparó por mis venas, provocando un calor abrasador y explosivo. Sentí que mi cuerpo se fundía. Sus labios eran suaves, y olía tan bien. Mi mente se cargó de electricidad estática. Mis manos se desplazaron desde su cintura, subiendo por su espalda, y en un movimiento fortuito e improvisado, se deslizaron bajo su jersey.

Me quedé inmóvil.

La sensación de su piel desnuda bajo mis manos era inesperada y nueva. Un ligero temor se apoderó de mí. Ocean interrumpió nuestro beso y sonrió, con ternura, contra mi boca.

—¿Tienes miedo de tocarme? —preguntó.

Asentí.

Su sonrisa se amplió aún más.

Pero luego recorrí la tersa extensión de su espalda con los dedos, y lo sentí inhalar bruscamente. Sus músculos se tensaron.

Con cuidado, acaricié la curva de su columna vertebral. Toqué su cintura, moviendo las manos alrededor de su torso. Desprendía tanta fuerza. Las líneas de su cuerpo eran intensas y peligrosamente sensuales. En el momento en que empezaba a cobrar valor, él sujetó mis manos con fuerza.

Inhaló otro aliento tembloroso y presionó la cara contra mi mejilla. Soltó una carcajada convulsa. No dijo una palabra; tan solo sacudió la cabeza.

El placer de estar tan cerca de él era diferente a todo lo que había imaginado alguna vez. Se trataba de un placer hiperreal, ilusorio. Sus brazos me rodearon, fuertes y cálidos, acercándome, a punto de levantarme del suelo.

Una minúscula parte de mi cerebro intuía que todo eso era una mala idea. Era consciente de que Navid podía entrar en cualquier momento. Sabía que mis padres estaban muy cerca. Lo sabía, y por algún motivo, no me importó.

Cerré los ojos, y apoyé la cabeza contra su pecho, inhalando su presencia.

Ocean se apartó, apenas un poco, y se encontró con mi mirada. Él mismo tenía de pronto los ojos lánguidos, con un brillo profundo de temor.

—¿Qué harías si me enamoro de ti? —preguntó.

Y mi cuerpo entero respondió a su pregunta. El calor invadió mi sangre, colándose por los resquicios de mis huesos. Sentí el corazón vivo de emoción, y no supe decir lo que pensaba, lo que quería decir, que era…

¿Esto es amor?

… No pude hacerlo.

Navid golpeó la puerta con fuerza, y nos apartamos a velocidad supersónica.

Ocean parecía un poco sofocado. Hizo una pausa, miró alrededor y luego me miró a mí. No llegó a decir adiós; tan solo me echó una mirada.

Y luego desapareció.

* * *

Dos horas después me envió un mensaje de texto.

¿Estás en la cama?
Sí.
¿Puedo hacerte una pregunta incómoda?

Miré mi teléfono un instante. Respiré hondo.

Está bien.
¿Cómo es tu pelo?

Solté una carcajada en voz alta hasta que recordé que mis padres estaban durmiendo. A las chicas jamás parecía importarles el aspecto de mi pelo, pero los chicos no dejaban de preguntarme por él. Siempre hacían la misma pregunta, como si no pudieran reprimir la curiosidad.

Es castaño. Bastante largo.

Y luego me llamó.

—Hola —dijo.
—Hola. —Sonreí.

—Me encanta que ahora puedo imaginar dónde estás —dijo—. Cómo es tu habitación.

—Todavía no puedo creer que hoy hayas estado aquí.

—Sí, por cierto, gracias. Tus padres son geniales. Fue realmente divertido.

—Me alegro de que no haya sido una tortura —dije, pero me sentí de pronto, triste. No sabía cómo decirle que esperaba que su madre volviera a tener una relación normal con él—. A propósito, mis padres están oficialmente enamorados de ti.

—¿En serio?

—Sí, estoy segura de que me cambiarían por ti en un santiamén.

Rio. Luego, permaneció en silencio durante cierto tiempo.

—Oye —dije, finalmente.

—¿Sí?

—¿Va todo bien?

—Sí —respondió—. Sí. —Pero parecía faltarle el aire.

—¿Estás seguro?

—Solo pensaba que tu hermano es terriblemente inoportuno.

Tardé un instante en comprender, pero de pronto supe lo que intentaba decir.

No había respondido a su pregunta. Y entonces me sentí nerviosa.

—¿A qué te referías cuando me preguntaste que *qué haría*? —dije—. ¿Por qué lo expresaste de ese modo?

—Supongo —dijo, inhalando bruscamente— que quería saber si te asustaría.

En cierto sentido, su incertidumbre me resultaba adorable. Sobre todo, el hecho de que pareciera no tener ni idea de que yo también había perdido la cabeza irremediablemente.

—No —dije con suavidad—. No me asustaría.

—¿En serio?

—En serio —dije—. Ni remotamente.

27

El Ramadán había acabado. Lo celebramos, intercambiamos regalos y Navid devoró todo lo que había en la cocina. El semestre de otoño estaba llegando rápidamente a su fin. Entramos en la segunda semana de diciembre, y había logrado mantener cierto grado de distancia entre Ocean y yo, al menos, el tiempo que pudiéramos resistirlo.

Hacía casi dos meses que me había besado en su coche.

No podía creerlo.

En la relativa paz que rodeaba nuestros esfuerzos escrupulosos por no llamar la atención, el tiempo se aceleró y pasó volando. Jamás había estado tan feliz en mi vida. Ocean era *divertido*. Era dulce, inteligente y nunca se nos acababan los temas de conversación. No tenía muchas horas libres, porque el baloncesto era una actividad extracurricular exigente que absorbía una terrible cantidad de tiempo, pero siempre encontrábamos una manera de hacer que funcionara.

Estaba feliz con nuestro acuerdo mutuo: estábamos a salvo. Era cierto que nos veíamos en secreto, pero no corríamos riesgos. Nadie sabía lo que hacíamos. La gente por fin había dejado de mirarme en los pasillos.

Pero Ocean quería más.

No le gustaba ocultarse. Decía que era como si estuviéramos haciendo algo malo, y lo odiaba. Insistía, una y otra vez, en que no le importaba lo que pensaran los demás. No le importaba y no quería que un montón de idiotas tuvieran tanto control sobre su vida.

Para ser francos, no discrepaba de él.

Yo también estaba cansada de andar a hurtadillas; estaba harta de ignorarlo en el colegio, cansada de ceder siempre a mi cinismo. Pero Ocean era mucho más visible de lo que él sabía o comprendía. Una vez que empecé a prestarle más atención y a fijarme más en su mundo, empezaron a revelarse los sutiles matices de su vida: en ese colegio tenía exnovias, viejos compañeros de equipo, rivalidades. Había chicos que estaban abiertamente celosos de su éxito, y chicas que lo odiaban porque le resultaban indiferentes. Lo más importante era que había personas que habían construido sus carreras sobre el equipo de baloncesto del instituto.

A esa altura, sabía que Ocean era realmente bueno jugando al baloncesto, pero no supe cuánto destacaba hasta que empecé a escuchar lo que decían por ahí. Era solo un estudiante de tercer curso, pero superaba a sus compañeros de equipo por un amplio margen y, como resultado, despertaba mucho interés; la gente hablaba de que quizás fuera lo bastante bueno como para ganar el premio al mejor jugador del año a nivel estatal y nacional… y no solo él: también su entrenador.

Me ponía nerviosa.

Ocean tenía el look típicamente estadounidense, el tipo de aspecto que enamoraba fácilmente a las chicas y permitía a los cazatalentos encontrarlo y a la comunidad, considerarlo siempre como un buen chico, con un enorme potencial y un futuro brillante. Intenté explicarle por qué mi presencia en su vida sería complicada y conflictiva, pero no lo entendía. Simplemente, no le parecía que fuera gran cosa.

Yo no quería pelear por ello, así que llegamos a un acuerdo.

Acepté que Ocean me llevara al colegio una mañana. Me pareció un paso pequeño y precavido; algo completamente inocente. Lo que me olvidaba, por supuesto, era que, no por nada, en el instituto existían infinitos clichés, y que Ocean seguía estando, de cierta forma, unido de forma complicada a su propio estereotipo. Parecía que era relevante hasta el *lugar* donde dejaba el coche en el aparcamiento del colegio. Jamás había tenido un motivo para saberlo o para que me importara, porque yo era la rara que iba al colegio caminando todos los días. Nunca interactuaba con ese lado del campus por la mañana, ni veía a esos chicos, ni les hablaba. Pero cuando Ocean me abrió la puerta aquella mañana, salí a un mundo diferente. Estaban todos ahí, en el aparcamiento del colegio. Ahí pasaban el rato todas las mañanas él y sus amigos.

—Oh, guau, qué mala idea —le dije, incluso mientras me tomaba la mano—. Ocean, esta ha sido una pésima idea.

—En absoluto —aseguró, apretándome los dedos—. Solo somos dos personas, tomadas de la mano. No es el fin del mundo.

Fue en ese momento cuando me pregunté cómo sería vivir en su cerebro. Me pregunté lo segura y normal que debía haber sido su vida para que dijera algo así, de manera tan despreocupada, y para realmente creer en ello.

A veces, tenía ganas de decirle que, para algunas personas, sí era el fin del mundo.

Pero me quedé callada. Me abstuve de señalarlo porque de pronto me distraje. Un inquietante silencio cayó sobre los grupos de chicos que estaban próximos a nosotros. Sentí la tensión de mi cuerpo incluso mientras miraba hacia delante, sin detener la vista en nadie. Esperé que sucediera algo, algún tipo de acto hostil, pero nada pasó. Conseguimos abrirnos paso para cruzar el aparcamiento mientras las miradas seguían el desplazamiento de nuestros cuerpos, sin incidentes. Nadie me habló. El silencio parecía impregnado de sorpresa, y me dio la sensación de que estaban decidiendo qué pensar. Cómo responder.

Ocean y yo tuvimos reacciones muy diferentes a esa experiencia.

Le dije que debíamos volver a llegar de manera separada al colegio, que había sido un buen intento, pero que, en última instancia, era una mala idea.

Él no estuvo de acuerdo en absoluto.

Señaló que todo había marchado bien, que había sido incómodo, pero nada más y, más que nada, insistía en que no quería dejarse regir por las opiniones de los demás.

—Quiero estar contigo —dijo—. Quiero tomar tu mano y almorzar contigo, sin tener que fingir que no estoy... —Exhaló un suspiro profundo—... No quiero fingir que no te veo, ¿sí? No me importa si a los demás no les agrada. No quiero estar todo el tiempo preocupado. ¿A quién mierda le importa esta gente?

—¿Acaso no son tus amigos? —pregunté.

—Si fueran mis amigos, se alegrarían por mí.

* * *

El segundo día fue peor.

Cuando salí del coche de Ocean, nadie se sorprendió. Tan solo se comportaron como unos cretinos.

—¿Por qué mierda has traído a Aladdín, hermano? —preguntó alguien.

No se trataba de un insulto nuevo, al menos, no para mí. Por algún motivo, a la gente le encantaba referirse a Aladdín para humillarme, lo cual me entristecía porque realmente me gustaba ese personaje. De pequeña, me encantaba ver la película.

Además, siempre tenía ganas de decirles que estaban equivocándose de insulto. Quería que comprendieran que Aladdín era, en primer lugar, un chico, y que, en segundo lugar, no era el que se cubría el pelo. Ni siquiera era un insulto *correcto*, y me molestaba que fueran tan descuidados. Había alternativas mucho más infames en la película para elegir, como compararme con Jafar, pero en ese tipo de situaciones nunca había un buen momento para señalarlo.

De todos modos, Ocean y yo no reaccionamos del mismo modo al insulto.

Yo me sentí irritada, pero él se enfureció.

En ese instante sentí que él era incluso más fuerte de lo que parecía. Tenía una figura delgada y musculosa, pero lo sentí muy sólido a mi lado. Su cuerpo se puso rígido; su mano resultó extraña en la mía. Parecía furioso y asqueado, y sacudió la cabeza. Me di cuenta de que estuvo a punto de decir algo cuando, de pronto, alguien me tiró a la cara un bollo de canela a medio comer.

Me quedé paralizada.

Hubo un momento de silencio absoluto mientras el bollo dulce y pegajoso golpeaba parte de mi ojo y casi toda mi mejilla, y luego se deslizaba lentamente por mi barbilla y caía al suelo. Mi velo quedó cubierto de glaseado.

Se me ocurrió que eso era una novedad.

Quienquiera que arrojó el pastel empezó a descostillarse de la risa. Ocean perdió los estribos. Sujetó al chico de la camisa y lo empujó violentamente. Después de eso, no supe qué pasó. Estaba tan mortificada que apenas podía estar de pie y lo único que quería era desaparecer.

Así que eso mismo hice.

Nadie me había arrojado *comida* jamás. Tenía el cuerpo entumecido; me sentía estúpida, humillada, patética. Intenté abrirme camino al baño de mujeres porque realmente quería lavarme la cara, pero de pronto Ocean me alcanzó, atrapándome por la cintura.

—Oye — dijo, prácticamente sin aliento—. Oye…

Pero no quería mirarlo. No quería que me viera con toda esa mierda en el rostro, así que me aparté sin mirarlo.

—¿Te encuentras bien? Lo siento tanto…

—Claro —dije, pero ya me había dado la vuelta—. Yo, eh, solo necesito lavarme la cara, ¿sí? Te veré después.

—Espera —dijo—. Espera….

—Te veré después, Ocean. Lo prometo. —Saludé con la mano sin dejar de caminar—. Estoy bien.

* * *

Es decir, no estaba bien. *Estaría* bien. Pero faltaba para eso.

Llegué al baño de mujeres y dejé caer el bolso en el suelo. Desenvolví el velo que cubría mi cabeza y con una toalla de papel húmeda me limpié el glaseado de la cara. Intenté limpiar el velo del mismo modo, pero no dio el mismo resultado. Suspiré. Tuve que intentar lavarlo por partes en el lavabo, lo cual no hizo sino mojarlo todo. El desaliento me embargó al colocarme el velo ligeramente húmedo alrededor del cuello.

Justo entonces entró otra persona en el baño.

Me alegró al menos haber terminado de limpiarme la cara. Acababa de soltarme la coleta, ya que también había tenido que lavar un poco de glaseado del pelo, y estaba a punto de sujetármelo de nuevo, cuando la chica se dirigió al lavabo que se encontraba al lado mío. Yo sabía que estaba llamando la atención: había tirado mi mochila al suelo, me había quitado el velo y en ese momento me rodeaban pequeños montículos de toallas de papel húmedas.

De todos modos, esperé que no lo advirtiera, que no hiciera preguntas. No sabía quién era ni me importaba. Lo único que no quería era tener que lidiar ese día con más personas.

—Hola —dijo.

Levanté instintivamente la cabeza.

Siempre recordaré ese momento. Yo llevaba el pelo suelto alrededor del rostro y, al girar, las largas ondas se sacudieron en el aire. La cinta de cabello seguía envuelta en mi muñeca.

La miré, interrogándola con la mirada.

Entonces me hizo una fotografía.

—¿Qué diablos? —Retrocedí, confundida—. ¿Por q-qué...?

—Gracias —dijo, y sonrió.

Aturdida, salí del baño. Necesité un instante para recuperar la cordura y algunos más para entender lo que acababa de suceder.

Y quedé presa del espanto.

De pronto, las náuseas se apoderaron de mí, y creí que me desvanecería.

* * *

Verdaderamente, fue un día de mierda.

Ocean terminó encontrándome en el corredor. Me tomó la mano, y me volví, y al principio no dijo nada. Solo me miró.

—Una chica me ha hecho una fotografía en el baño —dije en voz baja.

Inhaló nervioso.

—Lo sé.

—¿En serio?

Asintió.

Me giré. Quería llorar, pero juré que no lo haría. Me prometí que no flaquearía.

—¿Qué está pasando, Ocean? —susurré, en cambio—. ¿Qué está sucediendo?

Sacudió la cabeza; se veía devastado.

—Esto es culpa mía —dijo—. Es todo culpa mía. Debí haberte escuchado; jamás debí dejar que sucediera esto…

Justo en ese momento, un chico que jamás había visto pasó caminando a nuestro lado y palmeó a Ocean en la espalda.

—Oye, hombre, yo te entiendo… Yo también me le tiraría encima…

Ocean lo empujó tan fuerte que el chico soltó una maldición y cayó de espaldas, aterrizando sobre los hombros.

—¿Qué diablos te pasa? —le preguntó Ocean—. ¿Qué te ha pasado?

Empezaron a gritarse, y ya no pude aguantar más.

Necesitaba irme.

Sabía algo de cámaras digitales, pero yo misma no poseía una, así que en aquel momento no entendí cómo era posible que las personas compartieran fotografías mías con tanta velocidad. Solo sabía que alguien me había hecho una foto sin mi pañuelo, sin mi consentimiento, y ahora estaba haciéndola circular. Era una especie de violación que jamás había experimentado. Quería gritar.

Era *mi* pelo, quería bramar.

Era mi pelo, mi rostro, mi cuerpo y *mi maldito asunto* decidir qué hacía con ellos.

Por supuesto, a nadie le importaba.

* * *

Me marché del instituto.

Ocean intentó acompañarme. No dejaba de disculparse, e hizo un esfuerzo tan grande por hacerme sentir mejor… pero yo solo quería estar sola. Necesitaba tiempo.

Así que me marché.

Deambulé un rato, intentando despejar la cabeza. No sabía qué otra cosa hacer. Había una parte de mí que quería regresar a casa, pero me preocupaba que, si me encerraba en mi habitación, quizás no podría volver a salir jamás. Además, estaba realmente decidida a no llorar.

Me *moría* de ganas de llorar. Quería llorar y gritar al mismo tiempo, pero me negaba a dejarme llevar por la angustia. Lo único que quería era sobreponerme. Quería sobrevivir a eso sin perder la cabeza.

* * *

Cuando Navid empezó a enviarme mensajes de texto unas horas después, supe que las cosas habían empeorado. Si mi hermano se había enterado, el asunto realmente había estallado. Además, estaba intranquilo.

Le dije que me encontraba bien, que había abandonado el campus. Terminé escondiéndome en la biblioteca local. Estaba sentada en la sección de terror a propósito.

Navid me dijo que fuera al entrenamiento.

¿Por qué?

Porque te ayudará a despejar la cabeza.

Suspiré.

¿Es muy grave?

Unos segundos después:

No es muy bueno, la verdad.

Volví a escabullirme dentro del campus solo cuando estuve segura de que el colegio había terminado oficialmente. Me dirigí a mi taquilla para buscar mi bolsa de gimnasia, pero cuando abrí la puerta, un pequeño trozo de papel se desprendió y cayó al suelo. Cuando lo desdoblé, descubrí dos fotografías mías, impresas, una al lado de la otra. La primera, con el velo puesto; la otra sin él.

Si bien parecía confundida en la segunda foto, no resultaba desagradable. Era una fotografía perfectamente aceptable. Siempre me había gustado mi pelo, me parecía bonito, y salía bien en las fotos; de hecho, quizás mejor que en la vida real. Pero esa revelación solo hacía que todo ese asunto resultara aún más doloroso. Era más evidente que nunca que eso jamás había tenido intención de ser una broma tonta; el propósito no había sido hacer que pareciera fea o estúpida. Quien lo hizo solo había querido desenmascararme sin mi permiso, humillarme, minando adrede la decisión que había tomado de conservar algunas partes de mi cuerpo ocultas. Había querido arrebatarme el poder que yo creía tener sobre mi propio cuerpo.

Por algún motivo, era una traición que dolía más que todo lo demás.

* * *

Cuando aparecí en el entramiento, Navid se veía triste.

—¿Estás bien? —preguntó, tirando de mí para abrazarme.

—Sí. Este instituto es una mierda.

Respiró hondo y me dio otro apretón antes de soltarme.

—Sí —dijo exhalando—. Sí, es horrible.

—La gente está tan mal de la cabeza —me dijo Bijan, sacudiendo la cabeza—. Lamento que hayas tenido que lidiar con todo esto.

No supe qué decir. Intenté sonreír.

Carlos y Jacobi también se mostraron comprensivos.

—Oye, solo dime quién es y le hago morder el polvo por ti.

Aquello consiguió arrancarme una sonrisa.

—Ni siquiera sé quién lo hizo —dije—. Es decir, vi a la chica que me hizo la foto, pero no sé nada más. No sé nada sobre ella —dije con un suspiro—. No conozco a la gente de este colegio.

Y luego Jacobi me preguntó qué había pasado y cómo había conseguido tomarme una foto, y les expliqué que había sido en el baño mientras me aseaba, porque un tipo me había arrojado un bollo de canela en el rostro. Y aunque intenté reírme del asunto y hacer que pareciera gracioso, los cuatro se quedaron súbitamente callados.

Sus rostros, duros como una piedra.

—¿Un tipo te arrojó un bollo de canela a la cara? —Navid estaba mudo de asombro—. ¿Es broma?

Parpadeé. Vacilé.

—No…

—¿Quién? —Ahora era Jacobi—. ¿Quién fue?

—No lo sé…

—Hijo de puta —dijo Carlos.

—¿Y Ocean no hizo nada? —Esta vez era Bijan—. ¿Dejó que un tipo te arrojara comida?

—¿Qué? No —dije rápidamente—. No, no… Al contrario, creo que empezó a atacarlo, pero yo me fui, así que no…

—Así que Ocean sabe quién es el tipo. —Otra vez habló Bijan. No me miró a mí, sino a Navid.

—Bueno, eso creo —dije con cuidado—, pero realmente no…

—¿Sabéis qué? A la mierda con esto —dijo Navid, y tomó sus cosas. Lo mismo hicieron los demás. Todos se pusieron a guardarlas.

—Esperad… ¿adónde vais?

—No te preocupes —me dijo Carlos.

—Te veré en casa —dijo Navid, apretando mi brazo al pasar junto a mí.

—Espera… Navid…

—¿Estarás bien si regresas caminando a tu casa? —preguntó Jacobi.

—Sí —respondí—. Sí, pero…

—Bueno, genial. Te veremos mañana.

Y se marcharon.

* * *

Me enteré al día siguiente que realmente le habían dado una paliza a aquel chico porque la policía vino a mi casa, buscando a Navid, quien negó todo. Les dijo a mis padres horrorizados que solo había sido un malentendido. A mi hermano le pareció muy divertido. Dijo que los únicos que llamaban a la policía por una pelea callejera era la gente blanca.

Al final, el chico no quiso presentar cargos, así que lo dejaron pasar.

Navid estaría bien.

Pero para mí las cosas solo empeorarían.

28

Una cosa era que yo tuviera que lidiar con ese tipo de situaciones; ya las había vivido. Sabía cómo manejar esos ataques y cómo soportarlos, incluso si me lastimaban. Y me empeñé en parecer tan absolutamente indiferente al lamentable incidente de la foto que la tormenta se apaciguó en cuestión de días. Sin alimentarla ni darle entidad, se atenuó rápidamente.

Pero Ocean era nuevo en el asunto.

Observar cómo trataba de lidiar con la experiencia a la vez abrumadora y desgarradora de la pandilla a cara descubierta…

Era como ver a un niño aprendiendo por primera vez sobre la muerte.

La gente no lo dejaba en paz. De la noche a la mañana, mi cara se volvió famosa, y todo se complicó aún más tras la paliza feroz que Navid les propinó a quienes me arrojaron el bollo. Vamos, no me gustaban los métodos de mi hermano, pero tengo que admitir que nunca más volvieron a lanzarme nada. El problema era que ahora los chicos tenían miedo de acercarse a mí. La gente estaba enfadada y asustada, posiblemente la combinación más peligrosa de emociones, y eso hacía aún más escandalosa la conexión de Ocean conmigo. Sus amigos le decían cosas terribles de mí —cosas que no quiero ni repetir—, forzándolo a una situación imposible, en la que intentaba defenderme de las calumnias contra mi fe, contra lo que era ser musulmana y contra quién era *yo*. Era agotador.

Pero a pesar de todo, él juraba que no le importaba.

No le importaba, pero a mí sí.

Sentí que me alejaba y ensimismaba cada vez más. Quería salvarnos a ambos sacrificando esa felicidad recién descubierta, y me di cuenta de que él lo notaba. Podía sentir que nos íbamos distanciando —me veía encerrándome en mí misma, aislándome—, y sentí su pánico. Lo veía en su mirada; lo oía en su voz cuando susurraba en el teléfono todas las noches, «¿Estás bien?»; lo sentía cuando me tocaba, tímidamente, como si fuera a espantarme.

Pero cuanto más me alejaba, más se afirmaba él.

Ocean había tomado una decisión, y estaba tan dispuesto a defenderla que la gente se enfureció aún más. Sus amigos se distanciaron, pero él ni se inmutó; su entrenador lo hostigaba incesantemente respecto de su relación conmigo, pero lo ignoró.

Creo que lo que realmente cabreó a todos fue su falta de lealtad: que pareciera importarle tan poco la opinión de personas a las que conocía desde hacía mucho más tiempo que a mí.

*   *   *

Fue a mediados de diciembre, una semana antes de las vacaciones de invierno, cuando todo se puso feo de verdad.

En realidad, fue solo una broma estudiantil.

Una broma estúpida. Alguien había querido fastidiar a Ocean, y la situación se descontroló tanto que todo nuestro mundo quedó patas arriba.

Una persona anónima *hackeó* el sistema informático y envió un correo electrónico de forma masiva a toda la base de datos del distrito escolar. Todos los estudiantes y profesores del condado, hasta los padres que se encontraban en la lista de direcciones del colegio, recibieron el correo electrónico. Se trataba de una nota terrible, y ni siquiera era sobre mí, sino sobre Ocean.

Se lo acusaba de apoyar el terrorismo, de ser anti-estadounidense, de creer que estaba bien matar a gente inocente porque quería acostarse con setenta y dos vírgenes. Se exigía que lo echaran del equipo. Se argumentaba que era un mal representante de su ciudad y una vergüenza para los veteranos que apoyaban sus partidos. La nota lo insultaba con nombres horribles. Y por supuesto, lo que lo hacía peor era que incluía una fotografía de ambos, tomados de la mano, en el colegio. Era como una prueba de que Ocean había trabado amistad con el enemigo.

El colegio empezó a recibir llamadas y cartas indignadas. Padres horrorizados exigían una explicación, una audiencia, una asamblea pública. Jamás creí que la gente se interesaría tanto por los problemas del baloncesto de instituto, pero, cielos, aparentemente se trataba de algo importante. Resultó que Ocean Desmond James era fundamental, y probablemente ni él lo sabía hasta que se produjo ese incidente.

De todas formas, no me resultaba difícil entender cómo habíamos llegado hasta ese punto. Lo había estado esperando, incluso temiendo. Pero para Ocean era muy difícil aceptar que el mundo estaba lleno de gente horrible. Intenté decirle que siempre habían existido personas racistas e intolerantes, pero admitió que jamás los había visto así, que nunca había creído que podían comportarse de ese modo, y le dije que lo entendía, que así funcionaban los privilegios.

Se quedó en estado de shock.

Nos habíamos quedado sin lugares donde encontrar algo de privacidad, aunque fuera para hablar de lo que había sucedido. Hablábamos de noche, por supuesto, pero rara vez teníamos una oportunidad para vernos de día, en persona. El colegio seguía tan trastornado por toda esa mierda que ya ni siquiera podía detenerme en los corredores para hablar con él. Cada clase era una tortura. Hasta los profesores habían enloquecido. Y el único que se mostraba comprensivo era el señor Jordan, pero sabía que no podía hacer demasiado. Y todos los días, personas con las que nunca había cruzado una palabra se acercaban para hostigarme:

—¿Qué tiene que hacer él, exactamente, para conseguir las setenta y dos vírgenes?

—¿No va contra tu religión salir con tipos blancos?

—¿Eres pariente de Saddam Hussein?

—¿Por qué estás aquí si odias tanto a Estados Unidos?

Les decía a todos que se fueran a la mierda, pero era como la marea en el océano: seguían volviendo.

Una tarde Ocean se saltó el entrenamiento de baloncesto para que por fin tuviéramos un momento a solas. Su entrenador había empezado a atosigar al equipo con sesiones extra de entrenamiento, que resultaban innecesarias. Ocean decía que el motivo era intentar mantenerlo ocupado… y alejado de mí. Sabía que saltarse el entrenamiento tendría consecuencias desagradables para ambos, pero agradecía tener un momento de paz. Había estado muriéndome por verlo, hablarle en persona y ver con mis propios ojos que estaba bien.

Estábamos sentados en su coche, en el aparcamiento del IHOP.

Ocean tenía la cabeza apoyada contra la ventana y los ojos cerrados mientras me contaba los últimos pormenores de esa verdadera pesadilla. Su entrenador le había estado rogando que solucionara el asunto haciendo algo muy simple: el colegio emitiría un comunicado, anunciando que había sido un engaño estúpido, un desvarío, nada del otro mundo.

Fruncí el ceño.

Ocean parecía disgustado, pero yo no entendía por qué. No era una idea tan terrible.

—Parece una gran solución —dije—. Es muy sencilla.

Entonces, Ocean rio, pero su risa estaba desprovista de alegría.

—Para que el comunicado sea creíble, no pueden volver a verme contigo.

Fue como si me hubieran dado un puñetazo en el estómago.

—Ah —dije.

De hecho, su entrenador le había dicho que lo mejor sería que nunca más nos asociaran públicamente de ningún modo. Ya había demasiado melodrama en el colegio, y la foto de ambos juntos había sido demasiado. Demasiada política. Todos los telediarios parecían indicar que estábamos a punto de ir a la guerra con Iraq, y el ciclo de noticias, aunque siempre inquietante, había sido especialmente alarmante en los últimos tiempos. La gente tenía los nervios crispados. Todo estaba muy sensible. El entrenador de Ocean quería decirle a todo el mundo que la fotografía en la que salíamos juntos era solo parte de la broma, que había sido fotoshopeada. Pero solo sería creíble si él también prometía no pasar más tiempo conmigo. No podía haber más fotos de ambos juntos.

—Ah. —Volví a decir.

—Sí. —Ocean se pasó ambas manos por el pelo; parecía agotado.

—Entonces, ¿quieres…? —Inhalé rápida y dolorosamente—. Es decir, comprendo si…

—No. —Ocean se incorporó, de pronto, presa del pánico—. No, no, maldición, no. Qué se vaya a la mierda, que todos se vayan a la mierda, no me importa...

—Pero...

Sacudió la cabeza enérgicamente.

—*No.* —Volvió a decir. Me miró, incrédulo—. No puedo creer que tú siquiera... No, ni siquiera lo discutiremos. Le dije que se fuera a la mierda.

Por un instante, no supe qué decir. Sentí furia y angustia, pero también un inmenso estallido de gozo, todo a la vez. Parecía imposible saber qué emoción debía prevalecer, cuál me llevaría a tomar la decisión correcta. Sabía que el hecho de que quisiera estar con Ocean no significaba que funcionaría de esa manera o que sería lo mejor.

Mis pensamientos resultaron fáciles de leer porque se inclinó hacia mí y tomó mis manos.

—Oye, no tiene importancia, ¿sí? Ahora parece que la tuviera, pero te juro que pasará. Nada de esto importa. Ellos no importan. Esto no cambia nada para mí.

Pero ya no pude encontrarme con su mirada.

—Por favor —dijo—. No me importa. En serio. No me importa si me echan del equipo. Nada de eso me importa. Jamás me ha importado.

—Claro —dije con voz queda. Pero mentiría si dijera que no creía que mi presencia en su vida solo había empeorado las cosas para él.

A él no le importaba.

Pero a *mí* sí.

A mí me importaba. La situación había ido escalando rápidamente, y ya no podía fingir que no tenía miedo. Me importaba que toda esa ciudad estuviera a punto de incluir a Ocean en su lista negra. Me importaban sus perspectivas, me importaba su futuro. Le dije que, si lo echaban del equipo, perdería la oportunidad de conseguir una beca deportiva. Me dijo que no me preocupara por ello, que ni siquiera necesitaba la beca, que su madre había separado parte de su herencia para pagar sus estudios.

De todos modos, me inquietaba.

Me importaba.

Cuando sacudí la cabeza mirándome las palmas, me rozó la mejilla. Miré hacia arriba: tenía la mirada angustiada.

—Oye —susurró—. No hagas esto, ¿sí? No me abandones. No iré a ningún lado.

* * *

Me sentí paralizada.

No sabía qué hacer. El instinto me decía que *huyera*, que lo dejara vivir su vida. Hasta Navid me dijo que las cosas habían llegado demasiado lejos, que debía dar por terminada la relación.

Y luego, al día siguiente, me arrinconó el entrenador Hart.

Debí saber que no tenía que hablar a solas con él, pero me pilló en mitad de una multitud y consiguió intimidarme a gritos para que fuera a su despacho. Juró que solo quería tener una charla amistosa sobre la situación, pero en el instante en que entré empezó a increparme.

Me dijo que estaba arruinándole la vida a Ocean; que deseaba que jamás me hubiera mudado a esa ciudad; que desde el momento en que había aparecido había sido una distracción; que supo desde el principio que era yo quien había metido ideas en la cabeza de Ocean sobre renunciar al equipo, creando problemas. Aseguró que desde que yo había aparecido, había echado a perder todo en el distrito, ¿y acaso no podía ver el efecto que había tenido? Había provocado el caos entre los padres y los estudiantes de todo el condado, habían suspendido partidos, y su reputación estaba en juego. Señaló que ellos eran una población patriótica, con patriotas de verdad, y mi relación con Ocean estaba destruyendo su imagen. Me dijo que ese equipo importaba de una manera que jamás podría comprender, porque estaba seguro de que allá de donde yo venía no jugaban al baloncesto. No le dije que allá de donde yo venía era California, pero vamos, nunca me dio la oportunidad de hacerlo. Y finalmente me dijo que tenía que dejar en paz a Ocean antes de quitarle todo lo bueno que había en su vida.

—Termina con esto —ordenó—. Termina de una vez.

Tenía muchas ganas de mandarlo a la mierda, pero la verdad era que me asustaba un poco. Jamás había estado sola con un adulto que estuviera tan violentamente enfadado. La puerta estaba cerrada. No tenía poder alguno y desconfiaba de él.

Pero esa breve conversación me había aclarado bastante las cosas.

El entrenador Hart era un completo idiota, y cuanto más me gritaba, más me enfurecía. No quería que nadie me obligara a tomar una decisión tan importante. No quería que nadie me manipulara. De hecho, empezaba a creer que romper con Ocean ahora, en un momento como ese, sería el mayor acto de cobardía. Peor, sería cruel.

Así que me negué.

Y luego el entrenador me advirtió que, si no rompía con él, iba a ocuparse no solo de que echaran a Ocean del equipo, sino de que lo expulsaran por faltas graves de conducta.

Le dije que estaba segura de que lo resolvería.

—¿Por qué estás decidida a ser tan terca? —gritó, entornando los ojos hacia mí. Era un hombre fornido con el rostro casi permanentemente rojo, que tenía toda la pinta de gritar demasiado—. Déjalo ya —dijo—. Le estás haciendo perder el tiempo a todo el mundo, y al final ni siquiera valdrá la pena. En una semana te olvidará.

—Muy bien —respondí—. ¿Puedo irme ahora?

Por algún motivo, su rostro enrojeció aún más.

—Si te interesa tanto —indicó—, entonces, déjalo. No destruyas su vida.

—Sinceramente, no entiendo por qué estáis todos tan alterados —dije— por un estúpido partido de baloncesto.

—Se trata de mi carrera —dijo, con un fuerte golpe sobre el escritorio al tiempo que se ponía de pie—. He dedicado mi vida entera a este deporte. Y esta temporada tenemos una verdadera posibilidad en las eliminatorias. Necesito que Ocean tenga un buen rendimiento. Tú eres una distracción inoportuna —señaló—, y necesito que desaparezcas *ya*.

* * *

Mientras caminaba de regreso a casa aquel día, advertí que no había comprendido hasta qué punto llegaría esa locura. No me había percatado de que el entrenador de Ocean estaba tan decidido a eliminar el problema, a eliminarme a mí de la vida de Ocean, que no tendría reparos en lastimarlo. Luego, habiéndome distanciado lo suficiente del excitado individuo, pude procesar la situación con un poco más de objetividad.

Sinceramente, todo el asunto empezaba a atemorizarme.

No era que creyera que Ocean no podría recuperarse tras ser expulsado del equipo; ni siquiera pensaba que no podía contarle lo que su entrenador me había dicho, que, básicamente, me había amenazado para que rompiera con él. Sabía que me creería y se pondría de mi lado. Lo que más temía no eran las amenazas, ni la retórica abusiva, ni la flagrante xenofobia. No, lo que más temía era que...

Supongo que, sencillamente, no creía que yo mereciera la pena.

Se me ocurrió que Ocean despertaría, apabullado y destrozado por el golpe emocional, para darse cuenta de que, en realidad, no había valido la pena. De que yo no había valido la pena. De que había perdido la oportunidad de ser un gran atleta en un momento culminante de su trayectoria escolar, y de que, como resultado, había perdido la oportunidad de jugar al baloncesto en la universidad, y de hacerlo profesionalmente algún día. A juzgar por todo ese escándalo, Ocean era lo suficientemente bueno como para llegar muy lejos y más. Jamás lo había visto jugar, algo que ahora me resultaba casi cómico, pero no imaginaba que tantas personas pudieran enfadarse *tanto* si a él no se le daba por meter realmente bien un balón en una canasta.

Y me asusté.

Me preocupó que Ocean perdiera todo lo que conocía, todo aquello por lo que había trabajado desde niño, solo para descubrir que, al final, yo ni siquiera era tan genial y que eso había sido una pésima decisión.

Se resentiría conmigo.

Yo tenía dieciséis años, pensé. Él, diecisiete. Éramos pequeños. Ese momento parecía toda una vida, los meses transcurridos parecían una eternidad, pero el instituto no era el mundo entero, ¿verdad? No podía serlo. Cinco meses atrás ni siquiera sabía que Ocean existía.

De todas formas, no quería abandonarlo. Me angustiaba que jamás me perdonara si lo dejaba, especialmente en ese momento, cuando todos los días me decía que eso no había cambiado nada para él, que jamás permitiría que las odiosas opiniones de los demás dictaran cómo vivía su vida. Me preocupaba que, si lo dejaba, creería que yo era una cobarde.

Y sabía que no lo era.

De pronto, levanté la mirada al oír el claxon de un coche, implacable y molesto. Me encontraba en la mitad de una carretera principal, caminando por el mismo tramo de acera que conducía a casa todos los días, pero había estado distraída, sin prestar atención a la calle.

Un coche me esperaba más adelante. Se había detenido al lado, y quienquiera que conducía no dejaba de tocarme el claxon.

No reconocí el coche.

Mi corazón dio un vuelco repentino y aterrador, y retrocedí un paso. La conductora me saludaba frenéticamente con la mano, y solo el hecho de que fuera mujer me devolvió un poco de calma. Mi instinto me decía que huyera a toda velocidad, pero me preocupaba que quizás necesitara ayuda. ¿Se habría quedado sin gasolina? ¿Necesitaría un teléfono móvil?

Avancé con cautela hacia ella. La mujer se inclinó por la ventanilla del auto.

—Guau —dijo, y rio—. Qué difícil es captar tu atención.

Era una mujer bonita y mayor. Tenía una mirada simpática. El ritmo alocado de mi pulso se calmó.

—¿Está bien? —pregunté—. ¿Se le ha averiado el coche?

Sonrió y me miró con curiosidad.

—Soy la madre de Ocean —dijo—. Me llamo Linda. Tú eres Shirin, ¿verdad?

Ay, pensé. *Mierda, mierda, mierda.*

Ay, mierda.

La miré parpadeando. El corazón me latía a un ritmo entrecortado.

—¿Quieres ir a dar una vuelta?

29

—Escucha —dijo—. Quiero ser muy franca de entrada. —Me echó un vistazo mientras conducía—. No me importa que vosotros dos procedáis de mundos diferentes. Ese no es el motivo por el que estoy aquí.

—Está bien —dije lentamente.

—Pero la relación entre vosotros está ocasionando un verdadero problema, y sería una madre irresponsable si no intentara que dejárais de veros.

Estuve a punto de soltar una carcajada. Quería decirle que no creía de ningún modo que eso fuera a convertirla en una madre irresponsable.

—No entiendo —dije en cambio— por qué todo el mundo está hablando *conmigo*. Si usted no quiere que su hijo pase tiempo conmigo, quizás debería estar hablando con él.

—Lo he intentado —dijo—. Pero no me hace caso. No le hace caso a nadie. —Volvió a mirarme de reojo. En ese momento advertí que no tenía ni idea de adónde nos dirigíamos—. Esperaba que tú fueras más razonable.

—Eso es porque usted no me conoce —le dije—. Ocean es el razonable de la pareja.

Increíblemente, sonrió.

—Prometo que no haré que pierdas tu tiempo. Me doy cuenta de que le gustas de verdad a mi hijo. No quiero lastimarlo, ni a ti, para el caso, pero hay cosas que no sabes.

—¿Cómo cuáles?

—Pues… —Tomó un hondo respiro—, como que siempre confié en que Ocean consiguiera una beca deportiva. —Y luego me miró, y fue una mirada tan larga que sentí temor de que chocáramos contra algo—. No puedo correr el riesgo de que lo echen del equipo.

—Ocean me dijo que no necesitaba una beca —señalé, frunciendo el ceño—. Me dijo que usted tenía dinero reservado para la universidad.

—Pues no lo tengo.

—¿Qué? —La miré—. ¿Por qué no?

—Eso no es asunto tuyo —respondió.

—¿Lo sabe Ocean? —pregunté—. ¿Sabe que usted gastó todo el dinero destinado a la universidad?

Se sonrojó, inesperadamente, y por primera vez vi un atisbo de vileza en su mirada.

—En primer lugar —dijo—, no es su dinero; es mío. En mi casa soy yo la adulta, y durante el tiempo que viva bajo mi techo, soy yo la que elijo cómo vivimos. Y en segundo lugar… —Vaciló—, me niego a discutir mis asuntos personales.

Me quedé anonadada.

—¿Por qué mentiría sobre algo así? —pregunté—. ¿Por qué sencillamente no le dice que no tiene dinero para la universidad?

Sus mejillas se habían cubierto de desagradables manchas rojas, y tenía la mandíbula tan apretada que realmente creí que perdería el control y empezaría a lanzarme alaridos.

—Nuestra relación ya es lo suficientemente tirante —dijo, con rigidez—. No veía sentido en empeorar las cosas. —Y luego se detuvo bruscamente.

Estábamos delante de mi casa.

—¿Cómo sabe dónde vivo? —pregunté, pasmada.

—No fue difícil averiguarlo. —Puso el freno de mano y se volvió para mirarme—. Si consigues que lo echen del equipo, no podrá ir a una buena universidad. ¿Lo entiendes? —Se volvió para quedar cara a cara conmigo, y de repente fue difícil ser valiente. Sus ojos eran tan soberbios, tan condescendientes. Me sentía como una niña—. Necesito que me digas que lo comprendes, ¿de acuerdo?

—Lo comprendo —respondí.

—También necesito que sepas que no me importa de dónde viene tu familia; no me importa la fe que profesas. Sea lo que sea que pienses de mí, no quiero que creas que soy racista porque no lo soy. Y jamás crie a mi hijo para que lo fuera.

Solo pude mirarla. Dejé escapar el aliento en exhalaciones breves y superficiales.

—Esto es más que adoptar una postura, ¿sabes? Aunque no lo creas, aún recuerdo lo que era tener dieciséis años. Tantas emociones —dijo, sacudiendo la mano—. Todo parece definitivo. De hecho, yo me casé con mi novio de instituto, ¿te lo contó Ocean?

—No —dije con voz queda.

—Sí —dijo, y asintió—, pues ya ves lo bien que salió eso.

Guau, realmente la detestaba.

—Solo quiero que comprendas que esto no tiene nada que ver contigo. Esto tiene que ver con Ocean. Y si te importa, y estoy segura de que es así, entonces necesitas dejarlo ir. No le causes más problemas, ¿de acuerdo? Es un buen muchacho. No se lo merece.

Me sentí de pronto impotente de ira. Sentí que la furia desintegraba mi cerebro.

—Estoy realmente contenta de haber hablado contigo —dijo, y extendió el brazo delante de mí para abrir la puerta—. Pero te agradecería que no le cuentes a Ocean que lo hicimos. Aún me gustaría salvar la relación con mi hijo.

Se recostó contra el respaldo al tiempo que la puerta abierta indicaba que yo debía salir del coche.

En aquel momento sentí el peso insustancial de mis dieciséis años de un modo que jamás había advertido. No tenía ningún tipo de control, ningún poder sobre esa situación. Ni siquiera tenía permiso de conducir. No tenía un empleo ni una cuenta bancaria. No podía hacer nada: nada para ayudar, nada para mejorar las cosas. No tenía conexiones en el mundo, ninguna voz que alguien escuchara. Sentí de repente todo, *todo*, y nada en absoluto.

Ya no tenía alternativa. La madre de Ocean me había quitado todas mis opciones. Ella había cometido un error, y ahora era culpa mía que él no tuviera dinero para ir a la universidad.

Me había convertido en un conveniente chivo expiatorio. Me resultaba demasiado familiar.

Aun así, sabía que debía hacerlo. Tendría que abrir una brecha permanente entre los dos. La madre de Ocean me parecía espantosa, pero también sabía que ya no podía permitir que lo echaran del equipo. No soportaba el peso de convertirme en el motivo por el cual su vida se descarrilaría.

Y por momentos pensaba que ser adolescente era lo peor que me había sucedido en la vida.

30

Era horrible.

No sabía de qué otra manera hacerlo —había sido tan difícil encontrar tiempo a solas—, así que le envié un mensaje de texto. Era tarde. Muy tarde. Pero, tenía el presentimiento de que seguiría despierto.

Hola.

Necesito hablar contigo.

No respondió, y por algún motivo supe que no era por no haber leído mi mensaje. Sabía que me conocía lo suficiente como para percibir que algo iba mal, y a menudo me he preguntado si supo en ese momento que algo terrible estaba a punto de suceder.

Diez minutos más tarde, me envió un mensaje.

No.

Lo llamé.

—Basta —dijo, cuando atendí la llamada. Su voz sonaba frágil—. No hagas esto. No tengas esta conversación conmigo, ¿de acuerdo? Lo siento. Lamento mucho todo lo que ha sucedido. Lamento haberte puesto en esta situación. Lo lamento muchísimo.

—Ocean, por favor…

—¿Qué te ha dicho mi madre?

—¿Qué? —Me sentí desconcertada—. ¿Cómo sabes que he hablado con tu madre?

—No lo sabía, pero ahora lo sé. Me preocupaba que intentara hablar contigo. Ha estado jodiéndome toda la semana, rogándome que rompa contigo. —Y luego—: ¿Fue ella quien hizo esto? ¿Fue ella quien te dijo que hicieras esto?

Casi no podía respirar.

—Ocean…

—No lo hagas —me imploró—. No por ella. No hagas esto por ninguno de ellos…

—Esto tiene que ver *contigo* —expliqué—. Con tu felicidad, con tu futuro, con tu vida. Quiero que seas feliz —dije—, y solo estoy arruinando tu vida.

—¿Cómo puedes decir una cosa así? —preguntó, y su voz se rompió—. ¿Cómo puedes siquiera pensar en una cosa así? Deseo esto como nunca deseé nada en mi vida. Lo quiero todo contigo —dijo—. Te quiero a *ti*. Quiero esto para siempre.

—Tienes diecisiete años —dije—. Estamos en el instituto, Ocean. No sabemos nada sobre el *para siempre*.

—Si quisiéramos, podríamos lograrlo.

Sabía que estaba siendo dura, y me odiaba por ello, pero tenía que encontrar una manera de terminar esa conversación antes de que me matara.

—Ojalá fuera más simple —le dije—. Ojalá tantas cosas fueran diferentes. Ojalá fuéramos más mayores. Ojalá pudiéramos tomar nuestras propias decisiones.

—No… cariño… no hagas esto…

—Ahora puedes volver a tu vida, ¿sabes? —Y sentí que el corazón se me astillaba. La voz me temblaba—. Puedes volver a ser normal.

—No quiero ser normal —dijo desesperado—. No quiero lo que eso significa, ¿por qué no me crees…?

—Tengo que colgar —dije, porque ahora estaba llorando—. Tengo que colgar.

Y le colgué.

* * *

Me volvió a llamar como cien veces. Dejó mensajes de voz que nunca escuché.

Y luego estuve llorando hasta quedarme dormida.

31

Tuve dos semanas de descanso durante las vacaciones de invierno, y ahogué mis penas en la música. Leía hasta tarde, entrenaba duro y dibujaba objetos feos y sin interés. Escribí en mi diario, confeccioné más prendas y me metí de lleno en el entrenamiento de baile.

Ocean no dejaba de llamarme.

Me enviaba mensajes de texto una y otra vez.

Te quiero.
Te quiero.
Te quiero.
Te quiero.

Sentí que una parte mía había muerto. Pero ahí, entre los mudos escombros de mi corazón, había un silencio que me resultaba familiar. Volví a ser yo misma, otra vez en mi habitación, con mis libros y mis pensamientos. Bebía café por las mañanas con mi padre antes de que se marchara al trabajo. Acompañaba a mi madre por las tardes y veíamos un episodio tras otro de su programa de televisión favorito, *La familia Ingalls*, después de que encontrara en Costco la colección en DVD.

Pero pasaba casi todo el día con Navid.

Aquella primera noche vino a mi habitación. Me había oído llorar y vino a sentarse en mi cama. Apartó las mantas, me retiró el pelo de la cara y me besó la frente.

—A la mierda con esta ciudad —dijo.

Desde entonces, yo no había hablado del tema, y no porque él no hubiera preguntado. Pero no encontraba las palabras para hacerlo. Mis sentimientos no estaban articulados, eran poco más que lágrimas e insultos.

Así que entrenábamos.

Durante las vacaciones de invierno, no teníamos acceso a los salones de baile del colegio, y estábamos hartos de las cajas de cartón aplastadas que usábamos los fines de semana, así que nos dimos el gusto de mejorar un poco nuestras condiciones de entrenamiento. Fuimos a Home Depot, compramos un rollo de linóleo y lo metimos en el coche de Navid. Era fácil desenrollar el tapete en callejones y aparcamientos desiertos. A veces, los padres de Jacobi nos dejaban usar su garaje, pero realmente no importaba dónde estuviéramos; sea donde fuera, instalábamos nuestro viejo radiocasete y nos poníamos a bailar.

Era increíble, pero conseguí dominar bastante bien la caminata del cangrejo. Navid había empezado a enseñarme el *cricket*, que tenía un grado de dificultad ligeramente mayor, y lo hacía cada día mejor. Mi hermano estaba *encantado*, pero solo porque su propia suerte dependía de mi progreso con los pasos.

Navid seguía apostando mucho al concurso de talentos del instituto… algo que a mí ahora me importaba muy poco… pero hacía tanto tiempo que lo planeaba que no tenía el valor de decirle que ya no quería participar. Así que escuchaba sus ideas sobre la coreografía, las canciones que quería mezclar para la música y qué ritmos eran mejores para cada uno de los *power moves*. Lo hacía por él. Oficialmente, odiaba ese colegio más que cualquier otro al que hubiera asistido, y no tenía ningún interés en impresionar a nadie. Pero Navid me había entrenado con tanta paciencia durante esos meses que no podía darle la espalda ahora.

Además, cada vez lo hacíamos mejor.

* * *

La primera semana de las vacaciones de invierno se arrastró lentamente. A pesar de toda la evidencia empírica que demostraba lo contrario, era imposible negar que, en el lugar donde habían estado mis emociones en el pecho, ahora había un enorme hueco. Todo el tiempo me sentía anestesiada.

Miraba los mensajes de texto de Ocean antes de dormir, odiándome por mi propio silencio. Quería desesperadamente enviarle un mensaje, decirle que también lo quería, pero sospechaba que, si me comunicaba con él, no tendría fuerzas para alejarme de nuevo. Pensaba en que muchas veces había intentado trazar una raya en la arena, y que jamás había sido lo bastante fuerte para mantenerla allí.

Ojalá lo hubiera logrado.

Ojalá le hubiera dicho a Ocean que se fuera el día que me siguió desde la clase del señor Jordan; ojalá hubiera evitado enviarle un mensaje más tarde aquella misma noche. Ojalá me hubiera abstenido de acompañarlo a su coche. Quizás entonces no me habría besado, y entonces quizás no habría sabido… no habría sabido lo que era estar con él, y no hubiera pasado todo eso. Cielos, a veces realmente deseaba poder volver atrás en el tiempo y borrar todos los momentos que me habían llevado al presente. Podría habernos ahorrado todos esos problemas, toda esa angustia.

Ocean dejó de enviarme mensajes la segunda semana.

El dolor se convirtió en un redoble de tambor; un ritmo para el cual podía componer una melodía. Estaba siempre allí, áspero y constante, y rara vez cedía. Aprendí a ahogar el sonido durante el día, pero de noche gritaba a través del hueco que tenía en el pecho.

32

Yusef se había convertido en un buen amigo de Navid, y no me di cuenta hasta que empezó a aparecer en nuestros entrenamientos. Aparentemente, mi hermano le había hablado maravillas del arte del breakdance, y ahora estaba interesado en aprender.

La primera vez que apareció, nos encontrábamos practicando en el rincón alejado del aparcamiento, rara vez frecuentado, de un Jack in the Box. Cuando lo vi yo estaba boca abajo. Navid había estado enseñándome a girar sobre la cabeza, y en el momento en que me soltó las piernas para saludar, caí sobre mi trasero.

—*Joder* —grité—. ¿Qué diablos, Navid…?

Me deshice del casco, recoloqué mi velo e intenté incorporarme con cierta dignidad.

Navid tan solo encogió los hombros.

—Tienes que trabajar tu equilibrio.

—Hola. —Saludó Yusef, y me sonrió. Sus ojos se iluminaron; todo su rostro pareció brillar. Definitivamente, le sentaba bien sonreír—. No sabía que tú también estarías aquí.

—Sí —respondí, y tiré distraída de mi jersey. Intenté devolverle la sonrisa, pero no tenía ánimos realmente, así que saludé con la mano—. Bienvenido.

* * *

Pasamos el resto de la semana juntos. Fue agradable. Carlos, Bijan y Jacobi también se habían convertido de algún modo en mis amigos, lo cual era reconfortante. Nunca me hablaron sobre lo que había sucedido con Ocean, aunque yo sabía que ellos lo sabían, pero eran amables conmigo de otras maneras. Supe que yo les importaba aún sin que lo expresaran. Y Yusef era sencillamente... *genial.* Simpático.

Fácil.

De hecho, era bastante asombroso no tener que explicarle todo, todo el tiempo. Yusef no estaba aterrado de las chicas que llevaban *hijab*; no lo desconcertaban. No necesitaba un manual para navegar mi mente. Mis sentimientos y decisiones no requerían de constantes explicaciones.

Nunca se sintió incómodo conmigo.

Jamás me hizo preguntas idiotas. Jamás se preguntaba a sí mismo si yo me duchaba o no con aquel trapo que llevaba. El año anterior, en otro instituto, durante una clase de Matemática, un chico al que apenas conocía se había puesto a mirarme fijo. Pasaron quince minutos y finalmente no pude aguantar más. Me giré, lista para decirle que se fuera a la mierda.

—Oye, ¿y si estuvieras acostándote con alguien y esa cosa que llevas sobre la cabeza se cayera? —preguntó en ese momento—. ¿Entonces qué harías?

Yusef jamás me hacía ese tipo de preguntas.

Era agradable.

De hecho, empezó a pasar mucho tiempo en casa. Llegaba después del entrenamiento para comer y jugar a videojuegos con mi hermano y siempre era muy, muy agradable. Yusef era la opción evidente para mí: lo sabía. E imaginaba que yo lo era para él

251

también, pero jamás dijo nada sobre ello. Solo me miraba un poco más que la mayoría de las personas. Me sonreía un poco más. Creo que estaba esperando que yo diera el primer paso.

No lo di.

* * *

En Año Nuevo me senté en la sala con mi padre, que leía un libro. Mi padre siempre estaba leyendo. Leía por las mañanas antes de ir a trabajar, y por las noches antes de dormir. A menudo pensaba que tenía la mente de un genio loco y el corazón de un filósofo. Lo miraba aquella noche, y también a mi taza de té frío, pensando.

—*Baba* —dije.

—¿Mmm? —Dio vuelta una página.

—¿Cómo sabe uno si está haciendo lo correcto?

La cabeza de mi padre se levantó bruscamente. Me miró parpadeando y cerró el libro. Se quitó las gafas. Me miró directo a los ojos solo un instante antes de decir en farsi:

—Si la decisión que has tomado te ha acercado a la humanidad, entonces has hecho lo correcto.

—Ah.

Me observó un segundo, y supe que estaba comunicándome, sin decirlo, que podía contarle lo que tuviera en la mente. Pero no estaba lista. Aún no. Así que fingí malinterpretarlo.

—Gracias —dije—. Solo quería saberlo.

Intentó sonreír.

—Estoy seguro de que has hecho lo correcto.

* * *

Pero no creía haberlo hecho.

33

Regresamos al colegio un jueves; el pulso me latía en la garganta. Pero Ocean no estaba. No apareció en ninguna de las clases que teníamos juntos. No supe si había ido al colegio aquel día porque nunca lo vi, y me inquietaba que hubiera cambiado de clases. Si lo había hecho, no podía culparlo. Pero tenía la esperanza de poder echarle un vistazo. A su rostro.

Sin esa posibilidad, el instituto me resultaba decepcionante. Me había convertido en un error de fotoshop, y las dos semanas de vacaciones le habían borrado la memoria a todo el mundo. Yo ya no le importaba a nadie. Ahora había cotilleos nuevos, que no tenían que ver conmigo o con mi vida. Al parecer, Ocean había vuelto a su anterior estatus. Ya no había necesidad de entrar en pánico, porque me había removido quirúrgicamente de su vida.

Todo iba bien.

La gente volvió a ignorarme, como siempre.

* * *

Me encontraba sentada bajo mi árbol cuando volví a ver a aquella chica.

—Hola —dijo. Esta vez su largo cabello color castaño estaba sujeto en una coleta, pero, sin lugar a dudas, era la misma chica que me había dicho que era una persona terrible.

No sabía si quería saludarla.

—¿Sí?

—¿Puedo sentarme? —preguntó.

Alcé una ceja, pero accedí.

Ambas estuvimos unos instantes en silencio.

—Siento mucho lo que pasó. Con aquella fotografía. Con Ocean. —Se hallaba sentada con las piernas cruzadas sobre el césped, recostada contra mi árbol, con la mirada fija a lo lejos, en el patio—. Debe de haber sido espantoso.

—Creí que dijiste que yo era una persona terrible.

Entonces se volvió para mirarme.

—Las personas en esta ciudad son muy racistas. A veces, es difícil vivir aquí.

Suspiré.

—Sí, lo sé.

—Realmente, no podía creerlo cuando apareciste —dijo, desviando la mirada una vez más—. Te vi el primer día de clases. Me pareció increíble que fueras tan valiente como para llevar el *hijab* aquí. Nadie más lo lleva.

Arranqué una brizna de hierba y la doblé por la mitad.

—No soy valiente —respondí—. Yo también tengo miedo todo el tiempo. Pero cada vez que pienso en quitármelo, me doy cuenta de que mis motivos tienen que ver con cómo me tratan las personas cuando lo llevo. Creo que sería más fácil, ¿sabes? Mucho más fácil. Me haría la vida más sencilla no llevarlo porque, si no lo hiciera, quizás la gente me trataría como un ser humano.

Arranqué otra brizna de hierba, y la corté en pequeños trozos minúsculos.

—Pero me parece una razón de mierda —dije—. Les da a los matones todo el poder. Significaría que lograron que me avergüence de quién soy y de aquello en lo que creo. Así que no sé… sigo llevándolo.

Volvimos a hacer silencio.

Y luego…

—Da igual.

Levanté la mirada.

—Si te lo quitas, da igual. —Ahora me miraba con intensidad. Tenía los ojos llenos de lágrimas—. Todavía me tratan como si fuera basura.

Después de eso ella y yo nos hicimos amigas. Se llamaba Amna. Me invitó a almorzar con ella y sus amigas, y me sentí realmente agradecida por la invitación. Le dije que al día siguiente la buscaría en el colegio. Se me ocurrió que podía invitarla a ir al cine alguna vez. Demonios, cuando estaba con ella hasta podía fingir que me importaban una mierda los exámenes de admisión.

Sonaba bien.

* * *

Al día siguiente, vi a Ocean por primera vez.

Había llegado a la sala de baile un poco antes, y estaba esperando que llegara Navid con la llave cuando apareció Yusef.

—Así que aquí sucede la magia, ¿eh? —Yusef se había puesto a sonreírme de nuevo. Le gustaba sonreír—. Estoy nervioso.

Me reí.

—Me alegro de que te guste —dije—. No hay muchas personas que sepan siquiera lo que es el breakdance, lo cual es descorazonador. Navid y yo hemos estado obsesionados con él durante siglos.

—Qué genial —dijo, y me sonrió como si yo hubiera dicho algo gracioso—. Me encanta cómo te gusta.

—Sí, me gusta mucho —admití, y no pude evitarlo… le sonreí yo también. Yusef estaba tan animado siempre; cada cierto tiempo sus sonrisas resultaban contagiosas—. En realidad, el breakdance es una combinación del kung fu y de gimnasia —le dije—, lo cual creo que funcionará bien para ti, porque Navid dijo que solías…

—Eh… —De pronto, Yusef se sobresaltó. Miraba algo detrás de mí—. Quizás —me echó un vistazo— deba irme…

Me giré, confundida.

Mi corazón se paralizó.

Jamás había visto a Ocean con el uniforme de baloncesto. Tenía los brazos descubiertos, y mostraba un cuerpo fuerte, tonificado y musculoso. Se lo veía tan bien. Era tan lindo.

Pero parecía diferente.

Jamás había conocido ese aspecto de su vida… la versión de jugador de baloncesto… y, con el uniforme, parecía una persona desconocida. De hecho, su ropa me distrajo tanto que me llevó un segundo advertir que parecía enfadado. Más que enfadado. Parecía enfadado y furioso a la vez. Se había quedado inmóvil, mirando a Yusef.

Me asusté.

—Ocean —dije—, no estoy…

Pero ya se había marchado.

* * *

El lunes me enteré de que Ocean había sido suspendido del equipo. Aparentemente, se había peleado con otro jugador, y lo habían suspendido por los siguientes dos partidos por conducta irregular.

Lo sabía porque todo el mundo estaba hablando del tema.

La mayoría de la gente tendía a creer que era algo gracioso, casi como si fuera algo divertido. Meterse en una pelea dentro de la cancha parecía mejorar la propia imagen.

Pero yo me preocupé.

* * *

La segunda semana fue igual de difícil, terrible y estresante. Y recién al final de esa semana advertí que, en realidad, Ocean no había cambiado ninguno de sus cursos.

Sencillamente, estaba faltando a clase todos los días.

Me di cuenta cuando fui el viernes a la clase de Biología y estaba allí, sentado en su lugar. El mismo de siempre.

Mi corazón latía, desesperado.

No sabía qué hacer. ¿Saludarlo? ¿Ignorarlo? ¿Querría que lo saludara? ¿Preferiría que lo ignorara?

No podía ignorarlo.

Me acerqué lentamente, dejé caer mi mochila en el suelo y sentí que algo se dilataba en mi pecho mientras lo miraba. Eran emociones, llenando el vacío.

—Hola —dije.

Miró hacia arriba. Apartó la mirada.

No me dijo nada el resto de la hora.

34

Navid estaba haciendo que entrenáramos más duro que nunca. El concurso de talentos era en dos semanas, lo cual significaba que practicábamos todas las noches hasta muy tarde. A medida que se acercaba el día, me parecía cada vez más estúpido participar de un concurso de talentos en ese terrible instituto, pero concluí que lo mejor era hacerlo y acabar de una buena vez. El breakdance había sido la única constante ese año, y agradecía el espacio que me ofrecía para sencillamente estar tranquila, respirar y perderme en la música.

Sentí que le debía ese favor a Navid.

Además, había mucho más en juego de lo que imaginaba. Resultó ser que el concurso de talentos era algo verdaderamente importante en ese instituto … incluso, más que en cualquiera de los colegios a los que había asistido, porque se llevaba a cabo durante una jornada escolar concreta. Suspendían las clases, y todo el mundo venía: profesores, estudiantes y todo el personal.

Las madres, los padres y los abuelos ya se encontraban alrededor del gimnasio, nerviosos, haciendo fotos de lo que fuera. En cambio, mis propios padres no tenían ni idea de lo que haríamos ese día. No habían ido a alentarnos, con las manos nerviosas y sudorosas, llenas de ramos de flores. En general, eran tan indiferentes a lo que hiciéramos que realmente creía que si llegaba a ganar el Premio Nobel de la Paz, ellos asistirían a regañadientes a la ceremonia, sin dejar de señalar que muchas personas ganaban Premios Nobel; que, de hecho, repartían Premios Nobel todos los años, y que, de cualquier manera, el premio de la paz era claramente un premio para vagos, así que quizás la próxima vez debía focalizar mi energía en la física, la matemática o algo que se le pareciera.

Nuestros padres nos querían, pero no siempre estaba segura de que les gustáramos.

Me daba la impresión de que mi madre pensaba que yo era una adolescente dramática y sentimental, cuyos intereses eran simpáticos pero inútiles. Me quería con locura, pero tenía muy poca paciencia con las personas que no podían aguantar y salir adelante de una situación difícil. El hecho de que cada poco cayera en profundos pozos depresivos la hacía pensar que yo seguía siendo una chiquilla inmadura. Siempre estaba esperando que creciera de una buena vez.

Se estaba preparando para ir al trabajo esa mañana cuando alcanzó a ver mi traje en el momento de despedirse.

—*Ey khoda. ¿Een chiyeh digeh?* Oh, cielos, ¿qué te has puesto?

Llevaba una chaqueta estilo militar, recién transformada y completamente rediseñada, con hombreras y botones dorados, y había bordado la espalda a mano. Decía, *la gente es extraña*, con un trazo libre. No era solo un homenaje a una de mis canciones favoritas de The Doors, sino que me sentía identificada profundamente con esa afirmación. Todo el bordado había llevado horas de trabajo. Me parecía fabuloso.

Mi madre hizo un gesto de desazón.

—¿Te vas a poner eso? —preguntó en farsi. Estiró el cuello para leer la parte de atrás de mi chaqueta—. *¿Yanni chi, la gente es* *extraña?* —Y no pude ni defender mi vestimenta porque suspiró, palmeándome el hombro—. *Negaran nabash.* No te preocupes. Ya madurarás.

—¿Qué? —dije—, no estoy preocupada… —Pero ya se encontraba saliendo por la puerta—. Oye, en serio —dije—, me gusta lo que llevo puesto…

—No hagas nada estúpido hoy —advirtió, y se despidió con un gesto de la mano.

Pero yo *sí* estaba a punto de hacer algo estúpido.

Es decir, a mí me parecía estúpido. Navid creía que el concurso de talentos era fabuloso. Aparentemente, era un privilegio siquiera poder participar de él: después de recibir una enorme cantidad de solicitudes, un comité había elegido solo diez intérpretes para que actuaran ese día en el escenario.

Nuestro número era el cuarto.

No había advertido lo serio que era hasta que Navid me lo explicó. De todas formas, había cerca de un par de miles de chicos en nuestro colegio, y estarían todos sentados entre el público, mirándonos a nosotros y a otros nueve intérpretes: no entendía de qué forma eso podía terminar siendo algo bueno. Me parecía estúpido, pero me recordé a mí misma que estaba haciendo eso por Navid.

* * *

Nos encontrábamos esperando entre bastidores con los otros intérpretes —la mayoría, cantantes; un par de grupos de música; incluso había una chica que se presentaría como solista, tocando el saxofón—, y por primera vez era la única del grupo que conservaba cierto grado de tranquilidad. Nos habíamos cambiado para ponernos cazadoras plateadas, pantalones deportivos y zapatos de ante grises, de Puma, y me pareció que estábamos geniales. Creí que estábamos listos. Pero Jacobi, Carlos, Bijan y Navid parecían súper nerviosos: era raro verlos así. Por lo general, eran verdaderamente amables y nada los perturbaba. Me di cuenta entonces de que el único motivo por el cual no estaba nerviosa como ellos era porque realmente el resultado me tenía sin cuidado.

Me sentía desanimada, algo hastiada.

En cuanto a los chicos, no dejaban de ir y venir de un lado a otro. Hablaban entre sí y consigo mismos. Súbitamente, Jacobi empezaba a decir, «Entonces, todos salimos... Sí, todos salimos al mismo... —y luego se detenía, contaba algo con los dedos de la mano, y asentía solo para sí—: Está bien... sí».

Y cada vez que empezaba una nueva actuación, se tensaban. Oíamos los golpes y crujidos, que significaban que estaban preparando el escenario para una nueva actuación; oíamos las ovaciones levemente silenciadas que seguían a la introducción; y luego nos sentábamos en silencio, y escuchábamos a nuestros competidores. Carlos no dejaba de preguntarse si los otros intérpretes eran buenos o no; Bijan le aseguraba que eran una mierda; Jacobi discrepaba y Carlos sufría. Navid me miraba y en cinco oportunidades me preguntó si le había entregado la música adecuada al técnico audiovisual.

—Sí, pero recuerda... cambiamos la mezcla a último momento —dijo—. ¿Estás segura de que le diste la nueva?

—Sí —dije, haciendo un esfuerzo por no poner los ojos en blanco.

—¿Estás segura? Era el CD que tenía escrito, *Mezcla número cuatro*.

—Ah —dije, fingiendo sorpresa—. ¿Era la mezcla número cuatro? ¿Estás segu...?

—Cielos, Shirin, no es el momento para hacerme bromas...

—*Tranquilo* —dije, y reí—. Saldrá bien. Hemos practicado esto miles de veces.

Pero no podía quedarse quieto.

* * *

Al final, estaba equivocada.

El concurso no fue estúpido en absoluto. De hecho, fue bastante genial. Habíamos repetido esa rutina tantas veces que ya ni siquiera tenía que pensar en ella.

Empezamos los cinco ejecutando la coreografía de un baile, y a medida que cambiaba la música, también lo hacíamos nosotros. Nos separamos y nos turnamos ocupando el centro del escenario. Cada uno realizaba una combinación diferente de movimientos, pero sin que la ejecución dejara de ser fluida, y los pasos individuales se acoplaban al conjunto. Se suponía que todo el baile debía respirar, como parte de un latido mayor. Los chicos estuvieron geniales.

Nuestra coreografía era fresca; nuestros movimientos, ajustados y perfectamente sincronizados; la música estaba preciosamente mezclada.

Ni siquiera yo estuve demasiado mal.

Mi *uprock* salió mejor que nunca; mi *six-step* fue perfecto, y me lancé a la caminata de cangrejo que se transformó, por instantes, en un *cricket*. El *cricket* era un movimiento similar: el peso del cuerpo seguía equilibrado sobre los codos, pegados al torso. La diferencia estaba en que el movimiento era en círculos y se ejecutaba a gran velocidad. Me sentía fuerte, completamente estable. Terminaba con un *rise up*, y luego caía hacia delante en una parada de manos y arqueaba la espalda, dejando que las piernas se curvaran hacia atrás, sin tocar nunca el suelo. Esa posición se llamaba *hollowback*, y me había resultado incluso más difícil que la caminata del cangrejo. La había practicado hasta el cansancio. Tras unos segundos, dejé que la fuerza de gravedad me tirara hacia abajo, lentamente, y me volví a levantar de un salto.

Era mi única rutina; la había practicado un millón de veces.

Bijan terminó toda la coreografía recorriendo el escenario con cuatro volteretas hacia atrás, y cuando acabó nuestra actuación, hubo medio segundo de silencio en el que nos miramos mientras recobrábamos el aliento. De algún modo sabíamos, sin decir una palabra, que nos había ido bien.

Lo que no esperé, por supuesto, fue que el resto del colegio estuviera de acuerdo. No esperaba que de pronto se pusieran de pie, empezaran a gritar y se volvieran locos con nuestra actuación. No había anticipado las ovaciones, el estruendo de aplausos.

No pensé que *ganaríamos*.

* * *

Principalmente, estaba feliz por mi hermano. Ese momento era el resultado de su empeño; había sido él quien había comenzado esa misión. Y cuando nos entregaron un trofeo de plástico y un certificado de regalo para el Olive Garden, Navid parecía como si le hubieran entregado la luna. Estaba muy contenta por él.

Pero luego, no sé…

De un momento a otro, el colegio se convirtió en algo absurdo.

Durante una semana entera después del concurso, no podía llegar a clases sin incidentes. La gente empezó a perseguirme por los corredores. Todo el mundo quería hablar conmigo. Los chicos empezaron a saludarme mientras pasaba. Un día, estaba cruzando el patio cuando me vio uno de los hombres de mantenimiento.

—¡Oye, tú eres la chica que gira sobre la cabeza! —Y aluciné. Ni siquiera había hecho el giro de cabeza.

Es decir, me alegraba que ya no me llamaran cabeza de toalla, pero la transición abrupta y repentina de despreciable a encantadora hizo que me evolviera loca. Me sentía confundida. No podía creer que la gente pensara que me olvidaría de que apenas un mes antes me habían estado tratando como la mierda. Mis profesores, aquellos que después de Ramadán —cuando quise tomarme un día para celebrar, literalmente, la fiesta más importante del calendario musulmán—, me habían dicho, «Vamos a necesitar una nota de tus padres para estar seguros de que estás faltando a clases por algo real», ahora me felicitaban delante de toda la clase. Los aspectos políticos de la popularidad escolar resultaban incomprensibles. No entendía cómo podían cambiar de actitud de esa manera. Parecían haberse olvidado abruptamente de que era la misma chica que habían intentado humillar una y otra vez.

Navid estaba pasando por una experiencia similar, pero, a diferencia de mí, no parecía importarle.

—Disfrútalo —me dijo.

Pero no sabía cómo.

Para finales de enero, había logrado un estatus social completamente diferente del que había tenido apenas unas semanas atrás. Era una *locura*.

Abrí mi taquilla, y me cayeron encima cinco invitaciones a cinco fiestas diferentes en casas de mis compañeros. Luego, me encontraba sentada bajo mi árbol a la hora del almuerzo, leyendo un libro, cuando un grupo de chicas me gritó, desde el otro lado del patio, para que fuera a sentarme con ellas. Los chicos habían empezado a hablar conmigo en clase. Se acercaban después del colegio, me preguntaban si tenía planes, y les decía,

«Sí, tengo grandes planes de largarme de aquí», pero no lo entendían. Ofrecían llevarme a casa.

Quería gritar.

Sin darme cuenta, había hecho algo que le había dado a la población de ese colegio permiso para colocarme en un escalafón diferente, y no sabía cómo lidiar con ello. Era más que desconcertante; me *mataba* descubrir la terrible falta de convicciones de todo el mundo. Por algún motivo, ya no era una terrorista. Me había igualado a ellos. Ahora me consideraban una bailarina de breakdance de aspecto exótico. Nuestra presentación había desactivado sus alarmas.

Ahora me consideraban genial; ya no era peligrosa.

Nivel de amenaza verde.

Pero cuando el entrenador Hart se cruzó conmigo en el corredor y me saludó tocándose la gorra y diciendo, «Bien hecho el otro día», tuve la certeza de que estallaría de furia.

Había terminado con Ocean por eso.

Me había alejado de una de las personas más fabulosas que jamás había conocido porque me habían hostigado su entrenador, sus compañeros y su propia madre. Mi rostro, mi cuerpo, lo que yo representaba en su vida lo había estado perjudicando, había sido una amenaza a su carrera, a su futuro.

¿Y en ese momento?

¿Y si Ocean se hubiera enamorado de mí en ese momento? Cuando no les daba miedo a los estudiantes. Cuando las personas me miraban sonrientes; cuando no podía atravesar los corredores sin que alguien intentara hablar conmigo; cuando mis profesores me detenían después de clase para preguntarme dónde había aprendido a bailar así.

¿Habría sido diferente si el momento hubiera sido otro?

El nivel pasmoso de la hipocresía me provocó una migraña.

* * *

Volví a ver a Ocean el miércoles.

Estaba en mi taquilla mucho después de que sonara la campana final, buscando el equipo para entrenar —el concurso de talentos había acabado, pero aún había muchas cosas que queríamos hacer— cuando Ocean me encontró. No había hablado una sola palabra con él desde el día en que lo había visto en Biología, y por primera vez en un mes, tenía una oportunidad real para observarlo. Para mirarlo a los ojos.

Parecía cansado. Agotado. Parecía más delgado. En realidad, ya no iba a clases, y no entendía cómo se salía con la suya.

—Hola —dijo.

Solo el sonido de su voz me paralizó, me abrumó, y me provocó deseos de llorar.

—Hola —dije.

—Yo no... —Apartó la mirada y se pasó una mano por el pelo—. No sé qué hago aquí. Pero... —Se detuvo y levantó la cabeza, mirando a la distancia. Lo oí suspirar.

No tenía que explicar nada.

Eran mediados de febrero. Los corredores estaban cubiertos de recortes de Cupido y corazones de papel. Algún club del campus estaba vendiendo dulces para San Valentín, y los pósteres de un intenso color rosado me agredían por todos lados. Jamás había necesitado una excusa para pensar en Ocean, pero solo faltaban dos días para San Valentín, y era difícil no recordar constantemente lo que había perdido.

Finalmente, me miró.

—Nunca llegué a decirte que te vi... en el concurso de talentos. —Una sonrisa asomaba a sus labios, pero se desvaneció—. Estuviste increíble —dijo con suavidad—. Estuviste muy genial.

Y así como no pude controlar el temblor que sacudió mis huesos, ya no pude controlar las palabras.

—Te echo de menos —dije—. Te echo muchísimo de menos.

Su cuerpo dio un respingo, como si lo hubiera abofeteado. Apartó la mirada y cuando volvió a mirar hacia arriba me pareció ver lágrimas en sus ojos.

—¿Qué se supone que tengo que hacer con eso? —preguntó—. ¿Qué se supone que tengo que responder a eso?

«No lo sé», dije. «Lo siento», dije. «Da igual», dije. Las manos me temblaban, y dejé caer todos mis libros al suelo. Me apresuré a levantarlos, y Ocean intentó ayudarme, pero le dije que estaba bien, que no había problema, y apilé los libros dentro de mi taquilla. Mascullé un saludo torpe, y fue todo tan horrible que no advertí que había olvidado girar la combinación, que había olvidado asegurarme de que mi taquilla estuviera siquiera cerrada, hasta mucho después de haber terminado el entrenamiento.

Cuando regresé para revisarlo, suspiré aliviada. Todo seguía allí. Pero estaba a punto de cerrarlo cuando noté que mi diario, que siempre, siempre había ocultado al fondo de mi taquilla, había pasado de pronto a estar encima.

35

Pasé el resto de la noche sintiéndome ligeramente aterrada.

¿Lo estaba imaginando? ¿Habría movido mi diario cuando había vuelto a ordenar todo? ¿Era algo casual o accidental?

Y luego…

¿Y si *no* lo había imaginado? ¿Y si Ocean realmente había leído mi diario?

Había estado ausente poco menos de dos horas, así que no creía que hubiera peligro de que lo hubiera leído todo, pero incluso los pequeños pasajes de mi diario eran sumamente personales.

Lo tomé de su escondite en mi habitación y lo recorrí de atrás para adelante. Imaginé que, si Ocean había comenzado a leer mi diario, habría estado más interesado por las entradas más recientes. Apenas había echado una ojeada a una página cuando sentí que me invadía una ola de mortificación. Cerré los ojos con fuerza. Me cubrí la cara con una mano.

Por la noche soñé con Ocean. Fue un sueño increíblemente intenso. Fue… guau. Fue terrible. Me senté en la cama. Una ola de vergüenza me sacudió por dentro mientras volvía las hojas, retrocediendo en el tiempo.

* * *

Mi furia por cómo me tratan los demás estudiantes ahora; por fingir que nunca fueron crueles conmigo.

Lo que sentí cuando vi a Ocean con el uniforme; mi temor de que creyera que estaba interesada en Yusef.

La agonía de regresar al colegio; mi preocupación por Ocean, por que lo hubieran suspendido.

Mi conversación con mi padre; mi temor de haber hecho las cosas mal.

Reflexiones sobre conversaciones con Yusef: el hecho de que jamás había tenido que explicarle nada.

Páginas y páginas intentando entender la ausencia de Ocean en mi vida; lo mucho que lo echaba de menos; lo terrible que me sentía por todo lo que había sucedido.

Una única página que decía…

Yo también te quiero, muchísimo, muchísimo.

Y así seguían las últimas semanas. Principalmente, era solo yo, relatando el sufrimiento de la única manera que sabía hacerlo.

Solté el aliento en un suspiro largo y tembloroso, y miré la pared. Mi mente estaba en pugna consigo misma.

Una parte de mí sentía un verdadero horror ante la idea de que Ocean hubiera leído algo de todo eso. Parecía una intromisión, una traición. Pero otra parte comprendía que hubiera estado buscando respuestas.

Detestaba cómo habían terminado las cosas entre nosotros. Odiaba que me hubieran obligado a dejarlo; odiaba que él no supiera la verdad; odiaba que me hubiera dicho que me quería y yo tan solo lo hubiera ignorado. Especialmente tras todo lo que habíamos vivido, tras todo lo que me había dicho y cómo había luchado por estar conmigo…

Me había dicho que me quería, y yo lo había ignorado.

De solo pensarlo sentía que mi corazón volvía a romperse. De repente, quise que realmente hubiera leído esas páginas. De repente, deseé que lo hiciera, que supiera.

De pronto, quise contárselo todo.

Cuanto más pensaba en ello, más me parecía que, si Ocean descubría esas páginas, me sentiría libre. Quería que supiera que lo quería, pero sabía que en ese momento no podía decírselo, no en persona, no sin una explicación de por qué las cosas habían terminado entre nosotros. Me moría de vergüenza al imaginarlo leyendo mis pensamientos más íntimos. Pero en el fondo era liberador.

De todas formas, no tenía la certeza de que hubiera leído siquiera algo del diario.

Fue entonces cuando noté que una de las páginas tenía un pequeño trozo arrancado. Volví a ese lugar. Tenía la fecha de aquel último día de colegio, justo antes de las vacaciones de invierno. El día que había terminado con Ocean.

La primera parte hablaba de su entrenador, y de cómo me había arrinconado. De todas las cosas horribles que había dicho de mí. De cómo me había amenazado con echar a Ocean si no rompía con él. Y luego, más adelante, de su madre: de cómo había malgastado el dinero reservado para su universidad; cómo me había pedido que jamás le contara que había hablado con ella.

Y luego, al final, decía que, al margen de las amenazas, sencillamente no creía que yo fuera digna de los sacrificios que estaba haciendo por mí.

Cerré el diario. Respiraba demasiado rápido.

36

Al día siguiente el colegio fue una locura.

Expulsaron a Ocean.

Estaba sentada con Amna bajo mi árbol cuando oí el revuelo. Los chicos gritaban en el patio, había un gran barullo de gente, y algunos gritaban, «¡Pelea! ¡Pelea!».

Sentí un nudo repentino y horrible apretándome las entrañas.

—¿Qué crees que sucede? —pregunté.

Amna encogió los hombros. Se puso de pie, caminó unos pasos y miró a lo lejos. Había pasado a verme para regalarme una bolsa de caramelos de jengibre que su madre había preparado, y lo recordé porque cuando se giró, con los ojos bien abiertos, se le cayó la pequeña bolsa Ziploc al suelo.

Los caramelos de jengibre se derramaron sobre el césped.

—Oh, caray —dijo—, es Ocean.

Le había dado un puñetazo en la cara al entrenador. Corrí al patio justo a tiempo para ver a dos chicos intentando separarlos, a los que también empezó a atacar. La gente gritaba.

—Sois todos unos hipócritas —rugió Ocean, y cuando alguien intentó apartarlo—: No me toques… no me pongas un puto dedo encima…

Había renunciado al equipo.

Ese mismo día lo expulsaron del colegio. Aparentemente, le había provocado una fractura en la nariz bastante seria al entrenador Hart, quien iba a tener que operarse.

Y yo no sabía si volvería a ver a Ocean alguna vez.

37

Mis mañanas siempre transcurrían de la siguiente manera:

Navid y yo discutíamos para ver quién sería el primero en ducharse, en nuestro baño compartido, porque él siempre conseguía empaparlo todo y, después de afeitarse, dejaba el lavabo cubierto de pequeños vellos. Y por mucho que le insistiera en que era un asqueroso, nunca parecía darse por aludido. Aun así, generalmente, obtenía el derecho a ducharse primero porque tenía que estar en el colegio una hora antes que yo. A continuación, mis padres nos obligaban a ambos a que bajáramos a tomar el desayuno, momento en el cual mi madre nos preguntaba si habíamos realizado nuestras oraciones de la mañana. Navid y yo mentíamos diciendo que sí mientras nos metíamos cucharadas de cereal en la boca. Entonces, mi madre ponía los ojos en blanco y nos decía que nos aseguráramos de por lo menos hacer las oraciones de la tarde, y nosotros mentíamos diciendo que lo haríamos, y mi madre suspiraba pesadamente, y luego Navid se marchaba al colegio. Poco después, mis padres se iban al trabajo, y yo, generalmente, tenía la casa para mí sola durante treinta gloriosos minutos antes de emprender la caminata hacia la cárcel.

No se me había ocurrido que esa información, que había compartido con Ocean cuando había querido llevarme al colegio la primera vez, sería de gran provecho.

Acababa de echar cerrojo a la puerta cuando me giré para verlo de pie, delante de mi casa. Estaba junto a su coche, enfrente de mi casa. Y me miraba.

Casi no pude creerlo.

Levantó la mano a modo de saludo, pero pareció vacilar. Me acerqué, con el corazón desbocado en el pecho, hasta que estuve quieta delante de él, lo cual, por algún motivo, pareció sorprenderlo. Había estado inclinado contra el vehículo, pero de pronto se irguió aún más. Hundió las manos en los bolsillos y respiró hondo.

—Hola.

—Hola —dije.

El aire estaba frío, casi gélido, y olía como siempre olían las mañanas tempranas: como hojas muertas y posos de tazas de café sin terminar. Ni siquiera tenía una chaqueta puesta, y no sabía cuánto tiempo llevaba ahí. Tenías las mejillas sonrosadas. La nariz parecía fría. Sus ojos brillaban más fuertes a la luz de la mañana; más azules, más intensamente castaños.

Y luego…

—Lo siento mucho —dijimos ambos a la vez.

Ocean rio, y desvió la mirada. Yo apenas lo miré.

—¿Quieres saltarte clases conmigo? —dijo finalmente.

—Sí —respondí—. Sí.

Sonrió.

* * *

Lo observé mientras conducía. Estudié su perfil, las líneas de su cuerpo. Me gustaba cómo se movía, cómo tocaba las cosas, cómo mantenía la cabeza erguida con una dignidad tan casual. Siempre se sentía tan a gusto con su cuerpo, y me hizo recordar lo que me encantaba de su modo de caminar: tenía un paso realmente firme y seguro. Su manera de desplazarse por el mundo me hacía pensar en que jamás se le ocurría, ni una sola vez, ni siquiera en un día particularmente duro, preguntarse si era una mala persona. Para mí, era obvio que no sentía aversión por sí mismo. Ocean no analizaba su propia mente en detalle. Jamás se angustiaba por sus acciones y jamás desconfiaba de la gente. Ni siquiera parecía sentir vergüenza como yo. Su mente me parecía un lugar extremadamente pacífico. Libre de espinas.

—Guau —dijo, y soltó una exhalación entrecortada—. No quiero, mmm, decirte que dejes de mirarme, exactamente, pero me siento nervioso bajo tu escrutinio.

Me recosté hacia atrás, repentinamente avergonzada.

—Lo siento.

Miró hacia donde yo estaba. Intentó sonreír.

—¿En qué piensas?

—En ti.

—Ah. —Pero sonó más como un susurro.

Y luego, sin darme cuenta, estábamos en otro sitio. Ocean había aparcado su coche en la entrada de una casa que no reconocí, pero estaba bastante segura de que se trataba de su propio hogar.

—No te preocupes; mi madre no está aquí —dijo tras apagar el motor—. Simplemente, quería hablar contigo en un lugar privado, y no sabía a qué otro sitio ir. —Se encontró con mi mirada, y sentí pánico y paz, todo a la vez—. ¿Te parece bien?

Asentí con la cabeza.

Ocean me abrió la puerta. Tomó mi mochila y la colgó en su hombro mientras me guiaba hacia su casa. Parecía inquieto. *Yo* misma me sentía inquieta. Tenía una casa grande —no enorme—, pero grande. Agradable. Me hubiera gustado observarla con más detenimiento cuando entramos, pero la mañana ya había sido tan intensa que los detalles parecían una imagen en acuarelas: suaves y ligeramente borroneados. Lo único que recuerdo es su rostro.

Y su dormitorio.

No era un espacio sobrecargado. De hecho, me recordó a mi propia habitación. Tenía una cama, un escritorio y un ordenador. Una estantería que estaba llena, no de libros, sino de lo que parecían trofeos de baloncesto. Había dos puertas, lo cual me hizo pensar que tenía su propio baño y, quizás, un vestidor. Las paredes eran blancas; la alfombra, suave.

Era atractivo; no había cosas amontonadas.

—Tu dormitorio está ordenado —le dije.

Y él se rio.

—Sí —dijo—. Pero en realidad esperaba que hoy vinieras a casa, así que lo ordené.

Lo miré. Por algún motivo me sorprendió. Era obvio que había planeado irme a buscar, hablar conmigo. Pero imaginar a Ocean limpiando su habitación previendo una posible visita me hizo adorarlo. De pronto, quise saber lo que había hecho; qué había quitado; quería saber cómo había sido antes de organizarla.

En cambio, me senté en su cama. La suya era mucho más grande que la mía. Pero vamos, Ocean también era mucho más alto que yo. Se hubiera sentido apretado en mi cama.

Se encontraba de pie, en mitad de su habitación, observándome mientras yo miraba los detalles de su vida. Todo parecía muy sobrio. Su edredón era blanco; sus cojines eran blancos; el marco de la cama era de madera castaño oscuro.

—Ey —dijo con dulzura.

Levanté la mirada.

Parecía a punto de llorar.

—Lo lamento mucho —dijo—. Todo lo que sucedió.

Me dijo que había leído mi diario. Se disculpó, una y otra vez. Dijo que lo sentía, que lo sentía mucho, pero que tenía que saber lo que había pasado con su madre, lo que ella me había dicho para provocar todo eso, porque no creía que yo lo fuera a contar jamás. Dijo que le había preguntado cientos de veces lo que me había dicho aquel día, pero que se había negado a responder a cualquiera de sus preguntas. Lo había excluido por completo. Pero luego, en el proceso de averiguar lo que había hecho su madre, se había enterado de todo lo demás: de cómo su entrenador me había hostigado, de cómo me había gritado; y de todas las cosas horribles que me habían sucedido en el instituto. Lo supo todo.

—Lo siento —dijo—. Siento tanto que te hayan hecho esto. Siento no haberlo sabido. Ojalá me lo hubieras dicho.

Sacudí la cabeza. Jugueteé con el edredón bajo mis manos.

—En realidad, no es culpa tuya, sino mía. Fui yo quien lo arruinó todo.

—¿Qué? No…

—Sí —dije, encontrándome con su mirada—. No debí dejar que sucediera esto. Debí contarte lo que me dijo tu madre. Pero… no sé. Me hizo sentir tan estúpida —dije—. Y dijo que no tenías dinero para la universidad, Ocean, y yo no podía permitir que tú…

—No importa —dijo—. Ya lo resolveré. Llamaré a mi padre. Sacaré un préstamo. Ya no importa.

—Lo lamento —dije—. Lamento todo lo que sucedió.

—Descuida —dijo—. De verdad. Ya me las arreglaré.

—Pero ¿qué vas a hacer ahora? ¿Con el instituto?

Exhaló pesadamente.

—Dentro de una semana, tengo una audiencia. Aún no me han expulsado *oficialmente*, pero estoy bastante seguro de que lo harán. Hasta entonces, me han suspendido. Quizás termine teniendo que ir al colegio en un distrito diferente.

—¿En serio? —Mis ojos se agrandaron—. Oh, no.

—Sí —dijo—. A menos que, ya sabes, consiga convencer a todos los que asistan a la audiencia de que, en realidad, estaba haciéndoles un favor al romperle la nariz al entrenador. Aunque las posibilidades son limitadas.

—Guau —dije—. Cuánto lo siento.

—Al contrario, me encantó darle un puñetazo en la cara a ese animal. Lo haría de nuevo sin dudar.

Ambos permanecimos un instante en silencio, mirándonos.

—No tienes ni idea de lo que te he echado de menos —dijo Ocean finalmente.

—Mmm, creo que la tengo —dije—. Creo que yo ganaría esa competición.

Rio con suavidad.

Y luego se acercó, y se sentó a mi lado en la cama. Mis pies no llegaban al suelo; los suyos sí.

De pronto, me sentí nerviosa. No había estado tan cerca de él en mucho tiempo. Era como empezar de nuevo, como si mi corazón tuviera que volver a sufrir esos ataques, y mis nervios echaran chispas, y mi cabeza volviera a empañarse. Y luego, con mucha delicadeza, tomó mi mano.

No hubo palabras; ni siquiera nos miramos. Mirábamos nuestras manos, enlazadas, y él empezó a dibujar figuras sobre mi palma, y apenas pude respirar mientras dejaba un rastro de fuego sobre mi piel. Y luego, noté que su mano derecha estaba lastimada. Los nudillos del puño derecho parecían, de hecho, destruidos. Con cautela, toqué la piel arañada. Las heridas apenas habían empezado a sanar.

—Sí —dijo, en respuesta a mi pregunta sin formular. Tenía la voz tensa—. Eso, mmm… sí.

—¿Te duele? —pregunté.

Ambos alzamos la vista. Estábamos tan cerca que cuando levantamos la cabeza nuestros rostros estaban a solo centímetros de distancia. Podía sentir su aliento sobre mi piel; podía olerlo... su tenue colonia, un aroma que era completamente suyo...

—Pues... sí —respondió, y parpadeó, distraído—. Es como si... —Inhaló brusca y repentinamente—. Lo siento, es solo que...

Me tomó la cara entre las manos y me besó, y lo hizo con tal intensidad que al instante me invadió un sentimiento de dolor. Entonces, solté un gemido, un gemido involuntario que fue casi como un sollozo. Sentí que mi mente se nublaba, mi corazón se expandía. Toqué su cintura, vacilante; subí deslizando las manos por su espalda, y sentí que algo se abría con fuerza por dentro: era como si al fin me estuviera rindiendo. Me perdí en la sensación de tocarlo, en el calor de su piel, en los temblores de su cuerpo cuando se apartó, y sentí como si soñara, como si hubiera olvidado cómo pensar. *Te he echado de menos*, repetía una y otra vez. *Cielos, te he echado de menos*, y me volvió a besar, con tanta profundidad, y la cabeza me dio vueltas y, de alguna manera, sabía a fuego puro. Nos apartamos, luchando por respirar, aferrados el uno al otro como si estuviéramos ahogándonos, como si hubiéramos estado extraviados, dados por muertos en un vasto océano sin fin.

Presioné mi frente contra la suya.

—Te quiero —susurré.

Lo sentí ponerse tenso.

—Siento no habértelo dicho antes —dije—. Quería hacerlo. Ojalá lo hubiera hecho.

Ocean no dijo una palabra. No tuvo que hacerlo. Me sujetó el cuerpo como si no me fuera a soltar jamás, como si se le fuera la vida en ello.

38

Al final, lo que nos terminó separando no fue el odio, ni las personas racistas, ni los imbéciles.

Fue una nueva mudanza.

Ocean y yo tuvimos dos meses y medio de felicidad absoluta antes de que mi padre anunciara, a comienzos de mayo, que nos iríamos de la ciudad en cuanto se graduara Navid. Para julio nos habríamos marchado.

Las semanas que transcurrieron hasta ese momento fueron una especie de agonía dulce y opresiva. Finalmente, Ocean no fue expulsado del colegio. Su madre había contratado a un abogado para la audiencia y, en un giro que solo lo sorprendió a él, resultó que le caía demasiado bien a todo el mundo. El consejo escolar accedió a expulsarlo una semana más y dar por terminado el asunto. Intentaron convencerlo de reincorporarse al equipo de baloncesto, pero se negó. Dijo que nunca más quería jugar baloncesto competitivo. En algunos sentidos, se lo veía mucho más contento.

En otros, no lo estaba en absoluto.

No dejábamos de ser plenamente conscientes de la fecha en que nos separaríamos, que se acercaba a toda velocidad, y pasábamos la mayor cantidad de tiempo posible juntos. Mi estatus social había cambiado tan radicalmente —elevándose aún más al saberse que Ocean le había dado un puñetazo en la cara a su entrenador por mí— que ya nadie se sorprendía al vernos juntos, y la absoluta ridiculez del instituto no dejaba de pasmarnos y desconcertarnos. De todas formas, aprovechamos lo que pudimos. Estábamos absortos el uno con el otro, embargados por una mezcla de felicidad y tristeza, de forma prácticamente permanente.

La madre de Ocean se dio cuenta de que alejándome de su hijo solo había roto su propia relación con él, así que me aceptó de nuevo. Intentó conocerme mejor, pero no lo consiguió. Aunque no había ningún problema. Seguía siendo bastante particular, y por primera vez en mucho tiempo, volvió a involucrarse activamente en la vida de Ocean. El hecho de que casi lo hubieran expulsado del colegio la hizo valorar su actitud; quizás fue la que más se sorprendió al saber que su hijo le había roto voluntariamente la nariz a una persona, y, de pronto, empezó a hacerle preguntas. Quería saber qué sucedía en su cabeza. Empezó a venir a cenar y a pasar el fin de semana en casa, y todo eso hizo a Ocean muy feliz. Le encantaba tener a su madre cerca.

Así que yo sonreía, y comía su ensalada de patatas.

El colegio continuó siendo un ámbito patético. Nunca se volvió normal. Lentamente, después de una intensa introspección, mis compañeros de clase se volvieron más profundos y encontraron la fortaleza de ánimo para hablar conmigo sobre temas que iban más allá del breakdance y el trapo en mi cabeza. El resultado de todo ello fue entretenido y esclarecedor. Cuanto más conocía a las personas, más advertía que todos éramos un montón de idiotas asustados que caminaban a oscuras, chocándonos unos con otros, aterrorizándonos sin motivo alguno.

De modo que empecé a encender una luz.

Dejé de pensar en las personas como multitudes, hordas, grupos sin rostro. Hice un esfuerzo enorme por dejar de suponer que sabía cómo era cada individuo, especialmente, antes de siquiera haber entablado una conversación. No me salía demasiado bien, y seguramente, tendría que trabajar en eso el resto de mi vida, pero lo intentaba. Realmente, lo intentaba. Temí darme cuenta de que les había hecho a otros exactamente lo que no había querido que me hicieran a mí: generalizar acerca de lo que creía que eran, de cómo vivían sus vidas y de lo que suponía que estaban pensando, todo el tiempo.

Ya no quería ser esa persona.

Estaba cansada de centrarme en mi propia furia. Estaba exhausta de recordar solamente a las personas malas y las cosas terribles que me habían dicho o hecho. Estaba agotada. La oscuridad ocupaba demasiado espacio valioso en mi mente. Además, ya me había mudado lo suficiente como para saber que el tiempo era algo fugaz y limitado.

No quería desperdiciarlo.

Había dilapidado demasiados meses apartando a Ocean de mi vida, y todos los días deseaba no haberlo hecho. Deseaba haber confiado antes en él. Deseaba haber disfrutado cada hora que habíamos tenido juntos. Deseaba tanto. Tantas cosas con él. Ocean me había despertado el deseo de buscar a las demás personas buenas en el mundo, de tenerlas cerca.

Quizás era suficiente, pensé, saber que alguien como él existía en el mundo. Quizás era suficiente que nuestras vidas se hubieran encontrado y bifurcado, dejándonos a ambos transformados. Quizás era suficiente haber aprendido que el amor era el arma inesperada, el puñal que yo necesitaba para atravesar la rígida armadura que llevaba puesta todos los días.

Quizás, pensé, *eso era suficiente.*

Ocean me había dado esperanza. Me había hecho volver a creer en las personas. Su sinceridad me había dejado en carne viva, había despegado las capas de ira dentro de las cuales había vivido durante tanto tiempo.

Gracias a Ocean, tenía deseos de darle al mundo una segunda oportunidad.

* * *

Estaba de pie en el medio de la calle cuando nuestros coches se alejaron aquella tarde soleada. Se quedó allí parado, inmóvil, y nos observó partir, y cuando su figura finalmente desapareció, engullida por el espacio que nos separaba, me giré en mi asiento y atrapé mi corazón, que cayó fuera del pecho.

Mi teléfono emitió un zumbido.

* * *

No me abandones, escribió.

Y no lo hice jamás.

¿TE GUSTÓ ESTE LIBRO?

Escríbenos a

puck@edicionesurano.com

y cuéntanos tu opinión.

ESPAÑA ▷ 🅵/MundoPuck 🐦/Puck_Ed 📷/Puck.Ed

LATINOAMÉRICA ▷ 🅵 🐦 📷 /PuckLatam

▶/PuckEditorial

¡Gracias por vivir otra
#EXPERIENCIAPUCK!